Le voyage de Marco Polo

Victor Chklovski

Le voyage de Marco Polo

Traduit du russe par Marc Slonim

Introduction de K. Kounine

PETITE BIBLIO
PAYOT

Retrouvez l'ensemble des parutions
des Éditions Payot & Rivages sur

payot-rivages.fr

INTRODUCTION

Dès l'époque gréco-romaine, les peuples du bassin du fleuve Jaune, de la Méditerranée et du Proche-Orient se connaissaient et entretenaient des rapports commerciaux considérables.

Ces rapports n'ont pas toujours été également intenses. Mais il y a eu des siècles où les relations entre la Chine et la Méditerranée ont été fort animées. Les chameaux lourdement chargés et les chariots mal façonnés, mais solides, des marchands et des ambassadeurs empruntaient les pistes des caravanes, se frayant un chemin à travers les déserts, les défilés, les plateaux et les belles oasis cultivées et irriguées, tandis que, dans les mers lointaines et inconnues, naviguaient les embarcations des aventuriers qui, avec une facilité surprenante, se muaient de marchands en pirates ou en diplomates improvisés, quitte à redevenir marchands en cas de besoin.

On transportait, par les routes commerciales, la soie, la fourrure, les bijoux, les armes, les épices. Au croisement de chemins, aux traversées des fleuves ou dans les baies tranquilles, naissaient des villes à la population variée et multilingue, aux marchés obscurs et frais, aux caravansérails bruyants et aux riches temples érigés à la gloire de nombreux dieux.

Mais, à certaines époques, un véritable rempart

séparait l'Extrême-Orient de l'Asie occidentale ; à des croisements de chemins, surgissaient des États accapareurs qui défendaient jalousement leurs gains d'intermédiaires et empêchaient les marchands chinois et méditerranéens d'avoir des rapports directs ; d'autre part, les nomades coupaient souvent les routes commerciales, et, à la fin, éclataient des cataclysmes sociaux comme celui qui a détruit la société antique basée sur l'esclavage. À ces époques-là, les routes commerciales dépérissaient et les rares caravanes ne circulaient que sur des tronçons plus ou moins longs. Les caravansérails populeux s'écroulaient, les vents du désert ensablaient les ruines des villes, de petits villages de pêcheurs remplaçaient les ports abandonnés qui avaient jadis joué un grand rôle.

Il est extrêmement rare de découvrir dans les chroniques chinoises ou dans les annales byzantines le nom déformé d'un pays lointain emprunté à un peuple intermédiaire ou une vague mention de quelque courageux voyageur qui, bravant les périls, empruntait des pistes à demi-oubliées. Cependant, les temps changeaient ; on reprenait les routes abandonnées, les marchands allumaient du feu près des ruines d'un ancien caravansérail, et un navire, venu de contrées lointaines, jetait l'ancre dans une baie déserte.

Des écrivains hellènes et romains très anciens mentionnent le nom des Sères, un peuple qui habitait quelque part au-delà des déserts de l'Asie centrale et qui fabriquait la soie précieuse des Romains. Strabon écrit dans sa *Géographie* que la première information concernant les Sères a été donnée par Néarque, un capitaine d'Alexandre le Grand, qui, au IVe siècle avant notre ère, était allé du golfe Persique à l'embouchure de l'Indus.

Les savants alexandrins parlent souvent, aux Ier et IIe siècles de notre ère, du commerce avec les Sères.

Au temps des Ptolémées et, plus tard, lorsque l'Égypte fut devenue province romaine, les marchands égyptiens faisaient un commerce très intense avec les pays méditerranéens, avec la Nubie et les autres terres africaines, avec le bassin de la mer Rouge, le golfe Persique, les Indes et l'île de Ceylan.

Sur les rives de la mer Rouge naquirent des centres commerciaux d'où les navigateurs égyptiens partaient pour l'océan Indien. Au milieu de l'été, une grande flotte égyptienne, composée d'une centaine de navires environ, prenait la mer. Secondés par le vent propice d'été, les Égyptiens traversaient l'océan et, ayant fait des affaires aux Indes, s'en retournaient en décembre ou en janvier, profitant cette fois du vent hivernal qui soufflait dans la direction opposée. Les navigateurs égyptiens poussaient même plus loin et atteignaient l'Indochine ou les îles de la Sonde. Ils apprirent aux géographes alexandrins du Ier siècle de notre ère l'existence, au-delà des Indes, du riche et vaste pays des Sines (ou des Cinas).

Ainsi, les manuscrits de la bibliothèque alexandrine contenaient les noms de deux peuples : des Sères qui envoyaient, à travers les déserts de l'Asie centrale, la soie *(sericum)* aux Romains, et des Sines dont on ne pouvait atteindre le pays qu'après une longue navigation dans l'océan Indien. Pendant des siècles, les peuples méditerranéens ne soupçonnèrent pas que les Sères et les Sines n'étaient qu'un seul et même peuple, celui que nous appelons aujourd'hui les Chinois. Le nom « de terre » des Chinois, Sères, avait probablement une origine commune avec le mot *sericum*, soie. Actuellement, « soie » se prononce en Chine « sy », mais il se peut qu'on l'ait prononcé alors « syr » ou « syrk ». Le nom « de mer », « sine », provient indubitablement de la dynastie Tsin qui régnait en Chine de 255 à 206 avant notre ère. C'est à cette époque que l'Occident européen entendit pour la première fois parler de la Chine, et c'est le nom de cette dynastie qui servit pour l'appellation de la Chine dans les langues romanes et germaniques aussi bien que chez les Hindous et les Ukrainiens.

Les auteurs romains mentionnent souvent les Sères. Pline l'Ancien, qui périt lors de l'éruption du Vésuve en l'an 79, écrit que « les Sères sont célèbres par la fibre de leurs forêts. Ils dégagent le duvet blanc des feuilles et les arrosent avec de l'eau ; ensuite, leurs femmes exécutent un double travail ; elles dévident et tissent et, grâce à ce procédé compliqué qu'on accomplit dans un pays très lointain, nos matrones peuvent apparaître en société parées de tissus transparents ».

Au IIe siècle de notre ère, Dion Cassius décrivait la fabrication de la soie comme Pline l'Ancien. Mais déjà, vers la fin du IIe siècle, Pausanias racontait très exactement le rôle joué par le ver à soie.

Les Sères occupent même une place dans la poésie antique.

Virgile et Horace en parlent, mais ce dernier ne leur attribue point des traits typiques ; ils ne représentent pour lui que le nom d'un peuple inconnu qui a un attrait exotique.

Les Romains racontaient beaucoup de fadaises sur un pays aussi lointain que la Chine : ils prétendaient que les Sères vivaient jusqu'à deux cents ans, qu'ils ignoraient la guerre, qu'ils n'employaient jamais d'armes, etc.

Aux IIe et IIIe siècles de notre ère, le commerce de l'Empire romain et surtout de l'Égypte et de la Syrie avec la Chine prit des proportions considérables. Pline l'Ancien témoigne que, de son temps, l'Empire romain importait de Chine la soie, les objets de fer et les fourrures. D'autre part, les chroniques chinoises attestent que les Chinois recevaient des rives de la Méditerranée le verre, les couleurs (entre autres la pourpre de Tyr), les tissus de lin et de laine, les métaux, le plomb et les pierres précieuses.

Aux IIIe et IVe siècles, les vêtements de soie se répandirent beaucoup dans l'Empire romain. Les auteurs de l'époque disent que « la soie, qui était autrefois le privilège des nobles, est actuellement portée par tout le monde ».

La mode de la soie provoqua de grandes sorties d'or pour payer à la Chine ce tissu coûteux, ce qui explique pourquoi les empereurs romains ont essayé, vainement il est vrai, de limiter par décrets spéciaux le port de la soie.

La route commerciale de l'Empire romain vers la Chine passait par la Mésopotamie et la Perse, par Bactres et Kachgar où l'on rencontrait habituellement des marchands chinois. Nous verrons plus loin que le Vénitien Marco Polo emprunta également ce chemin antique. La plupart des marchandises étaient transportées par les caravanes, car on ne connaissait pas encore suffisamment bien la voie maritime et les Chinois ne commençaient qu'à s'installer sur les côtes de la Chine du Sud actuelle.

Les commerçants romains achetaient souvent les marchandises chinoises aux Hindous (pendant les navigations), aux Bactriens, aux Sogdians et aux Parthes de l'Asie centrale. Ces intermédiaires haussaient énormément les prix et rendaient parfois impossible tout échange commercial. Les prix de vente des marchandises chinoises à Rome étaient cent fois plus élevés qu'en Chine. Pendant la seconde moitié du IIIe siècle, lorsque les Perses avaient fermé la porte de l'Orient aux marchands romains, une livre de soie valait à Rome une livre d'or.

La fondation du royaume des Parthes et, plus

tard, du royaume persan, qui menait une politique antiromaine active, firent décliner le commerce avec la Chine. Un grand rôle a également été joué par les bouleversements sociaux qui provoquèrent la chute de la civilisation antique.

Pendant des siècles, les Chinois luttèrent avec acharnement contre les nomades des steppes à la frontière septentrionale de la Chine. À partir du ve siècle avant notre ère, les Chinois les appelaient « Hounnou » ou « Sunnou ». C'étaient les aïeux des Huns qui, au ve siècle après Jésus-Christ, semèrent la terreur dans toute l'Europe. Au IIe siècle avant notre ère, les chefs militaires chinois, qui cherchaient des alliés contre les Huns, dont la pression devenait de plus en plus forte, apprirent que les redoutables nomades venaient de ravager le peuple des Youetchi et que les survivants de ce peuple s'étaient enfuis vers l'ouest. En 138 avant notre ère, l'empereur chinois Oudi envoya un fonctionnaire, Tchan-tsian, chercher les Youetchi pour les convaincre de venir s'installer dans les régions frontières chinoises : on voulait utiliser les fugitifs comme un rempart contre les nomades.

Au début, Tchan-tsian n'eut pas de chance ; fait prisonnier avec toute sa suite par les Huns, il resta dix ans en captivité. Après une fuite heureuse, il continua son voyage et trouva les campements des Youetchi dans les régions que nous appelons Boukhara et Fergana. Les exilés n'avaient aucune envie de retourner dans leur patrie, et la mission de Tchan-tsian se solda par un échec. Mais elle eut des conséquences inattendues. Rentré en 126 avant notre ère dans la capitale de la Chine, qui s'appelait alors Chan-an, le fonctionnaire impérial fit une communication sensationnelle : il avait, en effet, découvert au-delà des steppes et des déserts, parcourus seulement par de rares tribus nomades, les riches pays de l'Asie centrale aux nombreuses villes, à l'agriculture bien développée, au commerce florissant. Ce fut la véritable découverte d'un monde entier. « La découverte des régions occidentales, écrit l'éminent sinologue russe Bitchourine, est un événement aussi important pour l'histoire de la Chine que la découverte de l'Amérique l'a été pour l'histoire de l'Europe. »

Les Chinois réussirent peu après à infliger aux Huns une défaite importante et, au début du IIe et à la fin du Ier siècle avant notre ère, le capitaine chinois Ban Tchao conquit le Turkestan oriental et le Pamir, poussant avec son armée jusqu'à la mer Caspienne. Cette campagne avait pour but, d'une part, de mettre fin aux incursions nomades, et, d'autre part, de frayer un chemin vers l'Occident à la soie chinoise. En même temps, elle donna aux Chinois la possibilité de connaître les régions occidentales découvertes par Tchan-tsian.

À cette époque, les Chinois, pour protéger leurs rapports commerciaux avec l'Occident, prolongèrent la Grande Muraille à l'ouest en construisant un énorme rempart avec des tours de garde. La Grande Muraille, qu'on considère toujours comme le symbole de l'isolationnisme, jouait en réalité un rôle protecteur qui facilitait les échanges de la Chine avec les régions occidentales. La Grande Muraille défendait la route des caravanes la plus importante de l'Orient et lorsque le commerce avec l'Occident tomba en décadence, toute la partie ouest du rempart fut abandonnée.

En 98 avant notre ère, Gan-In, un éclaireur envoyé par le capitaine Ban Tchao, traversa l'Iran, occupé à cette époque par les Parthes, et y apprit l'existence d'un lointain, mais puissant Empire occidental qu'on appelait Rome (*Da-tsin* en chinois). Il voulut s'y rendre par mer, *via* le golfe Persique, mais les

Parthes l'en empêchèrent. Cependant, les Chinois réussirent à rassembler bientôt des informations détaillées sur l'Empire romain : la vérité y était mélangée à la fantaisie, comme dans les renseignements sur la Chine recueillis par les savants des pays méditerranéens. Les Chinois ne disposaient de données précises que sur les possessions romaines en Asie et croyaient que la capitale de l'Empire était Antioche (*An-dou* en chinois).

Ils savaient toutefois qu'il existait une voie maritime vers les pays de la Méditerranée. Les chroniques chinoises racontent qu'en 120 de notre ère, un souverain de Birmanie avait envoyé à la cour de Chine des musiciens et des jongleurs venus de Da-tsin (Rome). En 164, un traité d'astrologie apporté de Rome fut soumis à l'examen des savants chinois. Enfin, en 166, le chroniqueur note : « L'empereur de Datsin, Andoun, a envoyé en Chine son ambassadeur qui est arrivé au Ji-nang (Tonkin) pour offrir à notre souverain de l'ivoire, les cornes d'un rhinocéros et des écailles de tortue. Ainsi, pour la première fois, sont établis des rapports directs entre les deux pays. Ce que cet homme a apporté comme cadeau n'était ni rare ni précieux et, de plus, on soupçonne que ses dires sur Da-tsin renferment beaucoup d'exagérations. »

Nous pouvons ajouter quelques éclaircissements à cette note du chroniqueur. En 166, l'empereur romain était Marc-Aurèle, de la dynastie des Antonins, que les chroniques chinoises appelaient « Andoun ». Par conséquent, l'arrivée en Chine d'un navire de provenance romaine est un fait certain. Pourtant, les sources romaines ne contiennent aucune indication sur l'ambassade envoyée par Marc-Aurèle en Chine. D'autre part, les cadeaux « ni rares ni précieux » apportés par « l'ambassadeur » étaient assurément d'origine hindoue et non pas romaine. Les « ambassadeurs » d'Andoun étaient probablement de simples commerçants égyptiens ou syriens qui, ayant chargé leur navire de marchandises hindoues et naviguant au gré du vent et des courants marins, se trouvèrent soudain en Chine où ils durent jouer le rôle d'« envoyés romains ».

En 226, un autre marchand romain, le Syrien Tsin-Loun, comme l'appelaient les chroniques, arriva en Chine par l'Indochine.

L'Empire romain et la Chine ont eu, pendant des siècles, des échanges commerciaux, surtout par la voie terrestre. Mais, à partir des IIIe et IVe siècles, ces rapports deviennent de plus en plus difficiles et les marchands romains n'organisent que fort rarement des caravanes ou des flottilles pour se rendre en Orient. Les révoltes d'esclaves et l'invasion de Barbares, qui ont causé la chute de la civilisation romaine, donnèrent le coup de grâce au commerce entre Rome et la Chine.

Au Moyen Âge, les besoins de la population européenne, même dans les classes privilégiées, étaient assez limités et pouvaient être presque entièrement satisfaits par les produits de l'économie nationale, le commerce ne jouant qu'un rôle secondaire dans le système d'économie féodale. L'Europe barbare et pauvre ne représentait point un marché favorable pour les marchandises de l'Extrême-Orient. D'autre part, les échanges commerciaux avec les pays lointains de l'Est étaient rendus presque impossibles par la succession des conquérants en Asie centrale, où les Perses avaient remplacé les Parthes pour être supplantés, à leur tour, au VIIe siècle, par les Arabes. La demande de la soie, sensiblement réduite, était satisfaite en Europe par Byzance où, aux Ve et VIe siècles, on cultivait le mûrier et où des ateliers d'État étaient créés pour la fabrication des tissus de soie.

La décadence culturelle qui accompagnait le développement du système féodal en Europe avait également contribué au relâchement des liens avec l'Extrême-Orient. Les défenseurs fanatiques du christianisme brûlaient les manuscrits anciens, comme il arriva pour la plus grande partie de la célèbre bibliothèque alexandrine ; souvent, un moine copiste ignorant grattait un texte d'Horace ou de Pline l'Ancien pour écrire, à sa place, sur le parchemin, un psaume ou une prière. Les notions géographiques des Anciens étaient oubliées et remplacées par les écrits, inspirés de la Bible, sur « Jérusalem, l'ombilic de la terre », sur « l'entrée de l'enfer », sur les « quatre fleuves du Paradis », sur « la terre de Magog où régnait Gog » ; on ajoutait à cela des fragments de l'épopée d'Alexandre le Grand et des descriptions à demi-fantaisistes de voyages de pèlerins dans les Lieux saints. On perdait peu à peu toute idée des pays lointains et des grandes routes commerciales.

C'était à Byzance seulement, où le système féodal avait revêtu des formes particulières et où la décadence spirituelle n'avait pas atteint le même degré qu'en Europe occidentale, qu'on faisait des tentatives pour rétablir les liens coupés. Dans la première moitié du VIe siècle, le Byzantin Constantin d'Alexandrie (Cosmas Indicopleustes) fit un long voyage en Arabie, en Éthiopie, aux Indes et à Ceylan. Dans son ouvrage *La topographie chrétienne*, dont le but principal était de réfuter la doctrine de Ptolémée sur la forme sphérique du globe et de prouver qu'il ressemblait à l'arche de Noé, Constantin d'Alexandrie donna une description détaillée des contrées qu'il avait visitées, mentionnant le pays de Chinitza (déformation du mot persan « Chinistan », le pays des Chines). En 568, l'ambassadeur byzantin Zemarch reçut des Turcs, habitant la région de Tian-chan, des renseignements sur le pays Taugast (l'ancien mot turc « Tobgatch » signifie la Chine).

Pendant que les échanges entre l'Europe et les pays de l'Orient se réduisaient presque à zéro et qu'on oubliait les grandes routes commerciales, la Chine continuait à entretenir des rapports animés avec l'Asie centrale et les Indes.

Les généraux et les diplomates chinois intervenaient souvent dans les affaires des États de l'Asie centrale, tandis que les chroniques notaient non seulement les grands événements, mais aussi les changements de noms des villes et relataient les us et coutumes des peuples et les merveilles qu'on trouvait à la cour des potentats de l'Asie centrale et occidentale. À partir du IVe siècle, le bouddhisme commença à se propager en Chine, ce qui fut à l'origine des innombrables pèlerinages vers les saints lieux bouddhistes. Au début du Ve siècle, le moine bouddhiste Fa-siang, parti de la capitale de la Chine, Tchan-an, traversa la province dénommée actuellement Hansu, visita la Chine occidentale, puis, par l'Afghanistan, atteignit les Indes, fit le tour des sanctuaires bouddhistes et rentra dans sa patrie par voie maritime. Dans la première moitié du VIIe siècle, un autre pèlerin, Suan-tsan, arriva jusqu'aux contreforts du Tian-chan et puis, par Tachkent, Samarkand et l'Afghanistan, pénétra dans les Indes. Il revint par voie terrestre, *via* Pamir et Kachgar. À la fin du VIIe siècle, le moine I-tsin se rendit aux Indes par voie maritime.

La Chine essaya de s'immiscer dans la lutte entre les Perses et les Arabes et, profitant de la chute de l'Empire persan, de mettre la main sur une partie de l'Asie centrale, ce qui provoqua, au VIIIe siècle, plusieurs conflits armés sino-arabes.

Peu de temps après, les marchands arabes, perses et ceux de l'Asie centrale commencèrent à jouer un grand rôle dans le commerce de la Chine où ils pénétraient soit par voie maritime, soit par voie terrestre. Des quartiers musulmans furent fondés dans les ports et les centres commerciaux le long des routes de caravanes.

Les voyageurs et les géographes arabes et persans ont laissé de longues descriptions de la Chine et des routes qui y conduisaient. Leurs ouvrages sont des documents de la plus haute importance pour l'étude de l'histoire chinoise.

Pendant la domination mongole, la colonie musulmane en Chine était particulièrement nombreuse et Marco Polo parle des médecins, des soldats, des administrateurs, des savants musulmans qu'il rencontrait dans la Chine conquise par les Mongols.

Une nouvelle ère dans les rapports de l'Europe avec l'Orient et en particulier avec la Chine s'ouvrit avec les croisades, pendant lesquelles les féodaux européens se rendirent en Syrie, en Palestine, en Égypte et à Byzance, à la recherche de nouveaux territoires et dans l'espoir de s'enrichir dans les abondantes contrées arabes et byzantines.

Les croisades firent connaître aux féodaux et aux marchands européens l'Orient qui, par sa culture matérielle et intellectuelle, dépassait de beaucoup l'Europe occidentale. D'autre part, cette connaissance contribua à élargir l'assortiment des marchandises en cours sur les marchés européens. On recevait de l'Orient le poivre, la noix muscade, la cannelle, la girofle, en somme toutes les épices dont on avait grand besoin, car, ne sachant pas bien conserver les produits alimentaires, les Européens de l'époque, pour leur enlever leur odeur désagréable, étaient obligés de les assaisonner abondamment. On importait également des parfums, comme la myrrhe, l'encens, les baumes, les couleurs, le safran, le bois d'aloès, l'alun, le sucre de canne, les abricots, le raisin de

Corinthe, les tissus, les soieries, les tapis. Aux yeux des habitants miséreux et grossiers de l'Europe, l'Orient apparaissait opulent et merveilleux, comme dans un conte de fées. S'emparant des palais magnifiques, les croisés n'y voyaient que richesse, magnificence et fantaisie, sans s'apercevoir qu'en Orient également la pauvreté et la famine régnaient en maîtres. C'est à cette époque que la légende du faste et des trésors de l'Orient a été créée.

« Je ne connais pas d'expression plus stupide que "le faste oriental". Elle est probablement née à l'époque des Croisades, lorsque les chevaliers, qui avaient quitté les murs nus et les sièges en chêne de leurs châteaux, virent pour la première fois les divans rouges, les tapis multicolores et les poignards aux manches incrustés. Mais à présent on devrait dire : la misère orientale, la saleté orientale, car le faste, sans aucun doute, appartient à l'Europe. » (Pouchkine, *Voyages à Erzéroum*.) Marco Polo partagea l'admiration de ses contemporains pour l'Orient.

Avec les marchandises et les esclaves orientaux, des mots arabes, grecs, syriens s'infiltraient en Europe. Le séjour dans les contrées exotiques marquait les croisés et les commerçants français et italiens dont les manières, les conceptions, le langage et les vêtements, après leur retour dans leurs patries respectives, différaient sensiblement de ceux de leurs semblables. Il est certain que toute la famille des Polo qui, avant le grand voyage, avait séjourné à Constantinople et en Crimée, avait été, dans une certaine mesure, « orientalisée ».

Les croisades ont beaucoup contribué à l'essor puissant des villes commerçantes italiennes, en premier lieu de Venise, de Gênes et de Pise, qui, en échange des navires, des armes et de toutes sortes d'approvisionnements qu'elles avaient mis à disposition des croisés, avaient ensuite reçu, à titre de récompense, une large part du butin, des privilèges commerciaux et des territoires dans les pays conquis.

Il suffira de remarquer qu'après les trois premières croisades, les Génois obtinrent une partie de Jérusalem, d'Antioche et de Laodicée, un tiers d'Arzeu, de Beyrouth, de Césarée et d'Acca qui était une des plus grandes villes du Levant. Plus tard, les Génois s'emparèrent de Famagouste, capitale de l'île de Chypre, de Tripoli de Syrie, des îles grecques (Chio, Samos, etc.), et fondèrent en Crimée leur colonie, Kaffa, qui, par la suite, devint le centre du commerce avec la Crimée, les régions de la steppe, la Perse et l'Asie centrale.

Les concurrents des Génois, les Vénitiens, à la suite des trois premières croisades, s'étaient emparés de deux ports syriens, Tyr et Sidon. La rivalité entre Gênes et Venise aboutit à une guerre sanglante pour la domination sur mer, pour les routes commerciales vers l'Orient, pour les colonies dans les pays du Levant. La première victime de cette lutte fut la ville d'Amalfi qui, ayant organisé le commerce maritime régulier avec l'Orient, fut, au XIIe siècle, saccagée par ses concurrents, les Pisans, et eut toute sa flotte détruite. À son tour, Pise, après l'anéantissement de sa flotte par les Génois, lors de la bataille de Méloria, en 1284, subit le même sort qu'Amalfi. Dans cette bataille, les Génois s'emparèrent de trente-trois navires et de dix mille marins et soldats pisans. En 1290, les Génois, alliés aux Florentins, détruisirent le port de Pise et bloquèrent avec des roches l'embouchure de l'Arno.

Les succès de Gênes étaient dus, en grande partie, à sa position géographique extrêmement favorable, sur les rives septentrionales de la Méditerranée de l'Ouest, reliées aux riches vallées du Rhône et du Rhin par des passages alpins relativement courts.

Cependant, sa grande concurrente, Venise, jouissait également d'une situation privilégiée. Située sur des îles de la lagune enfouies dans le coin le plus reculé de l'Adriatique, elle ne craignait une attaque directe ni par terre ni par mer. Elle était, de plus, reliée au bassin de la Lombardie, et, par les Alpes, à la Suisse, l'Allemagne et l'Autriche.

La lutte acharnée entre Gênes et Venise eut pour objet la domination en Méditerranée, les possessions coloniales et les riches factoreries auxquelles aboutissaient les grandes routes commerciales de l'Orient. Partout, en mer ou sur les îles lointaines, dans les quartiers marchands des villes orientales ou sur les marchés des capitales étrangères, les Génois et les Vénitiens se livraient un combat sans merci, saccageant et incendiant les navires et les factoreries, se tuant ou se vendant en esclavage les uns les autres. Tous les moyens leur semblaient bons pour écraser l'adversaire : tantôt la lutte était menée par des armées mercenaires, tantôt elle revêtait la forme d'une rivalité autour du trône de Byzance et des dissensions parmi les chefs des croisés.

L'événement décisif pour l'équilibre des forces en Méditerranée, au début du XIIIe siècle, fut la quatrième croisade de 1204 : suivant le conseil de Venise et appuyés par sa flotte, les croisés, au lieu de combattre les musulmans, se tournèrent contre Byzance, prirent et mirent à sac Constantinople et y fondèrent l'Empire latin. Les vainqueurs trouvèrent un énorme butin dans la ville conquise. Le chroniqueur français Villehardouin, qui prit part à la conquête et au sac de Constantinople, écrit : « Le butin était si grand qu'il n'était pas possible de le compter : de l'or, de l'argent, des pierres précieuses, des calices d'or et d'argent, des vêtements de soie, des fourrures, et tout ce qu'il y a de beau sur terre. »

Les Vénitiens en eurent la part du lion. Suivant l'accord conclu antérieurement, ils reçurent la moitié de tout le butin; puis les croisés leur payèrent des sommes énormes pour les navires et les munitions; enfin, le butin ayant été partagé parmi les combattants, une partie leur en revint, car ils avaient participé aux opérations militaires. Mais les privilèges qui leur furent octroyés dans l'Empire latin étaient plus précieux que l'or ou l'argent. À la suite de la « quatrième croisade », les Vénitiens obtinrent les îles les plus importantes de l'archipel, les rives de la mer de Marmara, la Crète, les îles Ioniennes, la côte Dalmate, les quartiers marchands de Constantinople et d'autres villes byzantines. Des factoreries vénitiennes surgirent en Crimée et sur les côtes de la mer d'Azov. En tout, Venise reçut trois huitièmes du territoire conquis par les croisés, et le doge vénitien s'affubla du titre de « Maître d'un quart et d'un huitième de l'Empire romain ».

Les Vénitiens essayèrent de monopoliser tout le commerce et toute l'usure dans l'Empire latin et surtout dans leurs propres colonies, exploitant et opprimant d'une façon exagérée la population locale. Un clerc byzantin de l'époque comparait la « belle Venise » au crapaud, au serpent de mer et à la grenouille, et appelait ses citoyens « des pirates ».

Dans les années 60 du XIIIe siècle, lorsque les frères Polo entreprirent leur voyage en Orient, Venise se trouvait au sommet de sa puissance, mais les Génois préparaient déjà leur revanche. Tandis que Venise, depuis 1204, avait lié le sort de ses possessions orientales à l'Empire latin, fondé par les croisés, les Génois avaient cherché à s'allier aux petits États de l'Asie Mineure, nés sur les ruines de l'Empire byzantin, espérant ainsi organiser une force capable de porter un coup décisif à l'Empire latin et, par là, à la puissance vénitienne.

En effet, les contradictions intérieures qui déchiraient cet Empire à la population grecque opprimée par les féodaux francs et les marchands vénitiens se manifestèrent d'une façon si aiguë qu'en 1261, lorsque les frères Polo se trouvaient déjà sur la Volga, Ange Paléologue, qui régnait à Nicée sous le nom de Michel VIII et qui descendait d'une illustre famille byzantine, renversa assez facilement, avec l'aide des Génois, l'empereur latin et restaura l'Empire de Byzance. Après sa victoire, il mit à la disposition de ses alliés d'immenses territoires et leur accorda d'importants privilèges. Les Génois occupèrent en Orient la place des Vénitiens. En plus de la côte de la Ligurie, ils étendirent leur pouvoir sur la Corse, la Sardaigne, l'Elbe, Chio, sur beaucoup d'endroits en Asie Mineure, sur les factoreries en Crimée, sur les rives des mers Noire, Caspienne et d'Azov.

En 1298, lors de la bataille de Curzola, à laquelle prit part Marco Polo qui venait de rentrer de l'Orient, les Génois infligèrent une cruelle défaite à Venise, en anéantissant sa flotte et en s'emparant de nombreux prisonniers, dont Marco Polo. Cette victoire assura aux Génois la domination en Méditerranée jusqu'à la seconde moitié du XIVe siècle. Mais, en 1380, Venise réussit à asséner à Gênes un coup décisif.

La lutte entre les deux Républiques a toujours eu pour enjeu la domination en Méditerranée et le contrôle des routes commerciales vers l'Orient. Le vainqueur acquérait la possibilité de faire un commerce avantageux en achetant des esclaves, du blé, du poisson et du miel sur les rives septentrionales de la mer Noire, des tissus, du vin, de la laine d'Angora en Perse et en Asie Mineure, de la soie, des épices, de l'ivoire et des aromates aux Indes et en Arabie (par la mer Rouge), et en vendant en Orient du bois, des esclaves, des armes et des objets métalliques. Les marchands génois et vénitiens poussaient jusqu'à Kiev et à la principauté de Souzdal, aux villes de la Volga, la Perse et l'Asie centrale. Cependant, les routes lointaines leur étaient fermées et la situation intérieure de l'Orient empêchait le développement normal du commerce.

À cette époque, la Perse et les pays de l'Asie centrale et occidentale traversaient une profonde crise politique.

Les temps où le califat avait réuni le monde musulman, de Gibraltar jusqu'au Gange, étaient bien révolus. La dynastie des califes abbassides régnait encore à Bagdad, mais son pouvoir ne s'étendait que sur les restes de l'ancien Empire : l'Espagne et l'Afrique du Nord étaient sous la domination de leurs ennemis, les califes ommiades ; en Égypte, le trône était occupé par les Fatimides qui ne reconnaissaient même pas le pouvoir spirituel du calife de Bagdad ; en Syrie et en Palestine, il y avait toute une série de petits États arabes, musulmans et chrétiens, un conglomérat de royaumes, de duchés, de principautés, de comtés, de sultanats, d'émirats, de provinces, de châteaux, d'ordres religieux et de compagnies de chevaliers. La plus grande partie de l'Asie Mineure appartenait aux Turcs Seldjoukides, en Perse et en Asie centrale grandissait la puissance des shahs de Khorezma qui accaparaient peu à peu les terres des califes et considéraient déjà avec concupiscence la capitale des Abassides, Bagdad. Or, à Bagdad, les califes n'étaient plus que des hommes de paille derrière lesquels agissaient les potentats effectifs : les émirs et les sultans turcs et kurdes et les vizirs persans.

Dans les grandes villes de l'Orient musulman, à Damas, à Alep, à Bagdad, à Mossoul, à Tabriz, à Khorezma, à Boukhara, à Samarkand, à Hérat, se forme une classe assez nombreuse d'artisans et d'ouvriers que les marchands exploitent impitoyablement. Les riches marchands tiennent dans leurs mains le commerce en gros et les routes de caravanes par lesquelles on transporte les principales marchandises : les tissus, les épices, les aromates, le maroquin, les armes, les bijoux, les fourrures, la soie et les esclaves.

L'isolement politique et les guerres incessantes, qui détruisent la sécurité des routes et troublent la vie normale, ruinent les maîtres « du commerce par caravanes » ; ils rêvent d'un « pouvoir fort et unifié » qui rendrait la sécurité aux routes, supprimerait les innombrables octrois, materait les artisans en révolte et permettrait d'organiser une exploitation systématique de larges couches de la population.

Ce fut dans ces conditions que les armées mongoles entreprirent leur marche victorieuse à travers l'Asie et l'Europe.

Pendant la seconde moitié du XIIe siècle, le système social mongol représentait une sorte de féodalité : tout le territoire était divisé parmi les grands suzerains qui s'appelaient « noyons » et « beys ». Ces féodaux de la steppe régnaient sur la masse du peuple — les « arates », qui leur devaient un tribut. La classe d'hommes libres était fort réduite. À la base de la pyramide sociale se trouvaient les esclaves recrutés parmi les prisonniers de guerre ou des arates asservis. Chaque domaine (yourta) était bien délimité et des terrains déterminés étaient réservés au bétail du seigneur et de chaque exploitation qui dépendait de lui. Les Mongols et leurs troupeaux changeaient de place suivant un itinéraire établi d'avance et sujet à un minimum d'altérations. Les féodaux guerroyaient sans cesse à cause des dégâts causés par le bétail dans un champ, des vallées et des abreuvoirs litigieux, ou des brebis et des chevaux volés. L'élevage constituait la principale occupation des Mongols, mais dans les régions où la steppe touchait la forêt ou sur les plateaux fertiles et boisés, la chasse et l'agriculture, cette dernière bien développée et pourvue d'irrigation artificielle, étaient assez répandues.

Les campements provisoires et fortifiés des seigneurs féodaux contenaient souvent des tas de blé, de laine, de fourrures, de peaux, de bétail représentant soit le tribut payé, soit le résultat des incursions et du pillage. Le commerce entre la Mongolie, d'une part, et la Chine et les pays frontières de l'Asie centrale, d'autre part, commença à se développer de bonne heure. Les marchands de Chine, de Kachgar et de l'Asie centrale pénétraient dans la steppe, offrant aux féodaux des armes, des tissus, des esclaves et des chevaux de race, en échange des matières premières et des produits alimentaires. Ces voyageurs apportaient également les nouvelles doctrines religieuses — le bouddhisme et le christianisme. La grosse majorité de la population n'avait pas été touchée par les religions étrangères et était restée fidèle à sa foi ancienne, au chamanisme païen.

À la fin du XIIe siècle, le groupe féodal et aristocratique, dirigé par Témoutchen, acquit une grande importance. En 1206, après une longue lutte sanglante, Témoutchen réunit toute la Mongolie sous son pouvoir et prit le titre de Genghis Khan.

En 1211-1216, les armées mongoles, à la suite de batailles acharnées, s'emparent de la Chine du Nord et y renversent la dynastie régnante des Tsin. En 1217, Gengis Khan, à la tête d'une énorme armée, entreprend la conquête de l'Asie centrale où la résistance la plus obstinée lui est offerte par le souverain de Khorezma, Mouhammed, qui, entre 1200 et 1220, avait réussi à créer un État fort en Perse et en Asie centrale.

En 1218, les Mongols mirent à sac Otrar, le grand centre du commerce par caravanes ; en mars 1220, ils pillèrent et incendièrent Boukhara et, en avril, ils firent subir le même sort à Samarkand. En 1221, les fils de Genghis Khan, Djoutché et Djagataï, après un siège de sept mois, prirent la riche ville d'Ourgentch, la saccagèrent et la brûlèrent, égorgeant toute la population à l'exception des artisans.

Archer mongol, d'après Mopko Schuraï.

Au printemps de 1221, Genghis Khan enleva et anéantit la ville florissante de Balkh, dans le Turkestan afghan. Ayant ainsi dévasté l'État de Khorezma, les armées mongoles traversèrent la Perse du Nord, infligèrent, en février 1221, une défaite aux troupes géorgiennes près de Tiflis et pillèrent, en 1222, la ville de Shemaha. Au début de 1224, commandés par le fils de Genghis Khan, Toleï, les Mongols, par la Perse du Nord et le Caucase, pénétrèrent dans les steppes du Don, remportèrent près du fleuve Kalka une victoire foudroyante contre les princes russes et les khans polovetz, poussèrent jusqu'au Dnieper, descendirent au sud, en Crimée, détruisirent les villes des Goths et des Byzantins, puis, par le royaume bulgare, qui existait alors dans le bassin de Kama, s'en retournèrent en Asie.

Continuant la conquête de la Chine et de la Perse, les Mongols, ayant à leur tête le khan Batyï (Batou), conquirent et dévastèrent la Russie en 1237-1240 ; en 1240, ils prirent et saccagèrent Kiev. En 1240-1241, leurs armées dévastèrent la Pologne et la Silésie et envahirent la Moravie. En 1241, après un siège prolongé, Batou s'empara de Pest, capitale de la Hongrie, pilla et brûla la ville et extermina sa population. Poursuivant le roi de Hongrie, Batou déboucha sur les rives de l'Adriatique où il prit et ruina la ville de Cotor (Catarro). La nouvelle de la mort du grand khan Ogodaï, fils de Genghis Khan, le fit rebrousser chemin et rentrer en Mongolie.

En 1258, le petit-fils de Genghis Khan, Houlagou, prit Bagdad, fit tuer le dernier calife abbasside et acheva la conquête de la Perse et de la Mésopotamie.

En même temps, les Mongols continuaient la conquête de la Chine. Ayant eu raison de la dynastie Niou-tcheng, qui avait régné dans la Chine septentrionale depuis 1115 et qui était plus connue sous le nom de Tsin ou « d'or », les Mongols commencèrent la lutte pour la Chine centrale et méridionale où, depuis 960, s'était établie la dynastie des Song. Ils s'en emparèrent grâce à un de leurs meilleurs chefs militaires, Bayan, dont Marco Polo parle souvent.

Lorsque les Vénitiens Polo arrivèrent en Chine, la lutte des Mongols contre la dynastie des Song battait son plein. La liquidation de l'Empire Song se passa sous leurs yeux : elle fut achevée dans les années 70 du XIIIe siècle par Koubilaï, petit-fils de Genghis

Khan. On procéda parallèlement à la conquête du Tibet, de la Birmanie et du Yunnan.

Ainsi Khoubilaï ou Koubilaï, comme l'appelait Marco Polo, devint-il non seulement le premier souverain mongol de toutes ces contrées, mais aussi le premier unificateur de la Chine qui, depuis 907, était restée, pendant trois cent quatre-vingts ans, divisée en deux parties, la septentrionale et la méridionale.

Les succès extraordinaires des féodaux mongols s'expliquaient par le fait qu'au moment de leur invasion, l'Asie centrale, le Proche-Orient et l'Europe orientale étaient morcelés en de nombreux et impuissants États qui ne faisaient que lutter entre eux. Presque partout, les Mongols battaient leurs ennemis séparément, l'un après l'autre, et ils ne rencontraient presque jamais de coalitions plus ou moins solides. L'attitude adoptée par les milieux dirigeants marchands, par les maîtres du commerce en gros de l'Asie centrale, a eu également une grande importance. Nous avons déjà dit que l'instabilité politique et les guerres incessantes étaient nuisibles au commerce. À la recherche du « pouvoir fort », les marchands ont d'abord soutenu la politique d'expansion de Mouhammed, souverain de Khorezma, mais, à partir de 1218, ils se montrèrent favorables aux Mongols, car la création d'un immense Empire offrait de nouvelles perspectives pour le commerce par caravanes. L'appui des marchands avait souvent une grande importance pour les Mongols qui, à leur tour, commencèrent à agir selon les désirs de leurs alliés. Le sort de la ville de Balkh est très curieux sous ce rapport. La route vers l'Extrême-Orient, qui rivalisait avec celle du Nord, passait par Balkh. Lorsque, au printemps de 1221, l'armée de Genghis Khan apparut devant Balkh, la ville se rendit sans livrer bataille. Habituellement, les Mongols épargnaient la population des villes qui ne leur opposaient aucune résistance. Mais à Balkh, sous prétexte du recensement des habitants, ils les firent sortir, par groupes, de la ville et les égorgèrent tous. La ville fut rasée au sol. La destruction de Balkh a certainement été avantageuse au groupement marchand, qui jouait un grand rôle dans l'entourage de Genghis Khan, et c'est grâce à son influence qu'il agit de la sorte.

Par la suite, la classe marchande a joué un rôle très important dans les États mongols, fournissant aux khans des moyens pécuniaires, à la Horde d'Or l'affermage du tribut qu'on levait en Russie, et aux Mongols de la Chine des ministres des Finances, des administrateurs et des hommes d'affaires.

Le succès des campagnes mongoles était dû à l'armée que Genghis Khan avait créée selon le principe des milices féodales. Les habitants de l'Europe occidentale et les Russes ressentaient une indescriptible frayeur à la soudaine apparition des armées mongoles, composées de cavaliers à l'aspect étrange, et de leur non moins brusque disparition, après la terrible dévastation de tout un pays et le sac, la ruine et l'incendie des villes les plus florissantes. Les témoins perplexes des incursions mongoles comparaient ces armées à la sauterelle qui avance sans but et détruit tout sur son passage.

En réalité, les armées mongoles étaient très bien organisées et leur noyau était constitué par une cavalerie rapide qui, en peu de temps, couvrait d'énormes distances. Pendant les sièges des villes, les Mongols recouraient à l'art des spécialistes de la Chine et de l'Asie centrale. Les Mongols ont, en général, utilisé sur une large échelle la force guerrière des peuples conquis, et ils avaient, en Chine, dans leur armée, des corps entiers d'Alains, d'Ouïgours et de Russes. Pendant le siège des villes hongroises, les premiers à marcher à l'assaut étaient les prisonniers polovetz, russes, lithuaniens. Les Mongols ne venaient qu'ensuite. Dans l'armée mongole, il y avait une sorte d'état-major qui étudiait et établissait les plans stratégiques des campagnes.

Bref, les conditions politiques en Asie et en Europe et une armée parfaitement organisée et appuyée par la classe marchande assuraient la victoire des troupes mongoles.

Pendant la seconde moitié du XIIIe siècle, les Mongols créèrent un État militaire et féodal unique dans l'histoire par son immensité.

À ce moment, le pouvoir des khans mongols s'étendait de la Méditerranée au Pacifique, du fleuve Lena à l'océan Indien. Mésopotamie, Arménie, Géorgie, Iran, Afghanistan, Russie moscovite, Crimée, Volga, Kazakstan, Sibérie occidentale, Asie centrale, Turkestan oriental, Mongolie, Baïkal, Mandchourie, Chine, Tibet et Birmanie faisaient partie de cet Empire gigantesque.

Les marchands de l'Asie centrale et de l'Europe occidentale profitèrent largement des possibilités que les croisades et la naissance de l'Empire mondial mongol ouvraient devant eux. Ils recommencèrent de lointains voyages, renouant les rapports commerciaux tombés en décadence et restaurant les routes des caravanes abandonnées.

Les frères Polo appartenaient à cette classe de marchands. Il est difficile d'établir à l'heure actuelle quelle était leur branche. Marco Polo parle à toute occasion de commerce des pierres précieuses, de rhubarbe et de cotonnades ; c'étaient probablement les marchandises qui intéressaient tout particulièrement la famille Polo. Il faut cependant tenir compte du fait que la division du travail et la grande spécialisation héréditaire, qui existaient parmi les artisans en Europe et en Orient à l'époque, faisaient défaut dans la classe marchande. Les circonstances transformaient un marchand d'esclaves en joaillier, un négociant d'épices en fournisseur de cotonnades, et ainsi de suite.

Il est indubitable que pendant leur voyage en Orient les frères Polo ne s'en tenaient pas trop strictement à un assortiment de marchandises fixé d'avance. En tout cas, il est clair qu'ils n'étaient pas novices en matière de commerce avec l'Orient. Marco Polo écrit qu'en 1260 « les frères Polo — le père de Marco et Matteo — se trouvaient en la ville de Constantinople où ils étaient venus de Venise avec leurs marchandises ».

Comme nous l'avons déjà dit plus haut, à cette époque, les Vénitiens disposaient d'immenses privilèges dans l'Empire latin dont ils avaient monopolisé le commerce extérieur.

De Constantinople, les frères Polo se rendirent en Crimée, à Soudak, qui était une ville vénitienne et où le frère aîné possédait une maison. Il était probablement intéressé par le commerce en gros que les factoreries génoises et vénitiennes de la Crimée faisaient avec les régions de la steppe, la Russie et les pays de la Volga.

Les frères Polo n'étaient pas des marchands très importants ni très riches. Il est vrai qu'au Moyen Âge, les marchands les plus riches allaient eux-mêmes aux foires, mais au XIIIe siècle on en chargeait des hommes de confiance qu'on envoyait également en voyage, surtout s'il s'agissait de contrées lointaines ou inconnues. Les frères cadets Polo ont été, probablement, des hommes d'affaires moyens ; il est fort possible qu'ils ne disposaient même pas d'argent à eux et que les fonds leur étaient, peut-être, fournis par le frère aîné, qui semble avoir été plus fortuné.

De la Crimée, les frères Polo partirent pour le confluent de la Kama et de la Volga et de là pour l'Asie centrale. Après la conquête de l'Europe occidentale et de l'Asie centrale par les Mongols, les marchands vénitiens et génois allaient souvent sur les rives de la Volga pour y acheter des fourrures, de l'argent et des esclaves, et en Asie centrale pour s'y procurer de la soie et des cotonnades. Avant les frères Polo, deux autres Européens avaient traversé les steppes pour aller en Mongolie, chez les grands khans : c'étaient Jean du Plan Carpin, ambassadeur du pape Innocent IV (en 1246), et Guillaume de Ruysbroek, ambassadeur de Louis IX (1253).

Lorsqu'en 1262 les frères Polo se trouvèrent sur les rives de la Volga, ils purent assister à la lutte entre deux khans mongols : Barka, dont le pouvoir s'étendait sur l'Europe orientale et le bassin de l'Oural et de l'Emba, et Houlagou, souverain de la Perse. Des guerres semblables étaient très fréquentes pendant la seconde moitié du XIIIe siècle, car le grand Empire de Genghis Khan et de ses successeurs, Ogodaï et Mangou, était très instable, et les pays qui le composaient étaient très disparates au point de vue économique, ethnique et culturel.

Déjà en 1260, à l'époque où les frères Polo avaient commencé leur premier voyage en Orient, l'Empire mongol était constitué par des pays pratiquement indépendants, mais réunis sous le pouvoir nominal du grand khan Koubilaï. En Europe orientale et dans le bassin de l'Oural et de l'Emba régnait la Horde d'Or ou Kiptchak, à la tête de laquelle se trouvait Barka-khan, petit-fils de Genghis Khan et frère de Batou, conquérant de la Russie. Il était le maître des principautés russes. La Perse, l'Afghanistan, la Mésopotamie, l'Arménie et la Géorgie appartenaient à un autre petit-fils de Genghis Khan, Houlagou, qui était le frère du grand khan Koubilaï. L'Asie centrale et le Kazakstan méridional étaient gouvernés par les descendants de Djagataï, fils de Genghis Khan. L'Altaï, la Mongolie occidentale, la Touva actuelle et le haut Obi étaient en la possession de Kaïdou, arrière-petit-fils de Genghis Khan et ennemi mortel de Koubilaï. Finalement, la partie orientale de l'Empire (la Chine, la Birmanie, la Mandchourie, la plus grande partie de la Mongolie, la région de Baïkal, le Tibet et le Turkestan oriental) était soumise au grand khan Koubilaï. Le commerce entre toutes ces possessions mongoles était assez développé et ne se trouvait empêché que par les guerres, comme celle de 1262 entre Barka et Houlagou.

Tous les ans, de nombreuses caravanes partaient de l'Asie centrale pour la Chine et des rives de la Volga pour la Perse et la Boukharie. De petits marchands, des pèlerins, des militaires ou de simples voyageurs, comme, par exemple, le Marocain Ibn-Batouta, le contemporain cadet de Marco Polo, se joignaient habituellement aux riches négociants qui organisaient les caravanes. D'autre part, les marchands s'unissaient souvent aux caravanes de quelque ambassadeur ou dignitaire. Les Vénitiens Polo firent de même pendant leurs pérégrinations en Chine.

Marco, fils de Nicolas, se joignit à ses frères marchands lors de leur deuxième voyage en Orient. Arrivé en Chine, le jeune Marco Polo entra au service de Koubilaï et, pendant dix-sept ans, remplit diverses fonctions auprès du khan.

Les savants ne sont point d'accord sur la carrière chinoise de Marco Polo. Auparavant, se basant sur une phrase de Marco Polo (cf. le chapitre « Sur la tentative pour faire révolter la cité de Cambaluc » et les notes) et sur le fait que le nom de Polo est souvent mentionné dans les chroniques chinoises de l'époque, on croyait que le jeune Marco aurait fait en Chine une carrière vertigineuse, qu'il aurait été vice-président du conseil de guerre et juge d'instruction d'affaires secrètes, président du département d'agriculture, chef du collège de la censure, vice-roi d'une des douze provinces de la Chine, etc. Il est établi à présent que les chroniques chinoises qui décrivent l'histoire de la dynastie mongole parlent de quinze Polo différents, et ce nom est souvent mentionné, même après que Marco Polo eut quitté la Chine.

Cependant, il est hors de doute que Polo a été chargé par Koubilaï de missions très importantes, qu'il a été envoyé par le grand khan dans la région

Le « noble chevalier » Marco Polo. Gravure sur bois de la première édition imprimée de sa relation de voyage, Nuremberg, 1477. (D'après Yule.)

est de l'Empire (actuellement la province de Hansu), au Tibet, en Chine méridionale, en Birmanie, en Annam et aux îles de la Sonde.

Pendant trois ans, il remplit les fonctions de gouverneur de la ville et de la province de Yang-Tchéou-Fou, dans la Chine centrale. Même le départ des Vénitiens était lié à une mission très importante de Koubilaï — conduire la princesse chinoise chez son fiancé, le souverain mongol de la Perse.

Au premier abord, on ne comprend pas très bien comment Marco Polo aurait pu faire une carrière à la cour du khan. Il était étranger, de famille modeste, sans connaissances spéciales, militaires, financières ou médicales, qu'on aurait pu utiliser à la cour de Koubilaï. Même au bout d'un séjour de dix-sept ans en Chine, il ne parlait pas la langue du pays.

Pour expliquer les raisons de son succès, il faut tenir compte du caractère particulier de la domination mongole en Chine.

Avant l'arrivée de Genghis Khan, il existait, entre les dynasties Tsin et Song, un état de lutte perpétuel qui durait depuis de longues années et qui avait épuisé la population. L'invasion mongole et les guerres qui l'ont accompagnée n'ont fait qu'accumuler de nouvelles ruines, des vexations, des impôts et des misères. L'agriculture se trouvait dans une situation critique, la famine faisait rage dans plusieurs provinces, et les paysans se révoltaient sans cesse.

Les Mongols n'avaient qu'un seul but : consolider leur pouvoir dans la Chine conquise pour y lever régulièrement l'impôt. Koubilaï se vit obligé de renoncer à percevoir le tribut imposé aux paysans des régions ruinées, et même de leur venir en aide dans certaines provinces particulièrement éprouvées.

Dans beaucoup d'endroits, dévastés par la guerre, les champs étaient abandonnés, le système d'irrigation ne fonctionnait plus et les paysans se transformaient en rôdeurs et en pillards. Koubilaï lutta contre le banditisme, organisa l'immigration des paysans des régions à la population nombreuse dans les provinces dépeuplées et entreprit le rétablissement du système d'irrigation.

Mais toutes ces mesures ne furent que de courte durée et ne donnèrent pas de grands résultats. Sous les successeurs de Koubilaï, la situation de l'agriculture en Chine devint encore plus désastreuse et les émeutes paysannes prirent le caractère d'une révolte générale qui, en 1368, mit fin à la domination mongole.

Les guerres fréquentes contre les autres khans mongols, les expéditions pour la conquête du Japon, de Java, de la Birmanie, du Yunnan et du Tibet, ainsi que l'entretien d'une grande cour fastueuse, entraînaient de très grosses dépenses, et Koubilaï eut recours à une émission démesurée de papier monnaie, qui était connu en Chine depuis le début du IXe siècle, mais qui n'avait jamais circulé en telle quantité. Les successeurs de Koubilaï ne firent qu'intensifier l'inflation, et la crise financière fut une des causes de la révolte qui finit par secouer le joug mongol.

Le recrutement des administrateurs posait devant les conquérants mongols un grave problème. Les féodaux mongols ne formaient en Chine qu'une couche très mince ; l'art de la guerre étant leur seule spécialité, ils ne pouvaient pas fournir de fonctionnaires pour l'appareil administratif de Koubilaï. Même dans sa propre armée, le grand khan ne pouvait ni ne voulait se servir uniquement de ses compatriotes. Les garnisons cantonnées en Chine étaient formées d'Alains, d'Ouïgours, de Russes. Marco Polo mentionne, parmi les chefs militaires de Koubilaï, Nassyr-ar-dine, de Boukhara, qui a conquis la Birmanie, et le Syrien Mar-Sargis. N'oublions pas que les cavaliers mongols, habitués à faire la guerre dans les steppes, se sentaient désemparés en Chine où les conditions naturelles gênaient les opérations de la cavalerie.

La question de l'administration civile était très délicate. Avant l'invasion mongole, elle était monopolisée par les savants chinois, en d'autres termes par les gens qui connaissaient à la perfection la littérature de leur pays. Les Mongols, ne pouvant naturellement pas se fier à eux, firent tout pour atténuer l'importance des intellectuels chinois. De 1237 à 1317, les examens, qui donnaient droit à un certain rang administratif, furent suspendus. De cette façon, on réduisit le nombre des Chinois qui aspiraient à divers postes dans l'administration. D'autre part, en 1269, Koubilaï adopta une autre mesure qui frappait les mandarins : il introduisit dans toutes les institutions bureaucratiques l'usage obligatoire de l'écriture mongole carrée à la place des hiéroglyphes chinois. Comme la nouvelle écriture était plus facile, son introduction avait pour but d'accélérer et de faciliter la préparation des fonctionnaires non chinois. Cette écriture disparut aussitôt après la chute de la dynastie mongole.

Ne se fiant pas aux Chinois et ne disposant pas de cadres administratifs mongols, Koubilaï et ses successeurs firent, dans une large mesure, appel aux ressortissants de l'Asie centrale, de la Perse, de l'Asie Mineure et même de l'Europe.

En plus de Nassyr-ar-dine, de Boukhara et du Syrien Mar-Sargis, Koubilaï avait comme ministre des Finances, Ahmed, de Boukhara ; comme médecin, l'Italien Essia ; comme astrologues et docteurs, des Ouïgours ; comme spécialistes en art du siège, des Arabes et des Perses. Cette foule bariolée d'aventuriers, de spécialistes étrangers, de mercenaires, de jongleurs, d'astrologues et de peintres, rappelle un peu l'entourage de Pierre le Grand. La famille Polo en faisait partie ; échoués en Chine, les Polo s'y acclimatèrent et exécutèrent les missions les plus diverses du khan.

Les traits caractéristiques de Marco Polo se reflètent dans le livre de voyage qu'il dicta au Pisan Rusticien, son compagnon de prison de Gênes et auteur de romans chevaleresques. L'ouvrage de Marco Polo garde le caractère des notes hâtives. Les noms propres y sont écrits de différentes manières et dans le même chapitre figurent plusieurs transcriptions de quelque ville ou pays. Il est indubitable qu'ils sont notés par ouï-dire et que Marco Polo ne les a pas vérifiés par la suite. Souvent, le livre conserve le langage parlé de l'auteur, ses invocations à l'auditeur, ses répétitions, etc. Parfois l'auteur promet de reprendre quelque sujet, puis oublie sa promesse. Mais il lui arrive également de commencer un récit et de l'interrompre brusquement parce qu'il s'est aperçu qu'il a déjà raconté une fois les mêmes faits. Seuls les chapitres consacrés aux innombrables luttes intestines des khans mongols portent l'empreinte d'un travail littéraire. Nous y trouvons un prologue, une description traditionnelle des armements et des troupes des adversaires et un texte chargé d'une façon non moins traditionnelle des discours imaginaires des personnages. La parenté de ces pages avec le roman de chevalerie est visible ; le Pisan transforma ici en roman le simple récit de Marco Polo, ce qui ne contribua nullement à l'améliorer.

On a longtemps cru que Marco Polo avait dicté son livre en italien, mais, en 1827, le savant Baldelli Boni prouva que le texte original avait été rédigé en français, qui, à l'époque de Marco Polo, était la langue internationale. Il est vrai que c'était un français un peu particulier où abondaient les mots italiens et orientaux. Marco Polo, comme Rusticien, ne connaissait le français que d'une façon superficielle ; c'était pour tous les deux une langue étrangère. Malgré cela, le style de l'ouvrage est vivant et savoureux, il possède un certain rythme, les images ont du relief et les descriptions ne manquent pas de couleur et d'intensité.

La lecture attentive du livre de Marco Polo prouve que son auteur, qui, d'après ses propres dires, avait appris en Chine quatre alphabets, ne savait pas le chinois. Il connaissait vraisemblablement les lettres arabes, syriennes et ouïgoures et l'écriture officielle mongole imposée par Koubilaï, en d'autres termes, tout ce qui était indispensable pour un fonctionnaire de l'Empire mongol en Chine. Il n'avait pas grand besoin de la langue du pays parce qu'il n'entrait probablement pas souvent en contact avec la population chinoise.

Même pour indiquer les villes et les fleuves chinois, Marco Polo se sert de mots mongols, persans ou turcs. Il mentionne, par exemple, la ville chinoise d'Acbaluc (en turc « ville blanche »), le fleuve chinois Poulisangin (en perse « pont de pierre »), la rivière Karamoran (en mongol *Haramouren*, « rivière noire »), la région Zardandan (en perse « les dents d'or »). Il a recours aux termes turcs et persans de chasse et de guerre, il désigne le calendrier par l'expression arabe « taquin » et appelle l'empereur chinois « fagfour » (« fils de Dieu » en vieux perse). Souvent, il donne aux villes et aux fleuves de la Chine des appellations et des sobriquets qu'on ne retrouve que dans son livre et qui provenaient de l'entourage cosmopolite de Koubilaï.

Il observait et appréciait la Chine du point de vue d'un marchand étranger et d'un courtisan du grand khan.

Il aurait été très curieux de relever ce qui a attiré l'attention de Marco Polo dans toute cette vie extraordinaire et inoubliable par sa variété et son originalité, qu'il a pu observer lors de son voyage et de son séjour en Chine, et de le comparer avec ce qui lui a échappé soit par manque de compréhension et de culture intellectuelle, soit par mépris.

Une telle étude aurait vivifié l'image de Marco Polo, que les panégyristes et les auteurs d'encyclopédies ont canonisé durant six cents ans, le transformant en un « explorateur des pays nouveaux » traditionnel, privé de personnalité et des traits caractéristiques de son origine sociale.

Marco Polo est, avant tout, un marchand qui connaît bien le commerce de gros par caravanes. Il s'intéresse au plus haut degré à tout ce qui a trait aux routes, aux distances, au fourrage, aux prairies et aux abreuvoirs pour les bêtes, aux usages commerciaux, aux assortiments de marchandises. Parfois, il remplace la description d'une ville visitée par celle de la fabrication de tel ou tel objet. Par exemple, le chapitre XXXVIII de son ouvrage est fort caractéristique à ce propos :

« Kou-benan est une grande cité dont les gens adorent Mahomet. Il y a pas mal de fer, d'acier et d'ondanique et l'on y fabrique des miroirs d'acier très beaux et très grands. On y fait la toutie qui est excellente pour les yeux. On y prépare encore "l'espodie" de la manière que je vais vous dire : ils ont une veine de terre qui est propre à cette fabrication, ils la placent dans une grande fournaise ardente, au-dessus de laquelle il y a une grille en fer. La fumée, avec l'humeur qui sort de cette terre, s'attache aux barreaux de la grille et forment la toutie, tandis que le résidu du feu est l'espodie[1]. »

Dans les autres chapitres, nous trouvons nombre d'indications de même genre : « [...] tous les draps d'or et de soie qui se font en ce pays sont appelés

1. Nos citations sont faites d'après l'excellent texte français

“musselines”; et partent de cette contrée de très nombreux marchands qui s’appellent “mossolins”, lesquels exportent grande quantité d’épiceries et de tissus, de draps d’or et de soie» (XXIII). «Les gens savent travailler très bien et de très belle façon tous équipements de chevaliers tels que colliers, selles et éperons, épées, arcs et carquois parfaitement appropriés à l’usage. Les dames et demoiselles exécutent de façon très adroite et très agréable des travaux d’aiguille sur des étoffes de soie et des broderies de diverses couleurs avec des dessins de bêtes, d’oiseaux, d’arbres et de fleurs» (XXXIV). «C’est dans cette province que sont produits les “rubis balais” qui sont des pierres précieuses très belles et de grande valeur» (XLVI). «On y fabrique aussi quantité de camelots avec le poil des chameaux» (LXXIII). «On y trouve des arbres très précieux et très odorants, comme le bois d’aloès, et de très nombreuses sortes d’épices, par exemple, c’est en ces îles que l’on prépare le poivre...» (CLX).

Le livre de Marco Polo abonde en remarques de ce genre et son auteur ne manque jamais de relever que les habitants de cette région sont «un peuple marchand» ou que ceux de celle-là sont «peu aptes au commerce».

Son attention est surtout attirée par les étoffes, il en parle constamment, aussi bien des tissus de soie ou de brocart brodés d’images et de fleurs, que de cotonnades fines. Il en cite un grand nombre de noms et on voit qu’il s’y connaît bien. Il s’intéresse beaucoup aux pierres précieuses et aux minéraux, et ne manque jamais de noter quels sont les métaux, les minéraux et les pierres précieuses qu’on trouve dans tel ou tel pays. Il parle toujours de l’or, de l’argent,

---

publié par M. A. Charignon à Pékin en 1924-1926 et d’après la version de Ramusio. *(N.d.T.)*

du cuivre, de l'acier, des rubis, des émeraudes, de l'ambre, du « sel meilleur au monde », du naphte, des perles, des topazes, de lapis lazulli, etc. Souvent, il mentionne des minéraux inconnus de ses contemporains et essaye d'en donner une description exacte.

Finalement, le troisième groupe de marchandises qui l'attire est composé d'épices, d'aromates et de résines exotiques. Il mentionne le gingembre, le poivre, le musc, la cannelle, l'ambre gris, la girofle, l'encens, le bois d'aloès, le camphre, etc.

Cet intérêt pour les riches tissus, les épices et les pierres précieuses n'est pas fortuit. Ce sont les marchandises que les Vénitiens recherchaient en Orient et qu'ils revendaient en Europe avec un énorme profit. Marco Polo n'oublie pas de dire que, par exemple, au Cachemire, le corail est fort apprécié et qu'on pourrait le vendre à bon prix ; que dans le Yunnan, on pourrait gagner beaucoup en important de l'argent, vu son prix en comparaison avec celui de l'or.

La préférence que Marco Polo marquait pour les tissus, les pierres précieuses et les épices ne l'empêchait point de s'intéresser aux autres marchandises, surtout à celles qui eussent pu attirer l'attention des Vénitiens. Il parle de la production de la céramique et de la porcelaine en Chine, de la confection du maroquin et d'autres sortes de peaux en Arabie, de la fabrication d'armes, de l'extraction de l'asbeste, etc.

Marco Polo donne même des renseignements précis sur le naphte de Bakou, bien qu'il ne soit jamais allé en Azerbaïdjan et que le naphte fût absolument inconnu en Europe au XIIIe siècle : « Sachez qu'il y a une fontaine de laquelle jaillit l'huile en très grande quantité ; si bien que cent bateaux s'y pourraient bien charger en même temps ; mais elle n'est pas bonne à manger ; elle est bonne à brûler et à oindre les chameaux qui ont la rogne. Des gens viennent de très loin pour cette huile, car dans toute la contrée aux environs on ne brûle pas d'autre huile» (XXI).

Dans la Chine du XIIIe siècle on employait dans les ménages le charbon de terre, et Marco Polo, en lui consacrant un chapitre spécial, s'emploie à expliquer à ses contemporains ce que c'est que la houille.

Il cherche à expliquer avec la plus grande précision la technique de la production de toutes les matières inconnues des Européens, et il garde certaines raretés comme, par exemple, ce duramen de sagoutier qu'il a rapporté à Venise.

Ayant rencontré en Mongolie des buffles de Tartarie, il décida d'en rapporter le poil à Venise. La laine de cet animal extraordinaire, il l'a traînée avec lui dans toute la Chine et dans tous ses voyages, réussissant à la conserver jusqu'à son retour en Italie. De même, il rapporta à Venise, de Sumatra, les graines d'un bois dur d'où on extrait des couleurs.

Mais il ne faut pas s'imaginer que Marco Polo n'était qu'un marchand avisé, un pionnier adroit de nouveaux marchés, ne s'intéressant qu'à la qualité et au prix des marchandises, à la sécurité des routes, aux gués et aux abreuvoirs. C'est un homme aux penchants variés, fin observateur, chasseur passionné, amateur de contes et de légendes, grand admirateur du sexe faible ; il ne manque jamais de raconter à son compagnon de prison quelles femmes il a rencontrées pendant ses voyages. De ses yeux largement ouverts, il contemple la vie, la nature et les mœurs extraordinaires des pays exotiques. Sa mémoire est prodigieuse. Dans le cachot souterrain de la prison de Gênes, il évoque avec précision et force détails — et cela après tant d'années — les vallées vertes de l'Afghanistan, les espaces silencieux du Pamir, les fourmilières humaines des villes chinoises, les nuits dans les contreforts du Tibet où le craquement du bambou jeté dans le feu devait tenir à distance les bêtes sauvages, la pêche des perles près des rives de Ceylan, les idoles noires et les diables blancs des temples hindous.

Dans son livre, il donne une quantité de renseignements sur les coutumes originales des peuples. Il raconte comment on sèche les melons à Sapourgan, quel genre de pantalon portent les femmes de Badakchan, quelles sont les bagues d'hommes à Pashaï, comment à Tangout et en Chine on incinère les morts avec les modèles en papier de tous les objets qui les entouraient de leur vivant, comment on cède les femmes et les filles aux voyageurs au Tibet et dans le Se-tch'oan, comment dans le Yunnan le mari garde le lit, feignant d'être malade et recevant les félicitations pendant l'accouchement de sa femme, comment on monte les éléphants à Zanzibar, comment, dans le Se-tch'oan, le sel et les coquillages servent de monnaie courante, comment on guérit les possédés dans le Yunnan, quels bains pour cent personnes il y a au Chan-tchéou-fou, comment on tatoue le corps en Indochine, quelle est la religion des brahmines, comment, aux Indes, les bandits administrent des purges aux marchands qui avalent des pierres précieuses pour les cacher, comment on va en Sibérie en traîneau attelé de chiens, etc. Or, nombre de ces descriptions nous frappent par leur vivacité et leur ton expressif.

Marco Polo aime à raconter avec abondance des histoires de chasse et de gibier à poil et à plume inconnu en Europe. Telle est, par exemple, la description de la chasse au tigre que Marco Polo appelle toujours « lion ». À Zanzibar, il a rencontré la girafe et il en fait une belle description imagée, suivie aussitôt, pour relever peut-être l'élégance de l'animal, d'une dissertation peu flatteuse sur les femmes indigènes :

« Ils ont encore une espèce d'animal qu'ils appellent "graffa", lequel a un cou très long atteignant environ trois pas ; ses jambes de devant sont plus longues que celles de derrière. Sa tête est petite, sa robe est de couleurs variées tirant sur le blanc et le rouge et marquetée par tout le corps de taches rosées. Cet animal est doux et ne fait de mal à personne. Les femmes de cette île sont les plus laides du monde et ont leurs mamelles quatre fois plus grandes et plus grosses que celles de toute autre femme » (CXCI).

Il ne se lasse jamais de parler de la chasse. Avec plaisir et amour, il décrit « les meilleurs et les plus rapides faucons du monde qui sont moins grands que les faucons pèlerins et qui ont le ventre rouge », les vautours noirs qui volent rapidement et sont si bons à la chasse, les faucons gris, les gerfauts, les aigles, les chiens. Il raconte la chasse au tigre, au rhinocéros, au crocodile, il parle des perroquets, des singes, des autruches, des ânes sauvages. L'équipage de chasse fastueux de Koubilaï le remplit d'enthousiasme et il le décrit avec force détails.

Marco Polo ne cache par son admiration pour les khans mongols qui permettent aux marchands de toute nationalité de faire leur commerce tranquillement. Il est d'orientation nettement mongole, il souligne toujours la puissance de Koubilaï, « son bon règne », ses « bienfaits », mais ne s'arrête presque jamais sur les dévastations qui ont accompagné l'invasion mongole. Il note avec regret que les Mongols se « détériorent », tombant sous l'influence chinoise en Chine et musulmane en Syrie et en Perse.

Marco Polo est un Vénitien qui a subi l'influence des civilisations orientales. Il faut souligner qu'il ne s'agit pas d'une seule culture, mais bien d'un ensemble, d'un conglomérat de différentes civilisations. Ayant reçu, pour ainsi dire, son éducation sur les routes commerciales et dans les caravansérails et les boutiques de l'Asie, il rapporta de ses voyages non seulement des mots d'Orient, mais aussi nombre de contes et de légendes qu'il avait entendus, lors de ses pérégrinations, près du feu dans un désert sauvage ou durant les longues escales dans quelque port où on attendait le vent propice sur l'océan Indien.

En relisant ces contes et légendes contenus dans le livre de Marco Polo, on remarque l'indifférence de l'auteur en matière de religion. Il décrit, il est vrai, l'histoire des rois mages, la vie de saint Thomas ou le miracle de Bagdad, mais il croit nécessaire de relater la vie de Bouddha telle qu'il l'a apprise de la bouche d'un moine mongol. En la contant, il laisse échapper des notes lyriques qui lui sont d'habitude étrangères et termine par une sentence assez inattendue pour un catholique italien du XIIIe siècle : « Le prince quitta son palais et son père se retira dans les montagnes hautes et désertes et y passa toute sa vie en grande chasteté et abstinence. S'il avait été chrétien, il serait un grand saint auprès de notre Seigneur Jésus-Christ. »

Beaucoup de légendes rapportées par Marco Polo correspondent à celles qui ont fait ensuite partie des *Mille et Une Nuits*. L'histoire de l'oiseau gigantesque qui s'appelait Rouch ou Rokh se retrouve aussi bien dans les récits de Sinbad le Marin que dans une allégorie du philosophe et mystique chinois Tchouan-tsi.

On pense aux *Mille et Une Nuits* en lisant chez Marco Polo comment on recueille des diamants dans les montagnes infranchissables, en jetant de la viande dans les gorges sauvages ; les aigles et les vautours emportent cette viande à laquelle sont collés les diamants et lâchent prise si on leur fait peur.

Nous retrouvons également chez Polo des fragments de légendes sur les miracles d'Alexandre le Grand, sur le lieu de ses noces avec la fille de Darius, etc.

Mais Marco Polo, ce Vénitien orientalisé, tout en étant intelligent et observateur, n'a cependant pas saisi toute la complexité de la culture matérielle et spirituelle de la Chine, laissant dans l'ombre certains domaines qu'il ne jugeait probablement pas dignes d'intérêt. Ainsi, il parle fort peu de l'agriculture chinoise, si différente de l'européenne ; il ne dit rien sur la culture du thé, bien qu'il eût séjourné dans les régions où on le cultivait et eût administré une province où cette culture était répandue. Il n'a pas remarqué que les Chinois pratiquaient un procédé de pêche tout à fait extraordinaire : à l'aide de l'oiseau cormoran; il ne mentionne jamais les pieds déformés des Chinoises, tandis que le voyageur Odorikh, venu en Chine trente-cinq ans après Polo, décrit aussi bien la pêche au cormoran que les pieds minuscules des femmes.

Nous ne trouvons rien dans le livre de Marco Polo sur l'imprimerie, bien qu'il eût été très proche de ce sujet dans le chapitre sur le papier-monnaie.

À l'époque de Polo, la culture chinoise avait derrière elle des milliers d'années d'une évolution continue, au cours de laquelle des valeurs inestimables avaient été créées. Sous la domination mongole naquit le roman chinois qui devait son épanouissement, d'une part, à l'influence des littératures de l'Asie centrale et occidentale, des Indes et de l'Iran, pénétrées en Chine, et, d'autre part, à la politique de Koubilaï qui tendait à affaiblir les positions des mandarins pétrifiés dans leur respect de la poésie classique. Les mêmes circonstances contribuèrent à la création, à la même époque, du théâtre national chinois. Nous chercherions cependant en vain des mentions de ces faits chez Marco Polo, qui ignorait même les éléments de la culture chinoise. D'ailleurs, il n'était entouré en Chine que de Perses, de Mongols et d'autres étrangers, et il donne plus de détails sur les mœurs des habitants des Indes, du

Tibet ou de la Birmanie, que sur les mœurs de la Chine.

Cette réticence était-elle volontaire ? Marco Polo ne se taisait-il pas de crainte de ne pas être cru et compris par ses contemporains ? Son premier biographe, Ramusio, prétend qu'avant sa mort, Marco Polo, sollicité de démentir ses « fantaisies », aurait répondu n'avoir raconté que la moitié « des choses extraordinaires dont il avait été témoin ».

Toutefois, malgré ces lacunes, le livre de Marco Polo dépasse toute la littérature de l'époque par sa précision, par la simplicité et la vigueur de son style, et par l'abondance de la matière. N'oublions pas que cet ouvrage essaie de décrire un territoire qui s'étend de l'océan Glacial à l'équateur, et de Venise à l'embouchure du Yang-Tsé.

Les Européens des XIIIe et XIVe siècles n'étaient pas assez développés pour croire à ce que Marco Polo avait raconté sur le pays de Koubilaï ; l'ouvrage du Vénitien n'a pas été pris au sérieux et n'a pas joué le rôle qui lui revenait dans la science géographique de l'époque. Il disait beaucoup trop de choses, le décalage entre les données recueillies par Polo et les connaissances de ses lecteurs était si grand que son livre fut considéré comme fantastique et conservé comme un roman. Du reste, son manuscrit eût probablement été égaré s'il n'avait pas suscité les plaisanteries et le rire. Il est à relever que les documents littéraires des XIIIe et XIVe siècles ne mentionnent le livre de Marco Polo que rarement et en passant. Il a exercé cependant une certaine influence sur les romances de l'époque où apparaissent soudain le fleuve Baudas et l'histoire du miracle de Samarkand que Polo a racontée dans son ouvrage. Chose curieuse que cet écho éveillé dans la poésie par le livre du voyageur ! Il était d'ailleurs classé comme un ouvrage léger et amusant, fait pour distraire, et on le tenait à côté des histoires fantastiques.

Des soixante-quinze manuscrits du livre de Marco Polo décrits par Yule, dix-huit sont reliés avec d'autres mémoires de voyageurs (Odorikh, Gayton), à des narrations sur la terre sainte, sur Mahomet, sur les merveilles de Jérusalem, à la légende de Charlemagne, à celles sur la chute de Troie, aux vies des saints, au récit sur les guerres d'Irlande, à *La vision de Pierre le Laboureur*, etc. Souvent Marco Polo se trouve en compagnie de Mandeville. Le livre de Jean de Mandeville a été écrit en français entre 1357 et 1371. Son auteur, un chevalier courageux, disait avoir voyagé quarante ans en Turquie, Arménie, Arabie, Syrie, Palestine, Libye, etc. En Égypte, de Mandeville, qui était dans l'armée du sultan, refusa d'épouser la fille du souverain et d'embrasser la religion musulmane, et s'enfuit à Jérusalem. Plus tard, il visita la Russie, la Lituanie, la Pologne, les Indes, l'île de Sumatra et la Chine.

Son livre, aussitôt traduit en anglais, exerça une influence considérable sur la formation de la prose anglaise, on le lisait avidement et on l'imitait souvent.

L'ouvrage du chevalier de Mandeville a eu beaucoup plus de succès que celui de Marco Polo. Au XVe siècle, il y eut vingt-cinq « éditions » du livre de Mandeville pour cinq de celui de Marco Polo. Et pourtant cet ouvrage n'est qu'un faux, le chevalier de Mandeville n'a jamais existé et ses voyages imaginaires ont été inventés de toutes pièces par Jehan de la Barbe, un médecin de Liège.

Pendant cinq cents ans *Le livre sur le grand khan Koubilaï*, par Marco Polo, ne fut considéré que comme un ouvrage plaisant sans importance, et même au XIXe siècle on formulait des doutes quant à la véracité du récit du Vénitien.

En 1829, le savant allemand C. Hüllmann publia,

à Bonn, un ouvrage sur la *Géographie du Moyen Âge*, où il disait : « Il est tout à fait clair que Marco Polo n'a jamais dépassé la Grande Boukhara que les voyageurs italiens de l'époque visitaient fréquemment. Tout ce qu'il écrit sur l'Empire mongol, qui se trouvait à l'est de Boukhara, n'est qu'un mélange des racontars des marchands revenus de ces pays ; quant aux récits sur les Indes, la Perse, l'Arabie et l'Éthiopie, ils sont compilés d'après les ouvrages arabes. L'imagination de l'auteur l'a mené si loin qu'il affirme que son héros, Marco Polo, a été pendant dix-sept ans au service de Koubilaï. »

Quel sort étrange ! Les contemporains de Marco Polo considèrent son livre comme une œuvre d'imagination, tandis que les recherches savantes, entreprises au XIXe siècle, confirment peu à peu tout ce que le Vénitien avait raconté.

Il y a cependant un passage du livre qui produisait toujours une forte impression, mais qui, après vérification, se révéla non conforme à la réalité. C'est la célèbre description des palais aux toits d'or du Japon — « Zipangu est une île qui se trouve en la haute mer vers le levant, à quinze cents milles loin de la terre ferme. C'est une île très grande, dont les habitants sont idolâtres et se gouvernent eux-mêmes. La quantité d'or qu'ils possèdent est, je vous l'affirme, illimitée, car ils trouvent ce métal dans leur île. Peu de marchands visitent leur pays, parce qu'il est trop loin de la terre ferme ; c'est pourquoi l'or s'y trouve en abondance si démesurée qu'ils ne savent qu'en faire.

« Je vais vous conter une grande merveille sur le palais du seigneur de cette île. Sachez qu'il possède un grand palais dont la couverture est toute d'or fin de la même manière que celle de nos églises est en plomb, de sorte que sa valeur est telle que c'est à peine si on la pourrait estimer. En plus, tout le pavement du palais, le sol des chambres, est entièrement en plaques d'or, comme des dalles en pierre, et bien épaisses de deux ou trois doigts ; toutes ses fenêtres sont pareillement en or fin, de sorte que ce palais est d'une richesse si démesurée que nul ne le pourrait croire.

« Ils ont aussi en abondance des pierres précieuses et des perles qui sont de couleur rose, très belles et de grand prix ; ces perles sont très grosses et rondes et valent bien autant que les blanches... En cette île il en est qui ensevelissent leurs morts, et d'autres qui les incinèrent ; à ceux qui sont ensevelis, on a l'habitude de placer une de ces perles dans la bouche. »

Il est possible que la légende sur les palais d'or du Japon ait été inspirée par le récit chinois sur l'empereur Tsin-Chi-Huandi (249-207 avant J.-C.) qui fit partir trois cents jeunes hommes avec autant de jeunes filles à la recherche des plantes qui donnent l'immortalité. Les messagers de l'empereur s'établirent au Japon où ils firent bâtir un palais, appelé « Kanjoku », aux planchers d'or et d'argent.

Lorsque Marco Polo se trouvait en Chine, le grand khan essaya en vain de conquérir le Japon. Ses guerriers avaient certainement rapporté beaucoup de récits sur les richesses de ce pays, qu'on retrouve dans le livre de Polo.

La description de l'île de Zipangu — une des rares erreurs de Polo — fut destinée à attirer la plus grande attention. On conserve à Séville, au musée Columbiana, un exemplaire du livre de Marco Polo, avec soixante-dix annotations de Christophe Colomb, qui avait été, surtout, frappé par les palais d'or du Japon. Le cosmographe florentin Paolo Toscanelli, dans sa fameuse lettre à Christophe Colomb, datée de 1474, parlait également de ces palais et de la nécessité d'atteindre la riche île de Zipangu.

Ce mirage d'or brillait constamment devant les yeux de Colomb qui, ayant découvert l'Amérique, s'attendait à voir luire à l'horizon les toits d'or des palais fatidiques ; ces mêmes merveilles de Zipangu surgissaient dans les rêves des conquistadores qui se frayaient un chemin à travers l'Amérique centrale, ou de Barentz et de Chancellor perdus dans les glaces de l'Arctique.

Marco Polo est un Vénitien de l'époque où la lutte pour la domination en Méditerranée devient plus intense, où les contradictions intérieures s'annoncent plus aiguës et où la bourgeoisie marchande vénitienne commence à se former.

Marco Polo est mort en 1325. Vers la fin de sa vie, la situation de Venise était fort critique. La défaite de Curzola l'avait affaiblie militairement. La disparition de l'Empire latin fermait aux Vénitiens les portes de la mer Noire, leur faisait perdre les privilèges avantageux et les riches colonies en Asie Mineure et dans les Balkans. Leurs ennemis jurés, les Génois, les harcelaient en Syrie et en Palestine, et attaquaient leurs navires en haute mer.

À l'intérieur, une lutte des classes acharnée déchirait la République. Les riches marchands et les organisateurs du commerce extérieur voulaient concentrer le pouvoir entre leurs mains. En 1297, tout de suite après le retour de Marco Polo à Venise, ces groupements oligarchiques réussissent à obtenir « la fermeture du Grand Conseil », en d'autres termes, ils privent l'énorme majorité de la population du droit d'envoyer de nouveaux députés au Conseil. Au début du XIVe siècle, les groupes dirigeants créent le « Conseil des dix », qui reçoit des pouvoirs illimités pour briser le mouvement d'opposition.

Les marchands, petits et moyens, et les marins répliquent par une série d'actes révolutionnaires (le mouvement de Bocconio en 1300, le complot de Tiepolo en 1310, la conjuration du doge Marino

Faliéro en 1355). Mais les classes moyennes entrent en lutte isolément, et les groupes dirigeants arrivent assez facilement à les mater et à renforcer leur propre position.

Pendant cette période d'échecs extérieurs et de troubles intérieurs, les Vénitiens avaient d'autres chats à fouetter qu'à penser aux nouvelles routes vers les pays lointains que Marco Polo avait visités.

Mais plus tard, lorsque les temps eurent changé et que les connaissances géographiques se furent élargies, on commença à prêter foi aux récits de Marco Polo. Les premiers à le croire furent de grands aventuriers et les gens qui rêvaient de trouver de l'or.

Les itinéraires de Marco Polo ne furent tracés sur une carte que beaucoup plus tard, mais l'or du khan Koubilaï et des palais de l'île de Zipangu guidèrent les caravelles de Colomb, à travers l'océan, vers de nouvelles découvertes[1].

---

1. Cette introduction a été écrite pour l'édition originale par M. K. Kounine.

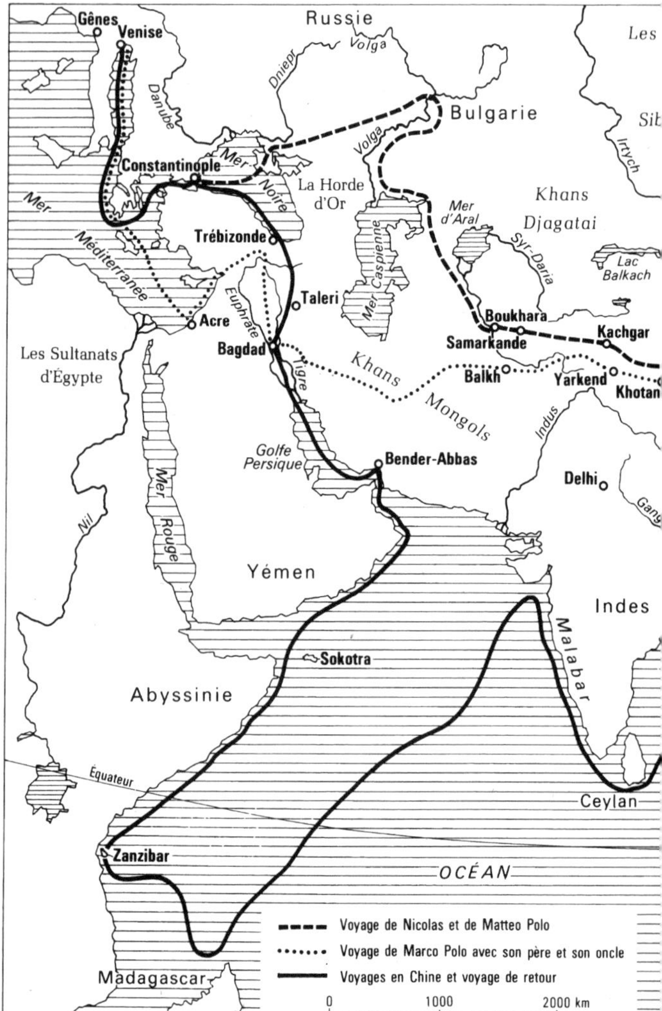

Gênes
Venise
Russie
Les
Volga
Dniepr
Danube
Bulgarie
Sib
Irtych
Volga
Constantinople
Mer
Noire
La Horde
d'Or
Khans
Djagatai
Mer
Méditerranée
Mer
d'Aral
Syr-Daria
Trébizonde
Lac
Balkach
Mer Caspienne
Taleri
Euphrate
Acre
Boukhara
Samarkande
Kachgar
Bagdad
Les Sultanats
d'Égypte
Khans
Mongols
Tigre
Balkh
Yarkend
Khotan
Indus
Golfe
Persique
Bender-Abbas
Delhi
Gang
Nil
Mer
Rouge
Yémen
Indes
Malabar
Sokotra
Abyssinie
Équateur
Ceylan
Zanzibar
OCÉAN
Madagascar
Voyage de Nicolas et de Matteo Polo
Voyage de Marco Polo avec son père et son oncle
Voyages en Chine et voyage de retour
0
1000
2000 km

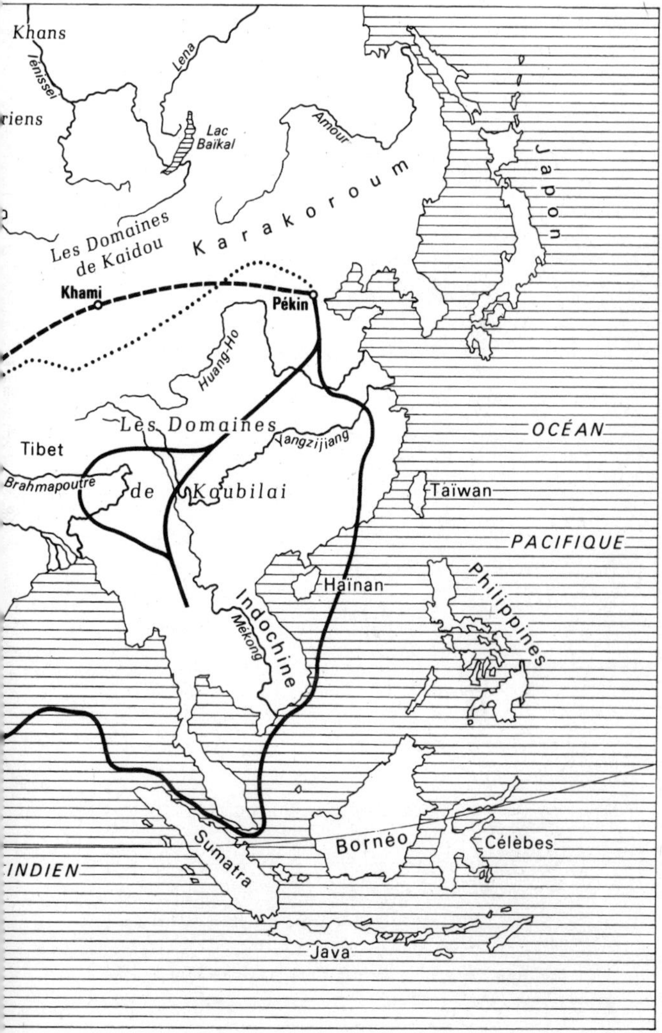
Khans
Iénisseï
Lena
riens
Lac
Baïkal
Amour
Les Domaines
de Kaidou
K a r a k o r o u m
Japon
Khami
Pékin
Huang-Ho
Les Domaines
de Koubilai
Yangzijiang
OCÉAN
Tibet
Brahmapoutre
Taïwan
PACIFIQUE
Haïnan
Philippines
Indochine
Mékong
Sumatra
Bornéo
Célèbes
INDIEN
Java

CHAPITRE PREMIER

Du temps de l'action, de la cité de Venise, du doge, des marchands et des artisans

Venise a été bâtie sur l'eau, car, du côté de la terre ferme, des dangers la menaçaient.

La zone des steppes s'étend du Danube jusqu'à la Chine lointaine. Elle est longue et large, et elle n'est rétrécie que dans un seul endroit par la mer Caspienne. Les nomades y rôdent. Les uns se retirent en été dans les montagnes pour descendre, en hiver, dans les vallées où les troupeaux broutent l'herbe desséchée ou la déterrent de dessous la neige. Les autres errent dans les plaines, faisant tous les ans le même tour en cercle fermé ; des puits sont creusés sur cet itinéraire consacré par la coutume. Les hommes ne dirigent pas le bétail, ils le suivent.

Au Tadjikistan, dans la vallée de Lokaï, même aujourd'hui, les bergers s'attachent, au moyen d'une corde, aux moutons pour se réveiller quand les bêtes se lèvent et commencent à brouter.

D'énormes troupeaux paissent dans la steppe. Des roues grossières grincent sur les pistes, de lourds chariots, attelés de bœufs, transportent les tentes. Les grandes routes pour caravanes, qui traversent la plaine, sont marquées par les taches fréquentes des bûchers et par les squelettes des chevaux et des chameaux.

Lorsqu'une tribu monte en puissance et arrive à

réunir des hordes nomades pour les lancer contre la Chine ou contre l'Europe lointaine, la steppe tout entière se met en branle, les cercles s'effacent, les troupeaux s'entremêlent, les hommes se rassemblent, les campements se meuvent, la foule grossit. Les nomades avancent. Leur bétail piétine les champs. Les hordes humaines dévastent les villes et emmènent avec elles toute la population.

Tout d'abord ce sont les Huns qui pénètrent dans les steppes, ayant contourné la mer Caspienne et traversé le fleuve Yaïk, du sud de l'Oural, et qui arrivent jusqu'en Italie.

À cette époque, dans la région mal protégée par les Alpes du Tyrol et de la Carinthie, et sillonnée par l'Adige et les affluents du Pô, se dressaient les villes de Padoue, d'Aquilée, d'Altino, de Vérone. Lorsque Attila s'approcha de ces cités, la terreur fut si grande que « même les oiseaux, leurs petits dans leurs becs, s'enfuyaient. Les murs des villes n'offraient aucune protection, et les hommes se sauvaient dans les marécages ».

Aux embouchures, la terre d'alluvions et les bancs de sable barraient le chemin aux fleuves qui s'étalaient et formaient des lagunes, aux nombreux îlots, où pénétrait la mer.

Les réfugiés s'établirent sur les îles du Rialto, d'Olivulo, de Luprio, y construisant des habitations semblables à des nids d'oiseaux marins et se protégeant contre les vagues par des remparts en sable et en fascines.

Ainsi naquit Venise. Les vagues affluaient et refluaient, laissant une trace salée : on se mit à extraire du sel en faisant évaporer l'eau. On entreprit des travaux pour combler les petits marais, pour dessécher les îles, pour circonscrire les terrains destinés à l'industrie du sel.

Aussitôt commença la guerre contre les Slaves qui

attaquaient la nouvelle cité. Les Vénitiens manquaient du bois dont ils avaient besoin pour leurs maisons et leurs navires, et comme la côte dalmate était riche en forêts, ils vendaient du sel et luttaient pour le bois.

En 697, on réunit une sorte de conseil qui élut un chef de tout un groupe des îles ; il prit le nom de doge.

En 977, Venise possédait déjà les côtes boisées de l'Istrie et de la Dalmatie.

À Venise, une île luttait contre l'autre. Deux mondes, qui se heurtaient sur les rives de la Méditerranée, avaient leurs frontières presque dans les marécages vénitiens : c'étaient l'Occident, héritier de Rome, et l'Orient, successeur de la culture grecque. Ils s'affrontaient à Venise, et leur rivalité, à maintes reprises, a ruiné la cité.

La nouvelle Venise, vassale de Byzance, se dressa sur l'île du Rialto ; elle faisait le commerce du sel.

Un ducat d'or de Venise (1280).

Au XIIe siècle, les ponts de Venise reliaient soixante-dix îlots. Les architectes grecs aidaient à bâtir les maisons et la ville était sous la protection de saint Théodore, qui était un saint byzantin.

Venise faisait du commerce avec l'Orient, ses

navires allaient en Égypte et dans cette grande mer fermée que nous appelons aujourd'hui la mer Noire.

Les marchands vénitiens apportèrent un jour d'Alexandrie les reliques de saint Marc, qu'ils avaient, d'après la légende, entourées de viande de porc pour que les Musulmans ne fouillent pas le navire. Depuis ce temps, Venise eut son propre saint : saint Marc et son Lion devinrent les symboles et la devise de la République qui choisit l'azur de l'Adriatique comme couleur.

C'était, en somme, une cité de riches « voituriers marins ». Ils louaient leurs navires comme les cochers louent leurs fiacres, et acceptaient « le risque pour la marchandise ». Ils transportaient de grandes richesses, et la valeur de la cargaison d'une galère dépassait souvent quelques millions de francs or. Le fret ne coûtait que trois pour cent du prix des marchandises, et les banques avançaient de l'argent.

En plus de l'industrie du sel, les habitants des îles s'occupaient de toutes sortes de métiers : ils étaient excellents tisserands, joailliers et teinturiers, spécialistes pour teindre des tissus en pourpre, grands experts dans la fabrication du verre.

Dans cette cité marchande, celui qui construisait sa maison devenait propriétaire de son emplacement. Il est vrai que seuls les citoyens vénitiens, qui se divisaient en « intérieurs » et « extérieurs », avaient le droit de bâtir. Les nouveaux arrivés, autorisés à séjourner dans l'enceinte de la cité, ne pouvaient cependant pas arborer le pavillon vénitien pour leur commerce.

Avant d'enfoncer les pilotis pour sa maison, un citoyen vénitien devait faire cadeau au doge d'une paire de gants en peau de renne en signe de sa soumission de vassal à la cité. Les maisons de bois avaient des toits en chaume et en lattes. La nuit, on barrait les canaux au moyen de chaînes en fer. Dans les îles, les ruelles étroites débouchaient parfois sur des clairières où paissaient les vaches et les chèvres. La place Saint-Marc était couverte d'herbe et entourée d'arbres. On l'appelait « le jardin ». Des cochons insolents, appartenant au monastère de Saint-Antoine, erraient dans la ville, et on croyait qu'ils étaient sous la protection du saint. On racontait dans le peuple que saint Antoine punissait sévèrement les mécréants qui osaient faire un rôti de ses porcs. Le conte rapporté par Franco Saechetti — « tu peux plaisanter avec les serfs, mais ne touche pas aux saints » — se conclut sur l'histoire d'un homme qui, ayant donné l'ordre de tuer un cochon de saint Antoine, fut attaqué et mordu dans son lit par l'animal.

CHAPITRE II

Les navires à l'abri

Au-dessus des toits des demeures vénitiennes se dressaient les mâts et les vergues d'innombrables petits navires.

Venise était la patrie et l'auberge des bateaux qui naviguaient dans toutes les mers et faisaient le commerce de toutes les marchandises : fer, argent, verre, armes.

Au début, Venise rivalisait avec Amalfi, mais cette ville fut détruite par les Pisans. Les lagunes protégeaient la cité de saint Marc : personne n'osait s'y aventurer.

Les navires vénitiens prêtaient assistance à Byzance, et, en 1085, la République obtint, en récompense, des privilèges, des possessions et même un quartier spécial à Constantinople.

Ses rivaux étaient maintenant Pise et Gênes. Lorsque les croisés commencèrent leur campagne d'Orient, en Égypte et en Palestine, afin de reconquérir le Saint-Sépulcre, Venise leur offrit ses services pour le transport des troupes. Comme les chevaliers manquaient d'argent et ne pouvaient pas payer les navires, le doge leur demanda de remplacer le paiement par une attaque contre la ville de Zara qui s'était révoltée contre Venise. Les croisés consentirent, mais, pendant le siège de Zara, décidèrent de s'emparer de Constantinople, ce qui était, assurément, une affaire fort avantageuse. Aidés par les Vénitiens, ils prirent d'abord la ville pour l'empereur grec Isaac, mais le dépossédèrent ensuite de sa capitale. Constantinople fut mise à sac. Les Vénitiens enlevèrent les quatre chevaux de cuivre doré qui ornaient l'hippodrome byzantin, les transportèrent chez eux et les posèrent sur le fronton de la cathédrale Saint-Marc, où ils se trouvent encore.

À un moment donné les Vénitiens envisagèrent même de transférer la capitale de la République à Constantinople, mais, en fin de compte, la lagune leur parut plus sûre.

Maintenant Venise n'avait qu'un seul concurrent : Gênes.

Venise et Gênes ont combattu, l'une contre l'autre, pendant soixante ans, attaquant mutuellement leurs flottes, luttant en Crimée, en Asie Mineure et à Constantinople.

CHAPITRE III

Les frères Polo quittent Constantinople et partent pour la Crimée

Constantinople, placée sur le détroit qui relie la mer Noire à la Méditerranée, était alors une ville riche, même après son sac. Ceinte par un haut mur solide, elle formait une sorte de triangle qui contenait des collines et des vallons, et dont la partie la plus proche de la mer était fort peuplée. Sur la rive opposée de la Corne d'Or se trouvait la cité des Génois au double nom : Pera et Galata.

Constantinople, que les Grecs appelaient *Istamboli*, avait trois mille églises. C'est là que les frères Polo demeuraient depuis six ans, tandis que leurs familles résidaient toujours à Venise. Le Latin Baudouin II[1] était encore empereur, mais les Génois préparaient déjà le rétablissement du trône byzantin avec l'empereur Michel Paléologue qui appartenait à une famille illustre[2]. Le complot mûrissait, on attendait un coup d'État après le printemps. Les frères Polo, dont l'écusson familial portait trois choucas, s'apprê-

1. Baudouin II (1217-1273) fut le dernier empereur de l'Empire latin fondé par les croisés. Il monta sur le trône en 1228 et fut renversé par Michel Paléologue en 1261.

2. Michel VIII Ange Paléologue, empereur de l'Empire de Nicée, fondé en Asie Mineure à côté de l'Empire grec de Trébizonde, après la prise de Constantinople par les croisés. En 1261, il renversa Baudouin II et rétablit l'Empire byzantin dans des proportions réduites. Comme les Vénitiens étaient des alliés de Baudouin, les Génois prêtèrent main forte à Michel Paléologue pour liquider l'Empire latin, et furent récompensés par des privilèges extrêmement avantageux. La dynastie des Paléologue a régné sur Byzance jusqu'à la prise de Constantinople par les Turcs en 1453.

taient à prendre leur vol. Les marchands prenaient congé de Galata.

La ville était remplie de marchés, de bazars, de boutiques; aux coins des rues, des fers de prisonniers menaçaient ceux qui auraient osé troubler l'ordre de la cité. Entre l'enceinte et la mer, de nouvelles boutiques.

Les murs autour de la petite ville de Pera longeaient la mer, puis grimpaient sur une colline au sommet de laquelle se trouvait une grande tour de garde. L'étroit Bosphore servait de port aux deux villes, les navires accostaient au mur et jetaient une passerelle à terre.

Dans la ville, qui a été très fastueuse, devant la cathédrale Sainte-Sophie, aux portes de cuivre et aux belles mosaïques, se dresse une haute colonne de pierre portant un cheval au galop en bronze. Un seul pied du cheval touche la colonne, et il est fixé au moyen de chaînes de fer. L'immense hippodrome, où avaient lieu les concours hippiques, est tout en marbre et garde les piédestaux des chevaux que les Vénitiens ont emportés chez eux. La ville n'est pas calme : les Vénitiens, les Génois, les Grecs se battent entre eux, provoquent des bagarres dans les boutiques et les marchés, attaquent les navires.

La mer Noire n'est pas calme non plus. On dit qu'elle est impétueuse, car de hautes montagnes la serrent de tous côtés, ne lui laissant d'autre issue que le détroit, près de Péra. De nombreux fleuves se jettent dans cette mer, la faisant bouillonner et soulevant de grandes lames.

Ainsi décrivait-on dans le passé le courant circulaire qui existe, en effet, en mer Noire.

Le vent du nord et du nord-ouest souffle sur la mer et glace les navires. Les tempêtes y font rage, mais les frères Polo s'y aventurent pour aller en Crimée, et pour atteindre un grand port, un des plus célèbres ports du monde : Soudak[1]. La mer d'Azov, qu'on croyait à cette époque n'être que le fleuve Tan (Don) en étale, appartenait aux Génois. C'est de là que provenait le précieux caviar.

Soudak, que les Russes appelaient *Souroj*, était aux Vénitiens. Les Génois, qui possédaient Kaffa (actuellement Feodossia), n'avaient pas le droit d'exercer le commerce dans le territoire entre Kaffa et Soudak, et n'étaient autorisés à séjourner que trois jours de suite dans cette ville. Kaffa était célèbre par son marché d'esclaves.

Les Génois entretenaient des troupes mercenaires qu'on appelait « orgouzi ». Cette dénomination vient du mot arabe « orgouzie » qui a donné son origine à

---

1. Soudak (*Sougdeïa* en grec, *Soldaïa* en italien, *Souroj* en russe) fut fondée par les Grecs en 212. Pendant la grande migration des peuples, Soudak a été successivement sous la domination des Alains, des Goths et des Khasars.

Au Moyen Âge, Soudak avait un commerce intense en qualité d'intermédiaire entre la Russie, la région des steppes et Byzance. Ibn Batuta écrit de Soudak : « Son port est un des plus grands et meilleurs, les eaux et les jardins l'entourent. » D'autres écrivains arabes racontent qu'à Soudak « accostent des navires chargés de vêtements qu'on vend pour acheter des filles, des esclaves, des fourrures et d'autres objets » ; « il y a, à Soudak, beaucoup d'étoffes, de fourrures de loutre et d'écureuil. »

Au début du XIe siècle, Byzance devint de nouveau maîtresse de Soudak. Après la prise de Constantinople par les Croisés en 1204, les Vénitiens firent leur apparition à Soudak. Tandis que les Génois s'étaient affermis dans les autres ports de la Crimée (Kaffa-Feodosia, Alouchta, Gourzou, Balahava), Soudak resta longtemps le seul point d'appui des Vénitiens en Crimée. Le port le plus proche de Solkhat, capitale du khanat de Crimée, Soudak, au XIIIe et XIVe siècles, connut un épanouissement, malgré la double dévastation que les Tartares lui firent subir en 1298 et en 1308. Les Vénitiens, maîtres de Soldaïa jusqu'à la chute de l'Empire latin, y furent supplantés par les Génois qui y bâtirent de nombreux édifices et une forteresse dont les restes se sont conservés jusqu'à nos jours. La prise de Constantinople par les Turcs, en 1453, marqua la fin des colonies italiennes en Crimée et Soudak fut enlevée par les Tartares.

l'« alguazil » espagnol et au « iaryga » russe. Les « orgouzi » remplissaient les fonctions de police.

Les Tartares considéraient les Génois comme leurs semi-vassaux, et, en 1380, les Italiens furent obligés de participer à la « très malheureuse bataille contre les Russes » en qualité d'un détachement des troupes de Mamai.

Les frères Polo possédaient une maison à Soudak. Lorsque les affaires en Crimée furent embrouillées, ils la donnèrent à un monastère.

Tout près de Soudak était située la ville de Solkhat[1] ; elle était si grande qu'un homme sur une bonne monture mettait plus d'une demi-journée pour en faire le tour. La mosquée de Solkhat était en porphyre et en marbre.

Les caravanes se rassemblaient à Soudak. De Soudak et de Tana, qui occupait jadis la place de la ville actuelle d'Azov, elles se dirigeaient vers la Chine.

Le voyage coûtait à peu près cinq mille francs or par personne, sans compter quelque quatre cents francs or par tête de bête de somme. Chaque cha-

1. Solkhat, actuellement Eski-Krym ou Vieille Crimée, fut la première capitale du khanat tartare de la péninsule. Fondée à l'emplacement d'un ancien campement des Goths et des Khasars, Solkhat devint très rapidement une des villes les plus importantes du bassin de la mer Noire. Les voyageurs arabes racontent que Solkhat était entourée d'un énorme rempart qui encerclait un vaste territoire. La ville, peuplée de Tartares, d'Alains, de Russes, de Géorgiens, d'Arméniens, d'Italiens et de Grecs, contenait, en plus de petites demeures d'habitation, des édifices fastueux qui frappaient l'imagination par leur splendeur, comme, par exemple, le palais du khan Batou, construit en 1252, la magnifique mosquée érigée en 1288 par le sultan égyptien Mamluk-Beybars, originaire de la Crimée, et la mosquée du khan Ouzbek, élevée en 1314.

Vers la fin du XVe siècle, après le transfert de la capitale du khanat à Baktchisaraï, ce fut le déclin, et, au XVIIe siècle, Solkhat n'était plus qu'un amas de ruines.

riot, qui pesait trente cantars de Gênes, était attelé de trois chameaux, d'après les renseignements du marchand italien Pegolotti. Les chariots russes couverts étaient habituellement traînés par les bœufs ; sur le chemin de retour ils étaient chargés de sel. Les chariots contenaient des provisions, des marchandises et même des matelas pour les haltes.

De Tana à Saraï, il y avait vingt-cinq jours de chemin en chariots attelés de bœufs, plus douze jours en voiture à cheval, et un jour en bateau. De la capitale du khan jusqu'au fleuve Yaïk on mettait huit jours. De là, il fallait compter vingt-cinq jours jusqu'à la capitale de Khorezma, sur l'Amou-Daria, puis encore de trente-cinq à quarante jours jusqu'à Faraba, au Turkestan.

De Faraba à la vieille Kouldja il y avait quarante-cinq jours de caravane. Ensuite, dix-sept jours jusqu'à Hami, et quarante-cinq jours à cheval jusqu'au fleuve Jaune.

Comme marchandise on transportait souvent de la toile à Khorezma (Khiva), où on l'échangeait contre de l'argent qu'on emportait en Chine.

Les frères Polo ne voulaient pas aller en Chine, c'était trop loin, et ils n'en voyaient pas la nécessité. Ils décidèrent d'entreprendre un voyage moins lointain et de partir pour le fleuve Tigri que nous connaissons aujourd'hui sous le nom de Volga.

Les fourrures représentaient alors une marchandise de grande valeur. La Russie payait son tribut aux Tartares en fourrures, par conséquent le quartier général du khan, au confluent de la Kama et de la Volga, était tout indiqué pour l'achat des fourrures.

CHAPITRE IV

Les récits de Plan Carpin

Les Tartares avançaient sur le vaste passage des steppes. Ils venaient du bout de la terre, que personne ne connaissait, ils déferlaient vers la mer, et la terreur que le monde ressentait à leur apparition était indescriptible.

Les contemporains écrivaient que les Tartares ne ressemblent pas aux autres humains, leurs pommettes, leurs joues, leurs vêtements sont tout différents, ils ignorent la loi de la justice, et toute impiété leur est permise. Voici ce qu'ils considèrent comme péché : toucher la flamme avec un poignard, tirer la viande de la marmite à l'aide d'un coutelas, blesser le feu en agitant la hache, s'appuyer sur un fouet, frapper le cheval avec la bride, uriner dans une tente, cracher la nourriture, laver les vêtements, cueillir des cèpes. Tout le reste leur est complètement indifférent.

Ils avancent en entraînant avec eux tous les autres peuples. Rien n'arrête leurs cavaliers qui galopent même pendant les plus grands froids et qui sont infatigables, car ils ont toujours des chevaux de relais de rechange. Ils mangent tout ce qu'on peut mâcher et tuent ceux qui leur opposent une résistance. Celui qui se trouve à leur tête s'appelle Genghis. Il a conquis le peuple des Kidanes[1].

---

1. Kidanes ou Kitaï, tribu d'origine toungouze et mandchoue ; de 916 à 1115, la dynastie kidane de Liao (« de fer ») régna sur la Chine du Nord. En 1115, elle fut renversée par les Tchourtchens ou Nutchen. À son tour, la dynastie Tsin (« d'or ») fut détruite par Genghis Khan. Délogés de la Chine, les Kidanes se dirigèrent vers l'ouest et, ayant conquis les États musulmans de l'Asie centrale, y fondèrent un nouveau royaume. Au début du XIIIe siècle, le

On racontait également que les Tartares avaient soumis un peuple d'hommes étranges n'ayant qu'un seul bras et une seule jambe et qui se mouvaient comme une roue. C'est du moins ce que rapporte le moine franciscain de Plan Carpin, envoyé, suivant les décisions du Concile de Lyon de 1245, par le pape Innocent IV, chez les khans mongols. Par la Crimée, l'Ukraine du Sud, la Khorezma et le Kazakstan, Carpin arriva en Mongolie au moment où le fils d'Ogodaï, Gouyouk, montait sur le trône. Il traversa, en 1246, les terres occupées par les hordes tartares. L'incendie que les Mongols avaient allumé sur leur passage éclaira les confins du monde : pour la première fois l'Europe apprit ce qu'était la Chine.

Dans son livre *Libellus Historicus*, Carpin relate d'une façon assez exacte la conquête de la Chine du Nord par les Tartares et la résistance à laquelle ils se heurtèrent dans la Chine du Sud :

« Après un bref repos, il rassembla ses troupes et se mit en guerre contre les Kidanes. La lutte fut longue, mais il conquit la plus grande partie de la contrée, et l'empereur des Kidanes resta enfermé dans sa capitale que les Mongols avaient assiégée. Le siège dura si longtemps que la nourriture manqua aux guerriers, et Genghis Khan ordonna de n'accorder des rations qu'à un homme sur dix. Les habitants de la ville se défendaient vaillamment à l'aide de machines et de flèches ; lorsque les pierres leur firent défaut, ils se mirent à jeter contre les assaillants de l'argent et à verser de l'argent fondu, car la ville était remplie de nombreuses richesses.

« Après de longs combats sans résultat, les Tartares, désespérant d'enlever la ville de force, creusèrent une galerie souterraine jusqu'au milieu de la

---

royaume kidane ou kara-kidane, comme on l'appelait sur place, fut détruit par la tribu mongole des Naïmans.

cité, et apparurent soudain dans les rues, tandis que les assiégeants livraient bataille en attaquant les murs du dehors. Ayant démoli les portes, ils pénétrèrent dans la cité, tuèrent l'empereur et nombre de gens, s'emparèrent de l'or, de l'argent et de toutes les richesses de la ville, placèrent leurs hommes à la tête de la contrée et s'en retournèrent dans leurs pays.

« Après cette victoire sur les Kitaïs, ledit Genghis Khan fut couronné empereur. Mais il n'arriva pas à dominer une partie de la contrée des Kitaïs, qui est située au bord de la mer... Les Kitaïs ne portent pas de barbe, les traits de leur figure ressemblent à ceux des Mongols, mais leurs visages ne sont pas aussi larges ; ils parlent une langue particulière et sont les artisans les plus adroits du monde dans tous les métiers que les humains aient jamais exercés. Leur pays est riche en blé, en vin, en or, en argent, en soie et en tout produit qui soutient la nature humaine. »

Ensuite Carpin raconte comment les Tartares avaient soumis les Koumans (Polovetz) et la petite Inde, et relate des faits divers tendant à réveiller chez les Européens la volonté de résistance, et à leur faire comprendre l'horrible sort réservé aux vaincus :

« [...] Ils entrèrent dans le pays des Turcs, qui sont des païens, puis, les ayant vaincus, se dirigèrent contre la Russie. Là ils firent de terribles massacres, en démolissant les villes et les forteresses et en tuant nombre de gens ; ils assiégèrent Kiev, qui avait été la capitale de la Russie, la prirent après un long siège et en exterminèrent les habitants. Lorsque nous traversions ce pays, nous rencontrions sur notre chemin d'innombrables crânes et des ossements humains. Jadis, Kiev était une cité grande et populeuse, mais aujourd'hui elle compte à peine deux cents feux, et ses habitants endurent un cruel esclavage.

« Puis les Tartares vinrent dans le pays des Mordves, qui sont des païens, et les battirent en guerre, à la suite de quoi ils dévastèrent la Grande Bulgarie et, ayant vaincu les Basquarts, asservirent la Grande Hongrie. De là ils avancèrent dans le nord et arrivèrent dans la terre des Parossites[1], qui ont la bouche et l'estomac très petits. Ils ne mangent pas de viande, ils la font bouillir, puis, collés à la marmite de tout leurs corps, en absorbent les vapeurs et se nourrissent ainsi; et s'il leur arrive de manger un morceau, ce sont des portions minimes.

« Partis de cette contrée, les Tartares pénétrèrent jusqu'aux Samoyèdes : on raconte que ces gens-là ne vivent que de la chasse et que leurs vêtements et leurs tentes sont en peaux et en fourrures. »

Il fallait inciter les Européens à la résistance, car les Tartares étaient des adversaires fort dangereux et adroits. Les troupes européennes étaient désordonnées; l'armée mongole était bien organisée.

« De la division de leurs troupes je dirai ceci : Genghis Khan mit un homme à la tête de chaque groupe de dix guerriers; un centurion commande à dix de ces hommes de file; un supérieur commande dix centurions, et, enfin, un chef commande à dix supérieurs. À la tête de toute l'armée sont placés deux ou trois capitaines, mais ils obéissent toujours à un seul.

« À la guerre, si un, deux ou trois hommes du groupe de dix s'enfuient, on les tue; et si tous les dix s'enfuient, mais la centaine reste, on les tue également; bref, si on ne bat pas en retraite d'un commun accord, les fuyards sont égorgés; si un, deux ou plusieurs guerriers se jettent hardiment dans la mêlée, et les autres de la dizaine ne les suivent pas, on les tue; si quelqu'un est fait prisonnier et que ses compagnons n'essaient pas de le libérer, ils sont tous tués. »

---

1. On croit que sous le nom des Parossites sont désignées les tribus finnoises des anciens gouvernements russes de Perm et de Viatka.

Les armements tartares étaient supérieurs à ceux des Européens. Chaque guerrier possédait « deux ou trois arcs ou, du moins, un bon arc et trois grands carquois remplis de flèches, une hache et des cordes pour tirer les machines. »

Les Tartares savaient bien traverser les fleuves : « Voici comment ils traversent les rivières, même les plus grandes : les supérieurs prennent une grande peau ronde et lisse, font des nœuds coulants, passent une corde et forment une sorte de sac rond qu'on remplit de vêtements et d'autres objets ; les selles et les objets durs sont placés au milieu ; les hommes se mettent également au milieu. Ainsi gréé, ce navire est attaché à la queue d'un cheval qu'on pousse à nager dans le fleuve.

« Les guerriers pauvres ont un sac en cuir, solidement cousu. Chacun est contraint d'en avoir un. Ils y mettent tout ce qu'ils possèdent, le ferment, le lient, le suspendent à la queue du cheval et traversent la rivière. »

Les armées tartares sont très nombreuses, car elles entraînent avec elles les peuples conquis.

« Ils envoient contre l'ennemi des détachements faits de prisonniers et de divers peuples qu'ils ont avec eux, les faisant accompagner, peut-être, de quelques Tartares ; puis ils expédient d'autres détachements constitués des meilleurs guerriers pour prendre l'adversaire de gauche et de droite sans qu'il le voie ; ainsi ils encerclent l'ennemi et lui livrent combat de tous les côtés. Parfois ils ne sont même pas très nombreux, mais l'adversaire, se sentant entouré, croit avoir affaire à une grande armée. »

Pour résister aux Tartares, il fallait adopter leur tactique, et Carpin l'enseigne à ses contemporains :

« Il faut que les troupes soient commandées par des hommes placés à la tête des dix, cent, mille guerriers ; il faut que les grands capitaines ne se jettent point dans la bataille personnellement, mais qu'ils la surveillent et qu'ils soutiennent l'ordre dans les rangs, comme le font les chefs tartares. Il faut établir la règle de commencer la bataille tous ensemble ou selon la position des troupes ; et il faut punir sévèrement ceux qui s'enfuient s'il n'y a pas de retraite générale ; car la fuite entraîne le désordre et cause la mort aussi bien des fuyards que de ceux qui continuent à combattre. Il est également indispensable de punir ceux qui commencent à s'emparer du butin avant que l'adversaire ne soit définitivement battu. Chez les Tartares on tue sans pitié des hommes comme cela. »

Il faut également attirer les prisonniers : « Dans les troupes tartares il y a beaucoup de prisonniers qui auraient volontiers tourné leurs armes contre leurs maîtres s'ils étaient assurés que les nôtres ne les tueraient pas ; il y en a dans toutes les armes, et ils pourraient faire plus de mal aux Tartares que les plus forts adversaires des Mongols.

« Nous avons relaté tout ce que nous avons vu et entendu, sans avoir aucune intention de donner une leçon aux capitaines qui connaissent toutes les ruses de guerre. Nous sommes sûrs qu'ils en inventeront d'autres plus ingénieuses et qu'ils feront des choses meilleures et plus utiles. Mais ils trouveront dans ce que nous venons de raconter un sujet de réflexion, car, comme disent les Saintes Écritures : en écoutant le sage devient plus sage, et l'homme raisonnable trouve un guide. »

Quelques années plus tard, on apprit que les Tartares qui avaient réuni dans un seul Empire tous les pays, depuis l'océan Pacifique jusqu'à la Crimée, laissaient passer les caravanes et ne faisaient pas de mal aux marchands. Le commerce avec eux était profitable. La première marchandise offerte par les Tartares était les esclaves russes qu'on vendait à

Solkhat et à Kaffa (Théodosie), sur les rives de la mer Noire. Mais les Tartares savaient aussi acheter. Cette nouvelle, partie de la Crimée où se trouvaient les factoreries de tous les peuples, arriva à Venise.

CHAPITRE V

Le pays du grand fleuve

Avant le départ, les frères Polo cherchèrent des renseignements et apprirent que le grand khan régnait sur les contrées de l'Est et du Nord-Est. C'étaient les territoires que nous appelons aujourd'hui la Mandchourie, la Corée, la Chine du Nord, la Mongolie, le Tibet, le Tadjikistan, l'Uzbekistan et le Turkmenistan. Il s'était également emparé du Cachemire et d'une partie des Himalayas. Les khans du Nord-Ouest administraient les terres depuis la Néva jusqu'à la mer d'Aral, depuis les toundras glacées jusqu'à la Crimée et au Caucase, et, vers l'Europe, du Danube aux Carpathes. La Sibérie avait ses Khans à elle. L'Afghanistan, la Perse, le Belouchistan et la partie orientale de l'Asie Mineure appartenaient à une autre branche de la famille de Genghis Khan. Et, finalement, il existait un khanat qui englobait la plus grande partie de l'Uzbekistan actuel et du Turkestan chinois. Ses frontières s'étendaient le long de l'Amou-Daria, de la mer d'Aral, du lac Balkhachk et des monts Altaï.

Les frontières étaient d'ailleurs instables, car les khanats se fondaient et se désagrégeaient assez facilement.

Les frères Polo décidèrent de se rendre chez

le khan Barka, dont la résidence se trouvait sur la Volga[1].

Pendant le voyage, un Vénitien, nommé Duge, se joignit à eux.

On avançait lentement et on passait devant de nombreux châteaux. Les voyageurs en virent plus de quarante. Dans chaque château on entendait une langue ou un dialecte différent, car ils appartenaient aux Génois, aux Vénitiens, aux Grecs, et parfois aux Goths qui avaient jadis occupé les steppes de la Russie méridionale et qui parlaient une langue germanique[2]. En Crimée il y avait environ trois mille

---

1. Barka, petit-fils de Genghis Khan, fils de Djoutché, frère de Batou, a été khan de 1257 à 1265. Il fit faire un recensement en Russie et fut le premier des khans mongols à se convertir à l'islam. Les frictions, qui, depuis de longues années, envenimaient les rapports entre Barka et Houlagou, aboutirent, en 1262, à l'attaque de Chirvan, *via* Derbent, par les armées de Barka commandées par Nogaï. Au début la campagne s'annonça heureuse, mais par la suite les troupes de Barka furent obligées de battre en retraite. En décembre 1262, Abaga, fils de Houlagou, attaqua les campements de Barka près de Terek. Barka repoussa l'attaque et poursuivit les détachements d'Abaga sur le fleuve gelé. La glace céda et nombre de guerriers d'Abaga périrent. Barka pourchassa Abaga jusqu'à Derbent et, depuis lors, Houlagou ne réussit jamais à obtenir sa revanche.

2. Tribu d'origine germanique, les Goths, ayant quitté, au début de notre ère, la péninsule scandinave, leur patrie primitive, s'établirent d'abord sur les rives sud de la Baltique et se dirigèrent par la suite vers les plaines de l'Ukraine méridionale. L'Empire des Goths atteignit son sommet au IVe siècle quand il étendait sa domination sur les vastes territoires entre la mer Noire et la mer Baltique. Aux IIIe et IVe siècles, les Goths mettent à sac et pillent les villes byzantines sur les rives de l'Asie Mineure et pénètrent même en Méditerranée. Dans la seconde moitié du IVe siècle, les tribus goths se divisent en Ostrogoths et en Wisigoths. Vers la fin du IVe siècle, leur Empire est détruit par les Huns. Les Ostrogoths sont obligés de se soumettre aux Huns, mais les Wisigoths se frayent un chemin vers l'ouest, s'établissent dans les Balkans, puis, au Ve siècle, envahissent l'Italie et, commandés par Alaric, prennent Rome qu'ils mettent à sac. Dans la seconde

Goths qui dépendaient simultanément de Byzance et des Polovetz, et ensuite des Tartares. Les frères Polo avaient des affaires avec les Goths, harcelés par les Génois et les Tartares, et pouvaient se renseigner auprès d'eux sur le marché russe, car ils avaient toujours entretenu des rapports animés avec Kiev. Le prince Wladimir de Kiev, dit le « Saint », parlait la langue des Goths. Les Goths servaient d'intermédiaires aux Polovetz, et transportaient des marchandises fournies par ces derniers dans les ports maritimes.

La route des frères Polo serpentait dans la plaine de la Crimée, où bruissaient les cours d'eau et les sources, protégés contre le vent par de grandes chênaies. On racontait que les Polovetz ou Koumans, battus à plate couture par les Tartares, avaient jadis cherché salut dans cette contrée. Les rescapés étaient si nombreux que la nourriture leur manqua,

---

moitié du Ve siècle, ils s'emparent de l'Espagne où leur royaume subsiste jusqu'à la conquête de la péninsule ibérique par les Arabes, au VIIIe siècle.

Venus en Crimée dans la moitié du IIIe siècle, les Goths s'établirent dans sa partie montagneuse, occupant le territoire entre Soudak et Balaklava. Ils subirent aussitôt la forte influence économique et culturelle que Byzance exerçait sur la Crimée par la voie des villes côtières à population grecque (Khersones), Alouston (Alouchta), Gourzouviti (Gourzouf), Sougdeïa (Soudak). Les Goths se convertirent au christianisme orthodoxe, leur clergé était validé par le patriarche de Byzance et leur prince, qui habitait Feodoro ou Doros (dans la région de Bahtchisaraï), était un vassal de l'Empire byzantin. Une culture gréco-gothe fort originale se développa dans la région montagneuse de la Crimée. Après la conquête de la péninsule par les Tartares, les princes goths devinrent leurs vassaux. À l'époque de Marco Polo, les Goths étaient fort nombreux en Crimée et menaient un commerce intense avec les Tartares, les Génois, les Grecs et les Russes. Dans la seconde moitié du XVe siècle, la principauté des Goths tomba, de même que les colonies génoises, sous les coups des Turcs, et les Goths se fondirent avec les Grecs et les Tartares.

ils mangèrent les feuilles et l'écorce des arbres et finirent par s'entre-dévorer. Ces anciens maîtres mouraient de faim devant les portes des châteaux habités par leurs vassaux goths. Une partie des Koumans réussit à se sauver en Hongrie, où une province porte encore aujourd'hui le nom de Koumanie.

À l'époque des Polo, les Koumans étaient remplacés par les Tartares, et les châteaux abritaient des marchands polyglottes qui vendaient et achetaient toutes sortes de marchandises.

Après la plaine boisée commença la steppe aux lacs salés. Des tas de sel se dressaient alentour. Les Russes, qui venaient là pour s'approvisionner en sel, payaient comme taxe une pièce d'étoffe par chariot chargé. Les navires, qui accostaient à la rive, venaient également chercher du sel.

La steppe se rétrécit, on atteignit l'isthme, barré d'un rempart et d'un fossé, qu'on appelait Perekop. C'était la porte de la Crimée.

L'isthme franchi, les chariots des Vénitiens entrèrent dans un monde nouveau.

Dans la steppe, les hommes vivaient dans des tentes sur roues couvertes de feutre blanc. Certaines tentes étaient si grandes qu'elles mesuraient trente pieds en largeur. On les transportait sans les démonter, et la distance entre les roues des chariots atteignait vingt pieds. Une telle maison, montée sur un chariot, le dépassait de cinq pieds de chaque côté. Vingt-deux bœufs, attelés par deux, traînaient le chariot, dont l'axe ressemblait à un mât de navire. À côté venaient des chariots chargés de coffres et attelés de chameaux.

Les Vénitiens aimaient à faire des haltes chez les beys tartares et à leur parler, par le truchement d'un interprète, des prix des esclaves, de la laine et de la cire. On leur offrait du « koumyss », du lait fermenté de cavale. Lorsqu'un maître le buvait, un serviteur s'écriait « ha ! » à chaque gorgée. Le « koumyss » était offert avec insistance, et pour inciter l'invité à le goûter on lui tirait les oreilles afin, comme disaient les Tartares, de lui élargir le gosier.

On ne touchait cependant pas aux oreilles des Vénitiens, parce qu'ils étaient des étrangers.

Comme nourriture on leur servait de la viande séchée sans sel, mais dépourvue de toute odeur désagréable. On la coupait en petits morceaux et on la mangeait avec du sel et de l'eau, ne connaissant pas d'autres façons de l'assaisonner.

Le pays était pourtant très riche. On recevait ici des étoffes de Chine et de Perse, et de si belles fourrures d'origine russe que les Vénitiens ne pouvaient pas en détacher leurs yeux. Les riches avaient souvent deux pelisses, les pauvres se contentaient de manteaux en peaux de chien et de chèvre sauvage.

Le voyage était laborieux car, pour rendre les politesses, les Vénitiens étaient obligés d'offrir du vin et des biscuits dont ils avaient besoin eux-mêmes.

On traversait de larges rivières en plaçant les chariots sur de petits bateaux, de telle sorte que les roues du côté droit se trouvaient dans une embarcation et celles du côté gauche dans une autre. On passait la nuit à la belle étoile, dans la steppe, et les Vénitiens lavaient en cachette leurs vêtements dans les cours d'eau. C'était dangereux, car dans ce pays on battait les gens qui osaient faire une telle chose : on croyait que le ciel punirait de tonnerre un péché si grave. Là, on ne lavait que la vaisselle, avec la soupe bouillante, qu'on reversait d'ailleurs dans la marmite après usage.

Quant aux mains, on les aspergeait avec de l'eau qu'on tenait dans la bouche en en laissant jaillir de minces filets.

Les chariots passaient devant les tombeaux surmontés de « femmes en pierre », la figure tournée vers l'Orient, une coupe devant le nombril[1]. C'étaient des sépulcres koumans, mais le peuple des Koumans n'errait plus dans ces parages.

La steppe fut traversée, puis commença la zone des forêts, qui étaient verdoyantes, car on était au printemps, la meilleure époque pour voyager.

Finalement, du haut d'une rive escarpée, les Vénitiens aperçurent un grand fleuve. De l'autre côté se dressaient les maisons blanches de la ville de Bolghar[2], dont les ruines se trouvent encore aujourd'hui sur les bords de la Volga.

Les marchands descendirent vers la rive, atteignirent, au moyen d'un bateau, une île couverte de saules et de peupliers, et virent bien la cité située sur le versant d'une colline sablonneuse. La ville n'était alors composée que de cinq cents maisons et de quelques mosquées. Les habitants y restaient surtout en hiver, préférant errer avec leur bétail dans

---

1. Les statues d'hommes et de femmes en pierre sont très répandues dans les steppes ukrainiennes, dans le Caucase du Nord, sur la Volga moyenne et, parfois, en Kazakstan, en Kirghizie et en Mongolie. Elles sont l'œuvre de toute une série de peuples turcs, y compris les Polovetz.

2. Bolghar ou Boulgar, capitale des Bulgares de Kama, dont le royaume fut fondé au VIIIe siècle. La ville était située non loin de l'endroit où la Kama se jette dans la Volga. Au cours de plusieurs siècles, la ville de Bolghar fut un des centres les plus importants de l'Europe orientale. À l'époque de son développement, elle comptait cinquante mille habitants. Aux VIIIe et IXe siècles, une culture originale et relativement riche qui subissait l'influence de l'Orient musulman et, à son tour, exerçait la sienne sur la Russie, fleurit dans quelques cités bulgares (Bolghar, Souvar, Bular). Bolghar était un important marché d'esclaves, de fourrures, de peaux, d'argent qu'on exportait en Orient ; on y trouvait également des marchandises d'origine orientale : armes, étoffes, soieries, bijoux, épices, vin. Détruite en 1225 par les Mongols, la ville de Bolghar sut se relever rapidement et devint un des centres tartares de la Volga. Mais, au XVe siècle, Timour, qui la mit à sac, lui porta un coup de grâce, et elle dut céder sa place à la ville de Kazan.

les prairies en été. Dès l'automne, des tentes se dressaient autour de la cité qui s'animait considérablement. Les maisons étaient en pierres et en bois, ces dernières construites en planches assemblées à l'aide de chevilles et de tampons. Au milieu de la cité s'érigeait une tour ronde au sommet de laquelle menait un raide escalier intérieur de soixante-douze marches.

Le lendemain de leur arrivée, les frères Polo allèrent présenter au souverain leurs meilleures marchandises.

Il était assis sur un trône couvert du pourpre de Byzance, ayant les khans vassaux à sa droite. Les marchands furent placés à sa gauche. On leur servit, sur des guéridons spéciaux, de la viande et de l'hydromel. On parla de joyaux et de marchandises. Barka fit grand accueil aux Vénitiens, prit tout ce qu'ils avaient apporté et les paya largement.

Les frères Polo demeurèrent à Bolghar, et passèrent un an auprès du khan Barka. Ce premier printemps sur la Volga leur produisit une impression étrange. Les nuits y étaient si courtes que la viande mise sur le feu au coucher du soleil n'était pas encore prête à l'aube. Il semblait que même les étoiles n'avaient guère le temps d'apparaître dans le ciel nocturne, car il n'y en avait qu'une quinzaine. Les nuits étaient si claires qu'on distinguait une figure d'homme à portée de flèche. À peine la lune montait-elle que l'aube la faisait déjà pâlir. Mais on racontait qu'au nord, dans la contrée des « vess », la nuit ne durait pas plus d'une heure.

Pour les Russes du nord les nuits de Kama ne semblent pas si courtes, mais les Arabes les trouvaient « blanches et merveilleuses ». Les marchands arabes venaient à Bolghar pour faire du commerce, mais aussi pour contempler ce miracle de la nature, pour admirer ce ciel qui restait rose presque toute la nuit.

Par contre, en hiver les nuits étaient interminables.

Il n'y avait pas de vin, on buvait de l'hydromel, du koumyss et, au printemps, du suc de bouleau. Il n'y avait pas de beurre non plus, il était remplacé par de l'huile de poisson.

Dans les bains, les hommes se lavaient avec les femmes.

Les criminels étaient attachés par les mains et les pieds à quatre poteaux ; on leur fendait le corps avec une hache, du cou jusqu'aux hanches.

Le commerce était très animé. On pouvait acquérir beaucoup de marchandises en échange de pierres précieuses, notamment du miel, de la cire, de la colle de poisson, et même des fourrures de renard noir, si on arrivait à en trouver à bon prix.

L'hiver 1261-1262 passa. Il était temps de retourner à Soudak. Mais soudain la guerre éclata entre les branches aînée et cadette des successeurs de Genghis Khan, entre le khan kiptchak Barka et le khan persan Houlagou[1].

Duge, compagnon des frères Polo, partit pour Moscou : c'était une ville nouvellement fondée qui accaparait le commerce de la ville de Kiev, dévastée par les Tartares, et qui entretenait des rapports d'affaires avec les Génois établis à Tana, sur le bas Don. Les Italiens avaient à Moscou leurs ambassadeurs. Les Romains enseignaient aux Moscovites l'art de couler les cloches. Près du Kremlin, il y avait un quartier marchand de Soudak. Le commerce y était fort profitable, et le Vénitien Duge s'installa à Moscou. On le croit fondateur de la famille Tutchev qui a donné, au XIXe siècle, un célèbre poète russe…

---

1. Houlagou, petit-fils de Genghis Khan, troisième fils de Toleï, frère des grands khans Mangou et Koubilaï, fondateur de la dynastie mongole en Perse. il envahit la Perse en 1256 et prit Bagdad en 1258. Houlagou détruisit les citadelles des assassins-ismaéliens et compromit toute leur organisation.

CHAPITRE VI

De la contrée des fourrures que nous appelons Sibérie et du pays nommé Russie

L'hiver fut très long, le grand fleuve se couvrit de glace, les vents amenèrent des tourbillons de neige. Les gens restaient auprès du feu, faisaient du commerce et racontaient.

Ils racontaient surtout des histoires de chasse au gibier à poil, car leurs récits faisaient monter les prix des fourrures.

Les fourrures provenaient de loin, du pays où, disait-on, l'été fait défaut. Les Samoyèdes, qui vivent de la chasse, emploient des peaux et des fourrures pour leurs tentes et leurs vêtements. Plus loin, aux bords de l'océan, habite un peuple de monstres à tête humaine, aux jambes de bœuf, et au visage de chien. Après avoir proféré deux mots en langage humain, ils aboient pour se reposer d'un pareil effort. (On désignait ainsi les tribus qui ne connaissaient que quelques mots dans la langue du marchand.) Là s'étend une contrée de neiges éternelles, où les hommes se déplacent en traîneaux attelés de chiens. Il y fait si froid que le soleil lui-même n'ose pas monter au ciel de crainte de grand gel ; il existe dans ce pays un grand trou dans la terre d'où sortent tous les vents. Le khan Kantchi, de la famille de Genghis Khan, règne sur cette contrée[1] qui n'a ni

1. Kantchi ou Kontchi, petit-fils de Genghis Khan, fils de Djoutche, dont le royaume était situé en Sibérie orientale et à l'embouchure du Syr-Daria. En 1293, une ambassade de Kontchi arriva à Tabriz, et les membres de cette mission purent renseigner Marco Polo sur leur pays.

cités ni citadelles. Les gens s'y nourrissent de viande et de lait, ils manquent totalement de blé, mais ils ont de l'hermine et de la zibeline qu'ils attrapent dans des pièges.

Ce mauvais pays s'étend sur trente jours de voyage ; leur souverain fit construire des abris le long de la route.

Et quelle est cette route ? Elle n'est que glace et boue. On n'y va pas en chariots à roues, les gens du pays ont fabriqué des véhicules au fond lisse qui forme une demi-lune par-devant. Ce traîneau — comme ils l'appellent — est attelé de six gros chiens.

Ce pays est très loin, et il y fait si noir qu'on n'y voit ni la lune ni les étoiles. La Russie, où est parti Duge, est située entre ce pays et le reste du monde.

La Russie est un grand pays au nord, habité par des chrétiens qui ont même une langue propre. Le peuple y est naïf et beau, les femmes sont blondes et blanches. Ce n'est pas une contrée commerciale, mais elle possède des fourrures précieuses. Le froid le plus terrible règne en Russie, et il est difficile de se protéger contre ses rigueurs. Ce pays s'étend jusqu'à l'océan, où l'on trouve des montagnes de glace et des îles peuplées d'oiseaux. La Norvège n'est pas loin de la Russie, mais on ne peut pas l'atteindre à cause des glaces et du froid. Il eût été avantageux d'aller à Moscou, mais c'est si loin et il y fait tellement froid. On exporte de la Russie des peaux, de la cire et des esclaves de très bonne qualité.

C'était l'année où les Tartares effectuaient dans toutes les terres russes, même à Novgorod, le premier recensement de la population, en vue de la levée de l'impôt. Comme dit le chroniqueur, ils harcelaient tout le monde, ne laissant en paix, à cet égard, que le haut clergé.

CHAPITRE VII

De la bataille de Derbent qui empêcha les marchands de retourner dans leur patrie

En 1261, lorsque Matteo et Nicolas Polo se trouvaient à Bolghar, et que le fils de Nicolas, Marco, resté à Venise avec sa mère, apprenait à tirer à l'arc, une grande guerre éclata entre Houlagou, seigneur des Tartares orientaux, et Barka, seigneur des Tartares occidentaux.

Houlagou luttait pour les riches terres d'Azerbaïdjan. Il attendit son adversaire près du passage de Derbent, entre les montagnes et la mer Caspienne. Marco Polo, répétant les paroles de son oncle, dit que c'était le défilé qu'Alexandre le Grand n'avait pu traverser à cause de son étroitesse et des dangers qu'il présentait. En effet, ce passage entre la mer et la montagne offre à une poignée de guerriers la chance de résister contre toute une armée.

Alexandre le Grand y fit construire une tour, obstrua le défilé pour empêcher l'ennemi de l'assaillir par-derrière et l'appela « Portes de fer ».

Une chronique du Moyen Âge sur Alexandre dit que le grand empereur encercla de cette façon les Tartares, mais, en réalité, ce furent les Koumans, les Alains et autres tribus.

Depuis des temps immémoriaux, les peuples empruntaient ce passage dans leurs déplacements. Les Khasars ont lutté contre les Perses pour la possession des Portes de fer. Les écrivains romains parlaient souvent des « Portes d'Albanie » sur la rive occidentale de la Caspienne.

« Derbent » est un mot perse, composé de « der »

(porte) et « bent » (barrière), il signifie : « les portes de la barrière ». Les Arabes l'appelaient « Bab-al-abouab », portes principales, ou « Bab-ul-hadid », portes de fer. Les Turcs l'appelaient également « portes de fer » (« tamir Kapysy », d'où provient la dénomination : mer Caspienne). Les Georgiens l'appelaient « portes de mer » (Devghiz-kari).

C'est dans cet endroit que les troupes tartares s'étaient livré bataille. Il n'était pas facile de combattre dans cette contrée montagneuse, aux défilés hérissés de forteresses. La mer qui déferlait jusqu'aux montagnes portait alors le nom de Glevechelan. Les Génois, ayant traîné leurs navires par voie fluviale jusqu'aux rives de cette mer, y naviguaient et y faisaient le commerce de la soie.

Guillaume de Ruysbroek[1], qui a passé par les Portes de fer, en raconte ceci :

« Les Alains de ces montagnes ne sont pas encore soumis, par conséquent deux hommes sur dix de Sartak sont obligés de garder les défilés pour empêcher les Alains de sortir de leurs montagnes et de voler le bétail qui paît dans la plaine entre les domaines de Sartak, les Alains et les Portes de fer : ces dernières sont à deux jours de marche.

« Entre la mer et la montagne habitent des Sarrasins, appelés "hezghi", qui ne sont pas non plus soumis, de sorte que les Tartares, établis au pied des monts Alains, nous donnèrent vingt hommes pour nous accompagner à travers les Portes de fer. J'en fus fort aise, espérant les voir armés : je n'ai jamais

---

1. Guillaume de Ruysbroek, moine franciscain d'origine flamande, fut envoyé, en 1252, par Louis IX chez les khans mongols dans le but de les convertir au christianisme. Ruysbroek traversa la Crimée et l'Ukraine méridionale, et atteignit Karakoroum, capitale du khan en Mongolie. Il laissa une description assez précise des contrées visitées et un aperçu de l'histoire de l'Empire mongol.

pu voir leurs armes, malgré le grand intérêt que j'en nourrissais.

« Lorsque nous atteignîmes le défilé dangereux, je m'aperçus que deux guerriers avaient des cuirasses. je leur demandai d'où elles provenaient, et ils me répondirent qu'ils les avaient achetées aux Alains qui savent les fabriquer et qui sont d'excellents forgerons. Je crois que les Tartares eux-mêmes ne produisent que peu d'armes, notamment des carquois, des arcs et des cottes en cuir. J'ai vu qu'on leur envoyait de Perse des cuirasses et des casques en fer ; j'ai vu également deux Tartares qui se présentèrent devant Mangou, cuirassés de chemises en cuir dur qui étaient mal commodes et allaient mal.

« Avant d'arriver aux Portes de fer, nous vîmes un château fort alain, appartenant au khan Mangou qui avait conquis le pays. Là, pour la première fois, nous trouvâmes des vignes et bûmes du vin.

« Le lendemain nous vînmes à la "Porte de fer", qui est une ville qu'Alexandre le Grand fit bâtir, ayant la mer à l'orient ; et il y a une petite plaine entre la mer et les montagnes, le long de laquelle la ville s'étend jusqu'aux hautes montagnes qui la ceignent du côté de l'occident ; il n'y a pas d'autre passage que celui-là ; car, par la montagne, il n'y a pas moyen d'y passer, à cause de sa hauteur et de son âpreté inaccessibles ; de l'autre côté, à cause de la mer. De sorte qu'il faut passer tout droit par le milieu de cette ville, où se trouve une "porte de fer", dont la ville a pris le nom. Elle a quelque demi-lieue de long ; et sur le haut de la montagne il y a une citadelle. Sa largeur est d'environ un jet de pierre. Ses murailles sont très fortes, sans aucun fossé, et ont plusieurs tours bâties de bonnes pierres de taille bien polies. Les Tartares ont abattu le haut de ces tours et les boulevards de la muraille. Le pays des environs semblait autrefois un véritable paradis terrestre, pour sa beauté et sa douceur.

« À deux jours de route, nous trouvâmes la ville de Samaron [Samarkand] qu'habitent de nombreux Juifs. L'ayant dépassée, nous vîmes des murailles qui descendaient des montagnes jusqu'à la mer. »

Les armées se rencontrèrent près du défilé de Derbent. Barka avait trois cent cinquante mille cavaliers, Houlagou en avait trois cent mille.

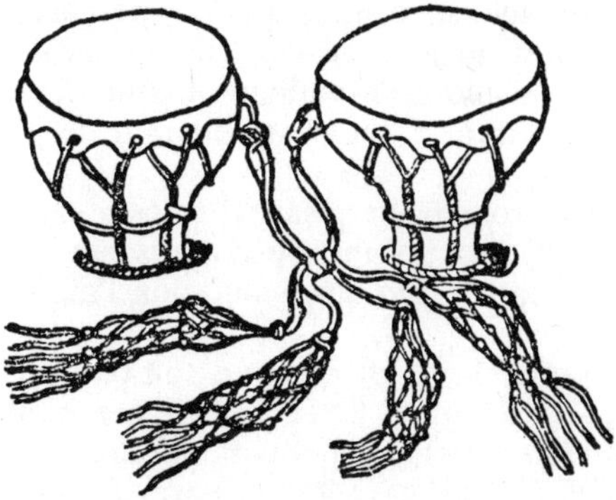

Le grand tambour (nakar).

Le récit de la bataille entre les deux khans est fait par Rusticien le Pisan, compagnon de prison de Marco Polo, à sa manière. Rusticien écrivait des romans chevaleresques où les capitaines et les ducs prononçaient de longs discours.

Vers la fin de son livre, fatigué par les discussions interminables avec son scribe, Marco Polo le laissa faire, et Rusticien se mit à écrire un véritable roman :

« Vous savez comment Houlagou, ce grand roi et puissant, vient à tort nous attaquer ; puisque ainsi est la vérité qu'il a tort et que nous avons raison, chacun doit se convaincre que nous remporterons la victoire ; vous devez en être d'autant plus certains que nous avons plus de troupes qu'ils n'en ont. Et parce que nous sommes venus de si loin dans le seul but de livrer ce combat, je veux que nous le livrions d'ici trois jours ; allons-y de façon si sage et si ordonnée que notre affaire aille de mieux en mieux ; et, tant que je puis, je prie chacun de vous de se conduire avec vaillance et de se montrer tel en ce jour que chacun nous redoute. Maintenant je ne vous en dirai pas davantage, si ce n'est que je prie chacun de se trouver prêt au jour désigné, de s'attacher à bien faire, de se montrer vaillant homme... Arrivé à ce point, Barka se tut et ne dit rien de plus cette fois-là. »

Ainsi le romancier pisan Rusticien rapporta en français ce discours tartare d'après les paroles du Vénitien Marco Polo qui, à son tour, l'avait ouï dire par son oncle.

Une seule chose est certaine : on battit le nakar[1] dans les deux camps. Les guerriers se mirent à frapper de leurs fouets les petits tambours suspendus à leurs selles, et les cavaliers des armées opposées se ruèrent les uns contre les autres. Les flèches volèrent en si grande quantité que le soleil en fut obscurci et que les carquois se trouvèrent vidés. On dégaina les épées dans une mêlée si furieuse que les combattants n'entendirent même pas le tonnerre lorsqu'un orage éclata.

Les troupes de Barka fléchirent et s'enfuirent.

Les Tartares savaient esquisser ce mouvement de

---

1. Le nakar est un grand tambour en peau de buffle, ayant plus d'un mètre de diamètre. Dans les armées mongoles, les nakars étaient transportés sur les chameaux. Koubilaï introduisit des nakars gigantesques qu'on transportait sur des éléphants. Les nakars donnaient le signal du combat ; on les employait également dans les cérémonies solennelles.

fausse fuite, mais le fils de Houlagou, Abaga, combattait si vaillamment que la manœuvre faillit se transformer en véritable défaite.

En poursuivant les troupes ennemies, Houlagou atteignit les campements de Barka, au-delà de Terek, et se mit à les piller. Les guerriers de Barka se ressaisirent et attaquèrent de nouveau. Les hommes d'Abaga battirent en retraite vers le fleuve. Les Tartares de Barka les pourchassèrent sur la glace, qui céda sous les sabots des chevaux ; dans la dérive qui s'ensuivit un grand nombre de combattants se noyèrent.

Les cadavres furent brûlés sur les rives du fleuve. Ayant dissipé l'armée de l'adversaire, les troupes de Barka retournèrent dans les sombres forêts de la Russie où ils apportèrent une chanson sur Derbent, que les paysans russes chantaient encore au XIXe siècle.

CHAPITRE VIII

Les frères Polo se rendent chez le grand khan

Les troupes de Barka s'étant retirées de l'autre côté de la Volga, les routes conduisant vers la Russie et la Crimée devinrent fort incertaines car les Tartares et les Russes pillaient les voyageurs pour se procurer des chevaux et de la nourriture.

Ne pouvant revenir en arrière, à cause de ce péril, les frères Polo décidèrent donc d'aller encore plus loin et de pousser jusqu'à Boukhara, la capitale du khan Houlagou.

Partis de Bolghar, ils parcoururent le chemin que Marco Polo décrivit par la suite.

Ils avancèrent pendant seize jours dans le désert sans rencontrer ni ville, ni forteresse. Le dix-septième jour, ils aperçurent les hautes murailles d'argile de la noble Boukhara, devant lesquelles était situé un cimetière. Ils trouvèrent dans la cité des passages étroits, des caravansérails, des mosquées aux dômes bleus et aux entrées en carreaux de faïence, des caravanes aux multiples chameaux qui braillaient, des arbres touffus autour des lacs verts. De rapides rigoles d'eau parcouraient les rues. Au milieu de la cité, sur une colline, se dressait un château fort. Des Perses, des Hindous, des Tartares, des Juifs en veste noire, des Chinois s'affairaient au grand marché. Boukhara, située parmi les oasis, près du fleuve Zaravchan, était considérée comme la plus belle ville de Perse.

On raconte qu'un jour l'armée de Boukhara était partie pour une contrée lointaine afin d'y faire la guerre. Le khan triompha de ses ennemis et fit venir un poète qui devait glorifier sa victoire en langue persane. Les khans étaient turcs, mais les villes étaient persanes, ils apprirent rapidement la langue du pays. Les poètes persans chantaient leur gloire, les architectes persans bâtissaient leurs palais.

Le khan ne ressemblait plus aux potentats tartares qui se contentaient de faire crier un serviteur — « ha ! » — à chaque gorgée de koumyss avalée par un invité.

Mais le poète ne chanta point les gestes guerriers, il chanta le gazouillement du fleuve Zaravchan dans l'oasis de Sogdiane. Sa voix était si douce et sa chanson si émouvante que le khan, mordu par la nostalgie, sortit précipitamment, oubliant ses pantoufles, enfourcha son cheval et conduisit ses troupes vers Boukhara, abandonnant les tentes du campement. Elle était belle cette Boukhara, ville des marchands, des architectes, des magistrats et des poètes. Les frères Polo y demeurèrent trois ans.

La meilleure porcelaine de Boukhara venait de la Chine, de même que la soie ou les joyaux. On disait d'une femme : belle comme une Chinoise.

Les Vénitiens comprenaient bien que les marchands ne devaient pas acheter de la marchandise de seconde main. Il fallait se la procurer là où elle était, à vil prix, dans le pays où les artisans savaient tisser les étoffes ou cuire la poterie.

À ce moment, une mission du grand khan Koubilaï, qui régnait sur tous les pays occupés par les Mongols et qui habitait la Chine, arriva à Boukhara[1].

---

1. Houbilaï ou Koubilaï, fils de Toleï et petit-fils de Genghis Khan, naquit en 1216, prit part avec son frère Houlagou aux campagnes de son grand-père en 1226-1227. À l'époque du règne de son frère, le grand khan Mangou, Koubilaï était considéré comme un des meilleurs capitaines mongols. Sa campagne la plus remarquable fut la conquête du Yunnan (1253-1254). En 1260, Koubilaï fut proclamé grand khan. En 1261, il infligea une défaite au prétendant au trône qui n'était autre que son frère Arikbouga. En 1280, il donna le nom de « yuen » (« commencement ») à la dynastie mongole qu'il avait fondée en Chine. En 1287, il triompha sur son oncle Nayan et sur son neveu Kaïdou qui s'étaient révoltés contre lui. Il renversa la dynastie Song qui régnait sur la Chine méridionale. Ses deux expéditions contre le Japon ainsi que sa tentative de s'emparer de Java échouèrent, mais il réussit à conquérir la Birmanie, l'Annam, la Cochinchine et la Corée. Sous Koubilaï, l'Empire chinois atteignit des proportions gigantesques qui n'ont jamais été dépassées au cours de son histoire ; en plus de la Chine proprement dite, il comprenait la Corée, la Transbaïkalie, la Mandchourie, la plus grande partie de la Mongolie, l'actuelle Chine occidentale, le Tibet, la Birmanie, l'Annam, une partie de l'Asie centrale. Il étendait son pouvoir nominal sur les États mongols de l'Europe orientale, de l'Iran, de l'Asie centrale, etc.

Se méfiant des Chinois et ne pouvant pas laisser l'administration aux Mongols inexpérimentés, Koubilaï eut recours aux ressortissants de l'Asie centrale et de l'Iran, aux Ouïgours, etc. Il transféra la capitale de la Mongolie à Taïdou (actuellement Pékin). Son règne marqua le début d'une rapide transformation des Mongols qui, ayant conquis la Chine, furent totalement subjugués par

Les Vénitiens se joignirent à cette ambassade pour aller avec elle en Chine. Ils savaient que les Mongols avaient conquis la Chine, que leurs tentes étaient dressées autour des villes chinoises, qu'ils vendaient de la viande aux citadins, mais qu'ils n'étaient guère aptes à fabriquer des objets ou à gouverner le pays. À cause de cela, les Sarrasins[1] et les Syriens, disciples de Nestorius[2], se trouvaient dans une situation privilégiée, et les frères Polo espéraient en faire autant et servir d'intermédiaires entre les maîtres du pays et les bons artisans chinois.

On ignore quel fut l'itinéraire des Polo, qui avaient dû faire un bon voyage, car la population était obligée d'offrir aux ambassadeurs mongols qu'ils accompagnaient la nourriture et les chevaux de relais. On peut supposer que les messagers de Koubilaï étaient allés par Samarkand et Kouldja, et avaient ensuite emprunté la route du nord de Tianchan.

---

sa culture. Les campagnes militaires et les immenses dépenses pour la cour luxueuse de Koubilaï ruinèrent les finances chinoises et contraignirent le grand khan à une large émission de papier-monnaie. Koubilaï mourut en 1295.

1. Au Moyen Âge, on appelait tous les musulmans « sarrasins ».

2. Nestorius, patriarche de Constantinople, déposé par le concile d'Éphèse en 431, fut le fondateur de la doctrine qui distinguait deux personnes en Jésus-Christ. Ses partisans, les nestoriens, s'occupaient de commerce et constituaient au Moyen Âge, avec les Juifs et les Lombards, un des principaux noyaux de la classe marchande en Europe. En Orient, ils jouaient un rôle culturel important et y répandaient la science et la philosophie grecques (surtout parmi les Arabes). Arrivés en Chine au VIIe siècle, ils y occupèrent sous Koubilaï des postes d'administrateurs, de savants et de médecins, etc. Au XIe siècle, le nestorianisme fut très répandu en Mongolie et devint la religion dominante chez les Keirates et les Naïmans. Ce fait fit naître en Europe la légende sur le « prêtre Jean » — souverain chrétien de l'Orient — qui aurait eu l'intention d'aider les croisés dans leur lutte contre les infidèles.

Sous les murs de Samarkand, de gros éléphants de combat paissaient dans les clairières.

Des rigoles troubles et rapides croisaient la route.

En dehors de la ville, à la portée d'une flèche, se dressaient deux tours très hautes : elles étaient bâties en terre et en crânes humains. À côté se levaient deux autres tours plus petites, mais construites en même matériau.

Des arbres fruitiers fleurissaient dans les jardins de la ville, les puits étaient reliés par des chemins ombrageux ; des passages recouverts conduisaient à des monticules où poussait la vigne et d'où l'on pouvait admirer la mer verdoyante des jardins.

Les voyageurs descendirent dans le palais du khan aux innombrables chambres décorées d'or, de lapis-lazuli et de carreaux de faïence.

Ce palais se dressait sur une colline artificielle entourée d'un fossé rempli d'eau.

Des guerriers, en cuirasse et en casque à l'étroite visière de fer qui coupait la figure de haut en bas, gardaient le palais.

Des tentes et des pavillons, faits de tapis et de soieries aux broderies enchâssées, étaient éparpillés dans le jardin. Des rideaux aux anneaux et aux boucles d'argent et d'or, ornés de perles et d'émeraudes, et des étoffes de soie rose décoraient les murs à l'intérieur du palais, tandis que des pièces de soie aux franges multicolores pendaient du plafond. Lorsqu'un souffle de vent pénétrait dans les salles semi-obscures du palais, les franges remuaient et c'était très beau à voir. On disait qu'en Chine les palais étaient encore plus fastueux.

On reprenait la route. Le long du chemin on rencontrait des relais destinés aux voyageurs. Pour les approvisionner en eau, il fallait chevaucher pendant une journée.

On trouvait partout des chevaux de rechange. Les

messagers du grand khan enlevaient les selles de leurs montures harassées et les mettaient sur des chevaux frais. Si un gros marchand, un ambassadeur, un prince, chevauchant une bête éreintée, apercevait un homme sur un bon cheval, il faisait descendre le cavalier et s'emparait sans façon de sa monture, et personne n'osait protester.

Dans tout le pays, la poste et les relais étaient organisés. Koubilaï désirait avoir très rapidement des nouvelles de tous les coins de son royaume. Il disait qu'il préférait qu'un marchand ou un messager mît deux jours de route en crevant deux chevaux que trois pour arriver sur un cheval bien portant.

Des poteaux le long des routes indiquaient la distance. Les messagers du khan devaient parcourir au moins dix lieues par jour (environ quarante kilomètres). Mais les messagers faisaient souvent de quinze à vingt lieues par jour. Si leurs montures crevaient à proximité de quelque village, ils en vendaient la viande aux habitants, mais si cela arrivait en route, on abandonnait les bêtes harassées.

Les Polo voyageaient de cette façon avec l'ambassade du grand khan. Ils traversaient les rivières à l'eau trouble, chevauchaient dans les plaines, s'arrêtaient dans les oasis où mûrissait déjà le coton dont le duvet ressemble à celui du saule et à la jeune laine de brebis. La chaleur régnait même la nuit. Le vent était aride et fort.

Ils arrivèrent aux sables du désert. Les chevaux s'embourbaient dans les dunes ridées qui rappelaient le fond des bancs de sable près de Venise. De temps à autre on rencontrait un tamaris desséché.

Après le désert, ils atteignirent une cité entourée de jardins aux pommiers fleuris. Des montagnes neigeuses se dressaient à l'horizon. D'épaisses forêts de pins s'étendaient entre les jardins et les monts. Des nuages oblongs s'arrêtaient là où la chaleur, montée des vallées, faisait fondre la neige.

L'herbe était haute. L'eau rapide d'une rivière, captée par l'homme, coulait dans de nombreuses rigoles.

Plus loin, la route s'éleva. La montagne d'argent aux innombrables terrasses, aux pics et aux escarpements, que seul le moine Tchan-tchoun[1] a décrite, se dressa devant les Vénitiens. Le chemin était si rocailleux que force leur fut de descendre de leurs chevaux et d'avancer à pied, tirant derrière eux leurs montures par la bride. Des sapins, droits comme des cierges, leurs hauts sommets agités par le vent, veillaient en rangs serrés. Les oiseaux ne chantaient pas, et un silence de désert pesait alentour. Il faisait chaud sur les versants méridionaux, mais sur les côtes exposées au nord, les Vénitiens gelaient, et leurs vêtements de laine leur paraissaient de fer. Ils marchaient, contemplant les rocs pointus et gardant le silence de crainte d'avalanches.

Ensuite, on déboucha dans une plaine aux ossements blanchis, on traversa cent monticules de sable, et la nuit on enduisit de sang les museaux des bêtes pour tenir à l'écart les esprits maléfiques.

De nouveau, les montagnes se dressèrent à l'horizon. De loin, elles semblaient couvertes de sable blanc, mais quand on s'en approchait on s'apercevait que c'était de la neige.

Pendant de longues journées, ils chevauchèrent dans un désert qui ressemblait au fond d'une mer desséchée, sans rencontrer âme qui vive.

---

1. Tchan-tchoun, un moine taoïste qui vécut dans la Chine du Nord à la fin du XIIe et au début du XIIIe siècle. En 1218, mandé par Genghis Khan, il alla en Mongolie et, n'ayant pas trouvé le souverain dans sa résidence, traversa le Turkestan et atteignit la frontière de l'Inde. Un de ses disciples décrivit ce voyage.

Ayant dévalé les neiges et les montagnes, les voyageurs débouchèrent dans les steppes. De tous les côtés on ne voyait que des nuages jaunâtres sur un ciel bas et des plantes fanées sur un sol ondulé. Puis on rencontra une rivière. De minces filets d'eau se frayaient difficilement un chemin à travers les cailloux et le sable, mais rien que la vue de cette rivière remplit les cœurs de joie. Finalement, ils aperçurent la première habitation humaine, des tentes blanches et des chariots noirs.

Après une nouvelle et longue étape, ils se trouvèrent devant un mur long comme la nuit. La muraille émergeait de l'horizon et se perdait dans la brume jaune du désert. Construite en terre glaise, et revêtue de pierre, elle devait jadis protéger la Chine contre les nomades de la steppe, mais aujourd'hui personne ne la gardait, elle était déserte, car les Mongols l'avaient depuis longtemps dépassée.

Le grand khan habitait son palais d'été près de Cambaluc. Après un long repos, les frères Polo, à force de nombreuses leçons, apprirent comment on devait apparaître devant les yeux du seigneur, sans accrocher les pieds au seuil. Le khan était occupé et ne reçut les voyageurs qu'après un délai considérable.

CHAPITRE IX

Les marchands changent de maître

Les Vénitiens virent beaucoup de choses curieuses à la cour de Koubilaï. Il y avait une profusion inimaginable d'objets d'or et d'argent, mais, à la cuisine, on faisait du feu avec de l'absinthe et du fumier séché. Les nestoriens de Syrie, les Mongols, les Chinois, les

Arméniens se pressaient autour du palais, et celui qui s'aventurait dans la résidence du grand khan devait parler au moins quatre langues pour répondre aux gardes armés.

Le grand khan Koubilaï, d'après un dessin chinois.

En face du palais s'érigeait un arbre en argent, dont le sommet était couronné de quatre têtes de lion et d'une statue d'ange à la trompette.

On donna un festin en l'honneur des ambassadeurs rentrés de Boukhara.

Le matin l'ange d'argent sonna de la trompette en haut de l'arbre, et le koumyss mousseux, l'hydromel et l'eau-de-vie de riz jaillirent des gueules des lions.

Les Vénitiens firent connaissance avec l'artisan parisien qui avait fabriqué cette merveille. Sous les racines de l'arbre il y avait un souterrain où des hommes mis exprès maniaient l'ange et jouaient de la trompette, tandis que les boissons venaient de la cuisine du khan par des tuyaux spéciaux. Voici comment Marco Polo décrivit la réception chez le khan :

« Quand les deux frères furent arrivés chez le

grand khan, il les reçut avec beaucoup d'honneur, leur fit une grande fête, montra grande allégresse de leur venue et les questionna sur maintes choses : premièrement sur les empereurs, comment ils maintiennent leur seigneurie et rendent la justice sur leurs terres, comment ils vont en bataille et toutes leurs affaires, et après il les questionna sur les rois, les princes et les autres barons. Puis il leur demanda des détails sur le pape, l'Église et tout le fait de Rome, ainsi que sur toutes les coutumes des Latins, et les deux frères lui dirent la vérité de chaque chose, pertinemment et bien en ordre, comme des hommes sages et savants qu'ils étaient ; car ils connaissaient bien la langue tartare. »

Messire Matteo et messire Nicolas restèrent à la cour de Koubilaï.

Lorsque le pape Innocent IV délégua, en 1246, du Plan Carpin chez les Tartares, il le chargea de proposer au grand khan de se convertir au christianisme. Le moine traversa les champs où blanchissaient les crânes, passa par Kiev dévastée où il ne restait que deux cents maisons, vit les Russes qui payaient le tribut aux Tartares en fourrures d'ours blanc, de loutre, de zibeline et de renard noir. Il parlait de la religion, mais, chemin faisant, observait les armes des Tartares et pensait à la façon de les combattre. Son livre d'ailleurs ne traite que de cela.

Quelque temps plus tard, la rumeur se répandit en Europe qu'il y avait des chrétiens parmi les Tartares. Un moine franciscain, Guillaume de Ruysbroek, croyant que Sartak, fils de Batou, s'était converti au christianisme, décida d'aller chez le grand khan. Il effectua son voyage en 1253, et recueillit beaucoup d'informations sur la manière de lutter contre les Tartares, pour le cas où on ne pourrait pas s'allier avec eux.

Koubilaï, à son tour, pensa envoyer les frères Polo en Europe en qualité de messagers.

Si les seigneurs européens déléguaient des moines pour étudier la situation militaire des Mongols, pourquoi Koubilaï ne pouvait-il pas charger les marchands vénitiens d'explorer les routes vers l'Europe et la Syrie ?

Le grand khan Mangou envoya, avec Ruysbroek, une lettre au roi Louis IX :

« Au nom de la force divine et du grand peuple des Mongols, que cette missive de Mangou Khan soit adressée au souverain des Francs, le roi Louis, et aux autres seigneurs et prêtres, et au grand peuple franc. Et si vous écoutez nos paroles et y prêtez attention, vous enverrez chez nous vos ambassadeurs, et nous saurons ainsi si vous désirez être en paix avec nous ou nous faire la guerre.

« Lorsque, par la force de Dieu éternel, le monde entier, du levant au ponant, s'unira en paix et en joie, on comprendra ce que nous voudrions faire. Mais si, ayant écouté et compris le commandement de Dieu éternel, vous ne le suivez pas, en disant : "Notre terre est loin, nos montagnes sont fortes, notre mer est grande", et si, se fiant à cela, vous entreprenez une guerre contre nous, le Dieu éternel, celui qui a rendu aisé ce qui était difficile et qui a rapproché ce qui était éloigné, montrera notre science et notre pouvoir. » Cette lettre contenait des menaces déguisées.

Pour Koubilaï, l'Europe était un finistère pauvre et sans intérêt.

À Samarkand, où il y avait des observatoires, les savants étudiaient le ciel étoilé et prédisaient les éclipses du soleil. Que pouvait contre une telle science cette misérable Europe éloignée ?

La Palestine était plus intéressante, elle était traversée par des routes marchandes ; on pouvait y assister aux combats entre chrétiens et Arabes, et y engager quelques centaines d'artisans chrétiens : cela était d'autant plus nécessaire qu'on ne pouvait pas tout confier aux Chinois, qui étaient assez arriérés dans certains domaines comme, par exemple, dans l'art de faire la guerre et de démolir les murs.

Koubilaï donna aux frères Polo des « tablettes d'or », en guise de passeport diplomatique, et les chargea d'une mission auprès du pape qu'ils devaient solliciter d'envoyer au grand khan « jusqu'à cent hommes instruits dans notre loi chrétienne, connaissant les sept arts, et sachant bien discuter et démontrer aux idolâtres et autres gens avec lesquels ils converseraient... comment la loi du Christ était la meilleure ».

Cependant Koubilaï s'intéressait plus à la Palestine qu'à Rome, et il chargea les Vénitiens « de lui rapporter de l'huile de la lampe qui brûle sur le sépulcre de Notre Seigneur à Jérusalem ».

Accompagnés d'un « baron tartare », comme l'appelait Marco Polo, les deux frères se mirent en route. Partout un accueil respectueux était réservé aux trois messagers, mais le voyage s'annonça pénible et difficile à cause de la neige, du mauvais temps et des inondations. On pourrait se le représenter d'après la description que Ruy Gonzalès de Claviho, envoyé en 1403 par le roi d'Espagne à la cour de Timour, à Samarkand, a laissée de son voyage :

« Il était coutume que, quand les messagers arrivaient dans une ville, un bourg ou un village, des ordres étaient donnés de leur apporter beaucoup de viande et de fruits pour eux et leurs hommes, et de l'avoine qui aurait suffi pour un nombre de montures trois fois plus grand ; des sentinelles étaient postées pour protéger les messagers et pour garder leur bagage et leurs chevaux ; si un objet ou une bête manquait, les autorités locales dédommageaient le propriétaire.

« Si les habitants du lieu, où arrivaient les messagers, n'apportaient pas immédiatement ce qu'on leur demandait, et cela à n'importe quelle heure du jour et de la nuit, on les battait avec des bâtons et des fouets d'une façon inouïe. Ou bien on faisait venir les échevins de l'endroit, et les messagers les faisaient battre impitoyablement avec des verges et des bâtons, en disant : "Ne saviez-vous pas que le souverain avait ordonné de rendre les honneurs aux messagers et de leur apporter tout ce dont ils avaient besoin ; et comme rien n'était préparé, vous payerez d'abord de votre propre peau et ensuite de vos biens et de ceux de la ville". »

Ainsi, les autorités devaient se tenir toujours prêtes à la réception des messagers ; je ne sais pas si cela se faisait toujours comme cela.

« Lorsque les messagers arrivaient dans une ville, leurs suivants attrapaient le premier homme aperçu dans la rue, lui mettaient sur le cou la couverture que les habitants de ce pays ont coutume de porter sur la tête, et le traînaient à pied derrière leurs chevaux et le frappaient à coups de fouets et de bâtons, lui intimant l'ordre de leur indiquer la demeure de l'échevin.

« Les habitants, reconnaissant dans les nouveaux venus des messagers du souverain, et devinant qu'ils apportaient ses ordres, se mettaient à courir comme si le diable en personne était à leurs trousses ; ceux qui vendaient des marchandises fermaient leurs tentes et couraient en annonçant les uns aux autres : "Ce sont des ambassadeurs." Car ils savaient bien que l'arrivée des messagers signifiait pour eux des jours noirs ; et ils couraient comme persécutés par le Malin, et allaient s'enfermer dans leurs demeures. »

Les frères Polo avaient, certes, voyagé de la même façon.

Franchie la frontière du pays tartare, ils se trouvèrent dans le royaume d'Arménie, où l'on fut obligé d'avancer moins rapidement. Tout autour, on voyait des châteaux des barons francs, des templiers, des chevaliers teutoniques[1].

Les croisés possédaient la rive méridionale de l'Asie Mineure et ses ports, dont Ayas ou Layas étaient fort célèbres.

Les caravanes, venant de l'Arabie, traversaient l'Arménie[2] où l'on trouvait les marchandises de l'Europe occidentale. L'Arménie exportait le poil de chèvre, le bois, le fer, le raisin sec et les chevaux, qui avaient une grande renommée dans tout le Liban. Partout on rencontrait des ambassadeurs et des représentants de Gênes qui étaient exempts de taxes douanières. Les Génois possédaient des factoreries le long des routes marchandes. Les privilèges accordés aux Vénitiens n'étaient pas aussi importants.

Les frères Polo se servaient en Arménie de leur

---

1. L'ordre teutonique, fondé en 1128 par les croisés allemands, lutta contre les musulmans en Syrie et en Palestine, mais transféra plus tard son activité sur les rives de la mer Baltique habitées par les Lithuaniens. Son œuvre de colonisation brutale, par le fer et par le sang, se heurta à une forte opposition slave.

2. La Petite Arménie s'était constituée au IXe siècle en Cilicie et dans la région montagneuse du Taurus après la destruction de l'ancienne Grande Arménie par les conquérants asiatiques. Le nouveau royaume dépendait politiquement et économiquement des croisés et des Républiques italiennes. En 1198, le pape donna le titre de roi au souverain arménien Léon. Un régime féodal, à l'instar de celui de l'Europe occidentale, s'établit rapidement en Arménie où, à côté des châteaux des féodaux arméniens, se dressèrent ceux des chevaliers français et de différents ordres.

À l'apparition des armées mongoles, le roi Haython Ier se soumit de son propre gré aux envahisseurs et se déclara leur vassal. Le royaume de la Petite Arménie fut détruit en 1315 par le sultan d'Égypte.

titre de messagers du khan Koubilaï, mais ils étaient obligés de payer pour les chevaux.

D'Ayas ils allèrent en Syrie, que les Arabes appelaient Assham (« côté gauche »).

La Palestine était alors florissante. Ses plantations de roses près de Jérusalem, ses oranges, son huile d'olive, ses bananes, ses amandes, ses prunes et ses pavots pour l'opium étaient célèbres. Les étrangers se pressaient dans ses marchés, les prix des auberges et des bains étaient fort élevés, mais les produits coûtaient peu. À Jérusalem, où l'eau manquait, on la conservait dans des citernes. Les croisés n'étaient pas très puissants. Ils ne possédaient véritablement que les châteaux, réussissant à peine à veiller à la sécurité des routes et à lever l'impôt dans un pays qu'ils ne tenaient point en mains.

Après les vastes villages chinois, les frères Polo trouvèrent Jérusalem, avec ses pavés de pierre, trop pauvre et étouffée. Mais ils apprécièrent son excellent raisin.

Sans s'attarder à Jérusalem, ils reprirent la route pour aller à Acre.

Acre, grand port syrien, était si important que les musulmans le proposèrent aux croisés en échange de Jérusalem. Les croisés cependant déclinèrent cette offre.

À Acre, Nicolas et Matteo apprirent la mort du pape. Avec qui pouvaient-ils entamer à présent leurs négociations ? Ils demandèrent une audience chez Teobaldo di Piacenza[1], légat pontifical, qui

---

1. Thibaud de Plaisance, de la famille Visconti, fut légat pontifical en Orient. Le pape Clément IV mourut en 1268 ; le conclave, pendant trois ans, hésita à élire un nouveau pape. Thibaud écrivit donc lui-même une réponse au khan qu'il confia à Polo. En 1271, Thibaud de Plaisance fut élu pape et prit le nom de Grégoire X. Il mourut en 1276.

représentait le pouvoir de Rome « dans tout le royaume d'Égypte », et qui avait une grande autorité.

Quand le légat eut entendu les messagers du khan, il leur conseilla de patienter jusqu'à l'élection d'un nouveau souverain pontife.

Les frères Polo décidèrent de regagner entre-temps leur patrie, et l'atteignirent après un long voyage sur mer.

Ils trouvèrent Venise très changée. Il y avait des maisons en pierre, des ponts nouveaux, nombre de navires se pressaient dans le port. Mais la situation générale était inquiétante.

La femme de Matteo Polo avait vieilli et ne reconnut pas son mari.

La femme de Nicolas Polo, qu'il avait laissée enceinte, était morte en couches. Son fils avait déjà quinze ans. Il parlait le français, maniait adroitement l'arbalète, savait les prix des marchandises, mais n'avait jamais vu un jardin plus spacieux que celui de la place Saint-Marc où poussaient quelque dix arbres.

CHAPITRE X

Marco Polo apparaît dans ce livre et entreprend son voyage qui dura vingt-six ans

Marco Polo, fils de Nicolas, naquit en 1254 à Venise, dans l'île du Rialto. On ne possède aucun détail sur son enfance et son éducation. Probablement, vers sa quinzième année, savait-il, comme tout bon Vénitien, qu'il n'était pas permis de croiser les jambes ni de s'accouder à table, qu'on tenait la coupe de vin de deux mains, qu'on ne regardait pas dans l'assiette du voisin, qu'il ne fallait pas se curer les dents avec les ongles ni toucher le bord d'un verre du gros doigt. Ces règles de savoir-faire étaient assez connues à l'époque : un peu plus tard, on les a formulées à Florence sous une forme poétique.

En hiver, Marco Polo jetait des boules de neige, car il neige parfois à Venise en janvier ; en juin, il mangeait de la gelée de perdrix et de faisan ; dans les processions, il portait un cierge, et il prenait, peut-être, part à la fête du Rosaire, pendant laquelle les garçons les plus sérieux et les petites filles les plus mignonnes marchaient à la tête du cortège, représentant chacun et chacune un saint et une sainte. Parmi eux couraient de petits espiègles qui mimaient des diables et faisaient mille tours pour effaroucher la pudeur des filles et faire rire les garçons. Leurs tours et plaisanteries étaient parfois très ingénieux. Toute la scène devait symboliser l'héroïsme des saints qui ont résisté toute leur vie aux tentations des esprits malins.

Marco Polo jouait probablement le rôle d'un petit diable, qui convenait mieux que celui d'un saint à son caractère aventureux.

On ignore s'il avait fréquenté une école et s'il savait lire et écrire l'italien. Son compagnon de geôle de Gênes, le Pisan Rusticien, qui écrivit son livre sous sa dictée, le fit précéder d'une apostrophe ainsi conçue : « Empereurs et rois, ducs et marquis, comtes, chevaliers et barons, et tous ceux qui désirez savoir la pure vérité des diverses régions du monde, prenez ce livre et le faites lire. » Le livre de Marco Polo a été écrit pour les analphabètes.

Mais Marco Polo disait de lui-même : « Il apprit leur langue (le mongol) et les quatre alphabets très rapidement. »

Quels étaient ces quatre alphabets ? On en discute beaucoup.

Dans une autre variante du livre on trouve cette mention : « Il apprit quatre langues, il savait les lire et les écrire. » On suppose que Marco Polo ne savait pas le chinois, mais qu'il connaissait l'écriture mongole carrée, introduite par Koubilaï, ainsi que les lettres arabes, syriennes et ouïgours. En effet, les représentants de quatre peuples se trouvaient à la cour du grand khan : les Tadjiks, les Chinois, les Ouïgours[1] et les Syriens chrétiens.

L'écriture ouïgour est l'écriture mongole, d'origine syrienne. Toutes les lois de Genghis Khan sont tracées de cette écriture. Koubilaï chargea un lama tibétain de composer un alphabet purement mongol. Le savant créa l'alphabet mongol carré sur la base de l'écriture tibétaine. Il comprenait mille lettres qui n'étaient que des variations des quarante et un signes principaux. Il est donc fort possible que Marco Polo ait su deux alphabets mongols. Il connaissait également les écritures arabe et syrienne. Mais il est fort douteux qu'il ait su écrire et lire l'italien. Au moment de son départ avec son père et son oncle, il parlait probablement le français, connaissait les noms des marchandises qui provenaient du Proche-Orient, savait tirer de l'arbalète et ramer.

Les Polo faisaient vraisemblablement le commerce

---

1. Embranchement de la race ouralo-altaïque, les Ouïgours ou Ougres fondèrent au IXe siècle un royaume en Chine occidentale, sur les routes marchandes de l'Asie orientale vers le Proche-Orient. Les Ouïgours n'étaient pas seulement des marchands, ils jouèrent un rôle important dans la diffusion des doctrines religieuses et en particulier du christianisme et du bouddhisme. Le principe de l'écriture alphabétique, venu de la Méditerranée, pénétra grâce à l'écriture ouïgour, qui était d'origine syrienne (araméenne), en Mongolie et en Mandchourie. Les Ouïgours occupaient une grande place dans l'administration de Koubilaï.

des pierres précieuses, des étoffes et de la rhubarbe, qu'il n'omet jamais de mentionner.

Nicolas et Matteo Polo, accompagnés de Marco, partirent de Venise et se rendirent à Acre, chez le pape Grégoire IX. Ils n'insistèrent pas pour obtenir les cent artisans chrétiens, mais demandèrent la permission d'aller à Jérusalem pour avoir de l'huile de la lampe du sépulcre. Munis des lettres du pape au grand khan, et accompagnés de deux moines, ils se dirigèrent vers Layas. À ce moment, le sultan égyptien, Bondokdari, assaillit l'Arménie avec une grande armée. La situation de l'Arménie et des féodaux, enfermés dans leurs châteaux, devint assez précaire. Les moines préférèrent rebrousser chemin. Mais les Polo poussèrent en avant. Ils ne craignaient rien en raison des « tablettes d'or » de Koubilaï qui leur servaient de sauf-conduit.

Le chemin menait droit à Layas vers Erzeroum.

Voici comment Marco Polo décrivait la Petite Arménie

« De la Petite Arménie est souverain un roi qui maintient bien sa terre en justice et est soumis aux Tartares. Il y a maintes villes et maints châteaux-forts, et de toutes choses une grande abondance. C'est aussi une terre très favorable à la chasse aux bêtes et aux oiseaux. Anciennement les gentilshommes y étaient remarquables d'armes et de vaillance, mais à présent ils sont misérables et vils. Toutes les épiceries, les draps de soie et d'or, et autres marchandises de l'intérieur, sont apportés à Layas ; et les marchands de Venise, de Gênes et de tous autres pays y viennent vendre leurs denrées et acheter ce dont besoin leur est. »

Ensuite Marco Polo décrit la terre des Turcomans [1] qui mènent la vie nomade dans les montagnes

---

1. La province actuelle d'Anatolie.

et dans les vallées, et qui produisent « les plus fins tapis et les plus beaux du monde ». Des Arméniens et des Grecs, qui s'occupent du commerce et des métiers, habitent les villes turcomanes.

Il est fort difficile de tracer avec exactitude le chemin suivi par Marco Polo. C'est l'époque où les Mongols envahissaient une contrée après l'autre. Les habitants restaient dans leurs villes, mais on appelait ces dernières tantôt de leurs anciens noms, tantôt par les noms nouveaux qui leur avaient été donnés par les conquérants. Les frontières des pays étaient également devenues instables.

À Arzingan[1], ville de la Grande Arménie, on fabriquait, d'après Marco Polo, le meilleur « boucaran » du monde. Ce « boucaran » suscita de nombreux commentaires. L'historien italien Giovanni Villani (1275-1348) parle dans son *Histoire de Florence* des tournois militaires après lesquels on distribuait, comme prix, des pièces de « boucaran » en coton. On mentionne le « boucaran » dans l'ancienne poésie épique française. Plus tard, à l'époque des Tudor, Anne Boleyn portait du linge de boucaran. Le biographe anglais de Marco Polo, Yule, affirme que la signification de ce mot a changé au cours des siècles. Au Moyen Âge, il servait à désigner les meilleures étoffes de laine ou de coton ; aujourd'hui, on l'emploie pour désigner une toile grossière.

Marco Polo parle encore des « beaux bains » de la cité d'Arzingan.

Claviho parle aussi de cette ville. Le chemin qui y menait passait par une région montagneuse et rocheuse. On était au début de mai, mais la neige couvrait encore la route.

La cité d'Arzingan était construite dans une plaine, près du fleuve Euphrate. « C'est un de ces fleuves,

1. Arzingan, ou Erzendjan, ancienne ville arménienne.

raconte Claviho sans broncher, qui coulent du paradis. La plaine, où la cité est située, est ceinte de tous côtés par de hautes montagnes. La neige recouvre les sommets des montagnes, mais disparaît à leurs pieds. La cité, entourée de champ et de vignes, n'est pas grande, ses murs aux tours de garde sont en pierre. Les maisons de la ville sont disposées en terrasses, et les habitants circulent sur ces terrasses comme dans les rues. La cité est très peuplée et possède de belles rues et ruelles avec de nombreuses boutiques. À Arzingan il y a beaucoup de nestoriens, d'Arméniens et de Grecs.

« Après Arzingan, la route passe entre de hautes montagnes dénudées aux nombreux cours d'eau et aux herbes extraordinaires. »

« L'Arménie forme un très grand pays, raconte Polo, et je vous dis que chaque été toute l'armée des Tartares du levant séjourne dans cette contrée, parce qu'ils y trouvent très bonne pâture pour leurs bêtes. Mais l'hiver ils n'y demeurent pas, à cause des grandes froidures, et s'en vont en lieu chaud. »

Le chemin de Marco Polo avait dû passer tout près de l'Ararat ; il est possible qu'il soit allé à Érivan. La Grande Arménie avait une frontière commune avec Mossoul, que Polo n'avait probablement pas visité. Il fait distinction dans son livre entre les pays qu'il a vus de ses propres yeux et ceux dont il a entendu parler. Il est vrai qu'il donne sur Mossoul beaucoup de détails : il parle, entre autres choses, des « mousselines » très fines qui servent aux robes des reines, et surtout des diamants.

« Dans ces montagnes il y a nombre de serpents qui sont grands et gros, méchants et vénéneux. Les cours d'eau rapides emportent les diamants et les déposent dans les précipices et dans les cavernes. Il existe dans ce pays une grande et profonde gorge entourée de hauts rochers aux cavernes où personne n'ose s'aventurer. Et voici ce que les gens font : ils jettent des morceaux de viande dans cette gorge, la viande tombe sur les diamants qui se collent à elle. Lorsqu'un aigle aperçoit la viande, il la saisit pour la transporter ailleurs, mais les gens crient, l'épouvantent et lui enlèvent la viande, ou bien ils le suivent et cherchent les diamants dans ses crottes. »

Non, Marco Polo n'a pas été dans ces parages. Mais, en revanche, il a été à Tabriz : « Tauris est une grande et noble cité, située dans une grande province appelée Irak. Les hommes de Tauris vivent de leur commerce et de leur industrie, car ils travaillent de toute manière draps de soie et dorés. Plusieurs marchands latins, principalement génois, y viennent pour y faire des achats et autres transactions, car il s'y trouve aussi grande quantité de pierreries. Les marchands y font largement leur profit. » C'est tout ce qu'il dit de Tabriz. Il avait oublié cette ville et n'a pas su la décrire. Claviho nous fournit quelques renseignements supplémentaires sur Tabriz :

« Cette cité est située dans une vallée entourée de crêtes de montagnes nues. La ville n'a pas de murs. Du côté gauche les montagnes arrivent tout près de la ville, l'eau qui vient de ces montagnes n'est pas bonne à boire. Du côté droit les montagnes sont couvertes de neige, des ruisseaux en découlent, allant jusqu'à la ville et alimentant les rigoles. Sur la chaîne gauche il y a un sommet acheté par les Génois. Lorsqu'ils se mirent à y construire un château fort, le khan les fit appeler et leur dit : "Dans mon pays les marchands n'ont pas l'habitude de bâtir des châteaux. Vous m'avez en effet acheté cette montagne, vous pouvez donc l'emporter chez vous, dans votre patrie et y construire là-bas ce que vous désirez."

« Les Génois entamèrent une discussion, et le khan ordonna de leur couper la tête.

« La ville possède nombre de belles rues et ruelles

et de grands marchés dont les entrées ressemblent à des boutiques, et dedans les marchés il y a des maisons et des magasins bien achalandés, ainsi que des passages et des portes qui mènent d'une rue à l'autre, et on y vend des étoffes de soie et de coton, du santal, du taffetas, et des perles. Dans un des passages du marché se trouvent des marchands qui vendent des parfums et des pommades pour les femmes qui viennent elles-mêmes s'acheter ces produits ; les femmes sont enveloppées dans des voiles blancs et portent des filets en crin de cheval devant les yeux. Dans les rues et les places de cette cité il y a beaucoup de puits et de fontaines, au printemps on y met des morceaux de glace, on pose des gobelets en cuivre et en étain alentour, et les gens peuvent s'y désaltérer. »

Marco Polo pouvait y observer la procédure de l'achat des perles (son père, peut-être, avait lui-même acheté des perles). Deux marchands s'assoient l'un en face de l'autre, les mains couvertes d'un mouchoir, les gestes des doigts désignant la qualité et le prix des perles. Le prix varie suivant la rondeur, les dimensions, les teintes et l'assemblage des perles. Deux hommes restent assis l'un vis-à-vis de l'autre, leurs mains sont cachées sous le mouchoir, mais leurs doigts disputent, et le marchandage muet suit son cours. Les Polo aînés connaissaient probablement ce langage sans paroles.

Il y a beaucoup de choses dans le livre de Marco Polo qui sont couvertes d'un mouchoir ; pour les deviner il faut savoir le langage des doigts marchands. Marco Polo ne donne pas de détails sur ses propres affaires, et s'abstient de raconter ce que les Génois n'auraient pas dû apprendre.

Les Polo ne se pressent pas, ils vendent et achètent tout le long du chemin, et cela explique pourquoi le tracé de leurs routes est si tortueux.

Le jeune Marco se sentait un peu mal à l'aise avec Matteo et Nicolas. Son père était pour lui un étranger qu'il connaissait à peine. Nicolas s'exprimait surtout en tartare, répétait les plaisanteries entendues lors de ses voyages, se souvenait des femmes pékinoises que le khan faisait donner aux voyageurs. Il s'amusait de l'embarras du fils, mais le réprimandait si le jeune homme commençait, à son tour, à plaisanter.

CHAPITRE XI

À travers la Perse méridionale

Après Tabriz, les Polo arrivèrent à Savah (Saba), ville dévastée par les Tartares. De là ils se dirigèrent vraisemblablement vers Yezd, une des plus anciennes villes de l'Iran. C'était à l'époque une grande et belle ville où l'on « travaillait maintes étoffes de soie qui s'appelaient yezdi et qui étaient vendues par les marchands en différentes régions », selon le témoignage de Marco Polo.

Ayant quitté Yezd, les voyageurs chevauchèrent sept journées dans une plaine aux bois et broussailles clairsemés d'où s'envolaient des faisans. Marco Polo les chassait en tirant de l'arc.

Au loin passaient au galop des troupeaux d'ânes sauvages.

On dormait à la belle étoile, sur des nattes posées à ras de terre, près des feux soigneusement entretenus.

Au bout de sept jours de plaine on arriva dans le royaume de Kirman, récemment conquis par les Tartares. Le Kirman était célèbre pour ses mines de turquoises. Cette pierre était appréciée en Perse depuis les temps anciens, mais les gens du peuple croyaient que les turquoises étaient des os de personnes mortes de chagrins d'amour et qu'elles rendaient malheureux en amour tous ceux qui les portaient.

Les marchands polissaient les turquoises de meilleure qualité et ornaient celles de qualité inférieure d'or et d'inscriptions qui cachaient les défauts de la pierre.

À Kirman, on travaillait l'acier et on fabriquait les harnais du cheval, les selles, les brides ; on y faisait également arcs et carquois. Les femmes brodaient.

Dans les montagnes, on trouvait d'excellents petits faucons au poitrail rouge. La chasse au faucon était la folie à la mode, on ne pouvait imaginer un meilleur cadeau qu'un faucon.

Dans la poésie persane le faucon symbolise la servilité : les faucons apprivoisés retournaient docilement auprès de leur maître et couraient devant lui, les ailes relevées et la tête baissée, l'air noble et soumis. Ainsi est-il écrit dans l'ouvrage *Entretiens d'oiseaux*, qui était fort à la mode à l'époque.

Partis de Kirman, les voyageurs chevauchèrent de nouveau pendant sept jours, rencontrant partout des villes, des villages et de belles habitations, et chassant, de temps à autre, la perdrix avec les faucons qu'ils venaient d'acheter.

La nuit, le froid était si rigoureux que les voyageurs s'en défendaient à peine sous leurs couvertures et leurs pelisses persanes aux longues manches, dans lesquelles ils mettaient les pieds pour dormir.

Au bout de deux jours de route en descente, les voyageurs se trouvèrent devant les ruines de la cité appelée Camadi. En général, on rencontrait beaucoup de ruines dans ce pays ravagé par les Mongols. Parmi les murs de terre en décrépitude et sans toit brillaient parfois des carreaux de faïence.

Autrefois des champs cultivés et des vignes recouvraient cette plaine, mais à présent les Tartares y faisaient paître leur bétail.

Peu à peu, la contrée devenait plus chaude. Dans les montagnes, les oiseaux se reposaient sur les pistachiers sauvages. Le soir, les sangliers s'approchaient du campement. Des dattiers apparurent dans les restes de jardins dévastés. Le bétail changea d'aspect. Des bœufs énormes et blancs, une bosse ronde entre les épaules, contemplaient la route. Les moutons à la queue grosse et grasse, qui pesait au moins trente livres, étaient hauts comme des ânes.

Les voyageurs mangeaient, en s'aidant de leurs mains, du riz au gras de mouton, puis s'essuyaient les doigts contre les bottes et les selles, préservant ainsi le cuir contre la sécheresse.

Les nuits n'étaient guère tranquilles, car le pays était infesté de bandits qui faisaient la chasse au bétail et aux hommes, tuant les vieux et vendant les jeunes en esclavage. Le roi de ces pillards, nommé Nogodar, était un prince mongol qui ne reconnaissait pas l'autorité du grand khan, et dont les bandes faisaient la guerre à tout le monde dans les régions frontières de l'Inde.

La caravane avançait lentement, Marco Polo alla en avant et tomba avec ses hommes entre les mains des gens de Nogodar, qui le firent prisonnier. Les marchands se virent obligés de s'arrêter, mais les « tablettes d'or » du grand khan et la lettre du pape n'étaient d'aucune utilité dans cette circonstance. Cependant, Marco Polo réussit à s'enfuir avec ses compagnons.

C'est en ces termes que Marco Polo parle des bandits : « Leurs mères sont Indiennes et leurs pères Tartares. Quand ils veulent courir le pays pour le piller, ils font, par leurs enchantements diaboliques, devenir le jour tout à fait obscur. En chevauchant, ils restent l'un près de l'autre, quelquefois au nombre de dix mille, de sorte qu'ils occupent tout l'espace et prennent tout ce qui se rencontre : hommes, femmes, bétail, rien ne peut leur échapper. »

Après la région des bandits, la route commença à descendre. Il faisait de plus en plus chaud. L'air, qui était si sec dans ces montagnes, devint plus humide. On sentait la proximité de la mer. Des oiseaux multicolores, d'une espèce inconnue, voletaient alentour.

Finalement, les voyageurs atteignirent la cité d'Ormuz, au bord de la mer, qui était un port important[1]. Les marchands y venaient de l'Inde avec leurs bateaux chargés d'épices, de pierreries, de fourrures, d'étoffes, d'ivoire.

Marco Polo raconte des choses peu engageantes sur Ormuz : la chaleur y est excessive, le pays est malsain, ses lois sont assez désagréables, si quelque marchand étranger meurt, le roi prend tout son bien ; le vin de dattes est bon, mais il agit comme une purge ; les indigènes ne mangent pas de viande, et du pain seulement lorsqu'ils sont malades ; ils se nourrissent habituellement de dattes, de poisson salé, de citrons et d'oignons ; ils sont noirs et adorent Mahomet ; en été, ils quittent la ville et vont demeurer dans les jardins ; lorsque le vent chaud du désert se met à souffler, ils entrent dans l'eau ; on y sème au mois de novembre et on récolte au mois de mars, les dattes durent jusqu'en mai.

La chaleur qui régnait à Ormuz était si forte qu'un jour le vent brûlant fit périr seize cents cavaliers et cinq mille soldats qui marchaient contre la ville ; les habitants d'Ormuz, craignant la peste, furent

1. Ormuz était située sur les rives du golfe Persique, là où se trouve à présent le port iranien de Bandar-Abbas. À l'époque mongole, la liaison maritime entre la Perse et la Chine s'effectuait par Ormuz.

contraints d'enterrer leurs ennemis de crainte d'infection.

On pouvait aller d'Ormuz en Chine par voie maritime, mais Marco Polo n'avait aucune confiance dans les bateaux de la cité : « Leurs bateaux, dit-il, sont très mauvais, ils ne sont pas cloués de fer, mais cousus à l'aide d'un fil qu'ils font avec l'écorce de l'arbre de noix d'Inde (le cocotier), ils font battre cette écorce jusqu'à ce qu'elle devienne comme crin de cheval, de quoi ils font du fil dont ils cousent leurs bateaux. Ces bateaux portent un mât, une voile et un gouvernail, mais ne sont pas pontés ; on couvre les marchandises avec des cuirs, puis sur ces cuirs ils mettent les chevaux qu'ils vont vendre dans l'Inde. Il est très dangereux de voyager sur ces bateaux. »

Les Polo renoncèrent donc à la voie maritime et, ayant rebroussé chemin, partirent vers le nord par la route des caravanes pour aller chez Koubilaï par le Pamir.

Ils avaient sans doute emprunté le chemin le plus long, entre Tabriz et le golfe Persique, pour pouvoir faire du commerce en route. Mais il y eut également une autre raison plus importante.

En 1203, Koubilaï octroya à Houlagou le titre de khan autonome et le laissa gouverner l'Iran à son aise. Mais le grand khan s'intéressait cependant à ce qui se passait dans ce pays. En 1256, les Mongols débarrassèrent les routes des « assassins », dont on parlera plus bas. Les frères Polo, pendant leur long voyage, recueillaient, pour le compte de Koubilaï, des renseignements sur l'Iran et sur la sécurité de ses routes de caravanes.

CHAPITRE XII

Les assassins

Les voyageurs entrèrent de nouveau dans la zone des steppes où ils rencontrèrent, pour toute végétation, l'« arbre sol » ou « arbre sec », à l'écorce d'une part verte et d'autre part blanche, produisant des capsules comme celles des châtaignes, mais vides à l'intérieur. Il n'y a nul arbre près de lui à plus de cent milles à la ronde. On dit que cet arbre, qui n'est qu'un platane millénaire, se trouve encore là de nos jours. Les marchands et leurs gardes avancèrent avec maintes précautions : ils venaient d'entrer dans la région du Vieux de la montagne et de ses Assassins[1].

---

1. Assassins ou, comme les appelle Marco Polo, « hasisins ». Au VIIIe siècle, dans le califat de Bagdad, fut fondée la secte des Ismaéliens qui reflétait le mécontentement de larges couches de la population des villes et des campagnes de plus en plus opprimées par les féodaux, les riches marchands et les chefs religieux réactionnaires. À côté d'un fort courant messianique, lié au nom d'Ismaël, descendant du calife Ali, la doctrine des ismaéliens contenait beaucoup d'éléments mystiques hérités pour la plupart des religions anciennes de l'Asie et de l'Iran. Certains ismaéliens tentèrent d'introduire dans leur secte les principes d'un communisme de consommation. À la fin du XIIe siècle, après la désagrégation du califat de Bagdad, les ismaéliens, sous l'influence des guerres interminables entre les souverains musulmans et de l'invasion des croisés en Syrie et en Palestine, se transformèrent en une organisation militaire et secrète qui passa dans l'Histoire sous le nom de celle des « assassins ». Ils luttèrent avec acharnement contre les croisés et les rois musulmans, n'hésitant pas à recourir à de nombreux meurtres commis dans des circonstances mystérieuses. Les membres de l'ordre étaient liés par une discipline de fer et obéissaient aveuglément à leur chef, le « Vieux de la montagne », le descendant du calife Ali. Le mot « assassin » provient du mot arabe « Haschichin » ou « Haschachin » ; le chef de la secte enivrait systématiquement les ismaéliens à l'aide de « haschich », préparation enivrante à base de feuille de chanvre. Les croisés

Ici, dans les montagnes, habitaient les gens que les uns appelaient « haschichins », et les autres « ismaéliens », d'après Ismaël, arrière-petit-fils d'Ali, que la plupart des chiites reconnaissent comme l'héritier du prophète.

Les Haschichins étaient divisés en sept rangs. Le Vieux de la montagne occupait le grade suprême, et c'est de lui que Marco Polo parle le plus. Après lui venaient les « grands appellateurs », ses lieutenants dans les forteresses, vêtus, à son instar, de blanc. Les « simples recruteurs » constituaient le troisième grade, tandis que dans le quatrième grade il n'y avait que des « rafik » (compagnons) qui n'étaient pas initiés aux secrets de la secte. Les « condamnés » formaient le cinquième grade : ils exécutaient les sentences du Vieux de la montagne. Leurs vêtements étaient blancs, mais ils portaient un bonnet, une ceinture et des bottes rouges. Le sixième grade était réservé aux novices.

Tel se présentait l'ordre ismaélien aux yeux des profanes. Mais, en réalité, ses sept grades étaient tout autres.

La première place dans cette hiérarchie secrète appartenait à l'« invisible », à celui « qui devait arriver dans la suite des temps », bref à l'Imam « sacré par Allah ». Puis venait le « koudidié », autrement dit la « preuve de la grâce divine ». Il était suivi des

---

les appelaient tantôt « assissini » et tantôt « assassini ». Inutile d'ajouter que ce nom a été à l'origine du mot « assassin » en français, et « assassini » en italien.

Les châteaux-forts des « assassins » constituant une menace perpétuelle pour les caravanes, Houlagou, pressenti par les marchands, entreprit, à partir de 1253, une lutte contre les ismaéliens. En 1256, leur chef, Rokneddin, se rendit et les Mongols s'emparèrent d'une centaine de châteaux qu'ils rasèrent au sol ; certaines forteresses tinrent bon pendant longtemps : le siège de Girdkoukh par les Mongols dura quatorze ans. La secte des ismaéliens existe encore de nos jours en Iran, en Tadjikistan et dans l'Inde du Nord.

« soudaci » qui étaient à la « preuve » ce que ce dernier était à l'Imam ou l'Imam à Allah. La quatrième division comprenait les « invitateuirs » ; la cinquième, ceux qui venaient d'être initiés et qui avaient fait le serment de servir l'ordre ; la sixième, « ceux qui étaient devenus des chiens », c'est-à-dire ceux qui cherchaient l'occasion de se convertir comme les chiens de chasse guettent le gibier. Le septième grade était composé de « croyants », soit le peuple.

En comparant cette hiérarchie avec celle rendue publique, on remarque que cette dernière ne comprenait pas l'Imam, au nom duquel le Vieux de la montagne exigeait l'obéissance du peuple, car l'Imam est un être invisible ; d'autre part la hiérarchie spirituelle éliminait les « condamnés », car ils étaient des soldats.

Sans raconter l'histoire des ismaéliens, nous dirons qu'ils avaient essayé de devenir les maîtres de la Tunisie, de la Perse et de la Syrie. Ils formaient un ordre semblable à celui des Templiers, que l'Église était encline à accuser d'hérésie.

Les haschichins faisaient la guerre aux émirs musulmans et aux croisés. La terreur qu'ils suscitaient était si forte qu'à leur apparition les châtelains démolissaient eux-mêmes les remparts et s'enfuyaient. Méthodiquement, les haschichins poursuivaient leur propre politique à l'époque où les luttes des féodaux étaient si compliquées. Au point culminant de leur histoire, les ismaéliens comptaient soixante mille hommes dans leurs rangs. Ayant conclu la paix avec le sultan Aladin, qui promit de ne pas les déranger, ils attentèrent néanmoins à sa vie à deux reprises, en 1174 et en 1176. Ils ont, en général, commis tant de meurtres que le nom de haschichins devint, par corruption, celui des meurtriers.

Ils tuèrent Raymond, comte de Tripoli, l'un des chefs de la première croisade. Les Templiers assiégèrent alors les châteaux des haschichins, qui furent obligés de se soumettre et consentirent à payer un tribut aux chevaliers chrétiens. Les Templiers levèrent le siège. Le chef des haschichins écrivit à Amalric, roi des croisés, qu'il était prêt à se convertir au christianisme avec tous ses disciples, à la condition que le paiement du tribut fût aboli. On entama des négociations, mais les messagers d'Amalric furent tués par des Templiers, et Amalric lui-même s'empressa de mourir. Dans cette confusion, il était difficile de distinguer les Templiers et les haschichins. Par exemple, le margrave Conrad de Tyr fut tué par les haschichins en froc de moine ou par des gens qui se faisaient passer pour des haschichins. Saint Louis, en débarquant à Acre en 1250, fit aux Haschichins une donation en guise de rançon pour sa vie.

La menace des haschichins pesait sur les routes que les marchands empruntaient pour faire le commerce avec les Mongols. Houlagou envoya de forts détachements à Mazanderan et au Kurdistan, où quelques châteaux ismaéliens furent pris ; plusieurs forteresses cependant surent résister aux Mongols.

Voici en quels termes Marco Polo parle du chef des haschichins :

« Le Vieux avait fait fermer entre deux montagnes, en une vallée, le plus grand jardin et le plus beau que l'on ait jamais vu, plein de tous les fruits du monde, et où il y avait les plus beaux palais que l'on put jamais admirer, tous dorés et décorés, très bien de toutes choses. Et il y avait des conduits où coulaient très bien vin, lait et miel et eau ; et pleins de dames et demoiselles, les plus belles du monde, qui savaient jouer de tous les instruments et chanter très bien, et qui dansaient de telle sorte que c'était un délice de voir cela. Le Vieux faisait entendre aux siens que ce jardin était le paradis. Pour ce il l'avait fait disposer de la même manière que Mahomet dit que leur paradis sera : beaux jardins pleins de ruisseaux de vin, de lait, de miel et d'eau, et pleins aussi de belles femmes pour le délice de ceux qui obéiraient au vieux. Aussi croyaient-ils tous que c'était le paradis. En ce jardin n'entrait nul homme, si ce n'est ceux qu'il voulait faire ses "hasisins", il y avait à l'entrée de ce jardin un château si fort que le monde entier ne le pourrait prendre, et on ne pouvait entrer dans le jardin que par là. Il tenait en sa cour de jeunes enfants de douze ans, de sa contrée, qui avaient volonté d'être hommes d'armes, et leur enseignait comme Mahomet dit que leur paradis est fait de la manière ci-dessus, et ceux-ci le croyaient comme Sarrasins le croient. Puis il les faisait mettre dedans ce jardin par dix, par six, ou par quatre ensemble, de cette façon : il leur faisait boire un breuvage à la suite duquel ils s'endormaient aussitôt, puis les faisait prendre et mettre en son jardin, et, quand ils s'éveillaient, ils se trouvaient là. »

Marco Polo ne savait pas toute la vérité. Le Vieux de la montagne ne se contentait pas de faire boire à ses disciples du miel, du vin et de l'eau, ils les accoutumait au haschich. Comme l'opium, le haschich devient indispensable à celui qui en fait usage. Le narcomane en a besoin tous les jours, et le Vieux de la montagne tenait en main ses hommes en procurant quotidiennement cette drogue enivrante.

« Quand les jeunes gens se réveillaient et se voyaient en si beau lieu, ils croyaient vraiment être en paradis. Les dames et les demoiselles les caressaient tous les jours à leur volonté, si bien que les jeunes gens avaient ce qu'ils voulaient avoir et jamais, de leur plein gré, ne seraient sortis de là.

« Le seigneur Vieux de la montagne tenait une cour noble et grande, et faisait accroire à ces gens simples, qui sont autour de lui, qu'il était un grand prophète, et ainsi le croyaient-ils véritablement.

« Et quand il voulait envoyer ses hasisins en quelque lieu, il faisait donner de ce breuvage que je vous ai dit à quelques-uns de ceux qui étaient en ce jardin, et les faisait porter en son palais. Et, quand ils étaient éveillés, ils se trouvaient en ce château, hors de leur paradis, de quoi ils étaient très grandement étonnés, et n'en étaient pas trop aises. Le Vieux les faisait venir devant lui ; ils se prosternaient devant lui comme devant celui qu'ils croyaient être un vrai prophète. Il leur demandait d'où ils venaient, et ils disaient qu'ils venaient du paradis, et qu'il était tel que Mahomet le dit en leur loi. Et les autres qui entendaient cela, et ne l'avaient point vu, avaient grand désir d'y aller.

« Et quand il voulait faire assassiner un grand seigneur, il leur disait : "Allez et tuez telle personne ; et quand vous serez de retour, je vous ferai porter par mes anges en paradis, et si vous mourez là je dirai à mes anges qu'ils vous rapportent en paradis."

« Et ainsi le leur faisait accroire, et pour ce ils faisaient tout son commandement qu'ils ne laissaient pour nul péril, pour la grande envie qu'ils avaient de retourner en son paradis. De cette manière le Vieux leur commandait de tuer tous ceux qu'il voulait faire mourir, et par la très grande crainte que les seigneurs avaient de lui, ils lui payaient tribut pour avoir avec lui paix et amitié. »

je vous ai raconté des faits et gestes du Vieux de la montagne. Je conterai maintenant sa fin :

« En l'an 1252 de l'incarnation du Christ, Houlagou, le seigneur des Tartares du Levant, entendit cette grande méchanceté du Vieux et pensa le faire détruire. Il choisit un de ses barons, l'envoya entour ce châtel avec une grande armée qui assiégea le châtel trois ans sans pouvoir le prendre tant il était fort ; et si les assiégés eussent de quoi manger, on ne l'eût jamais pris. Mais après trois ans les vivres leur manquèrent, si bien qu'ils furent pris, et ledit Vieux massacré avec tous ses hommes. Et depuis il n'y en eut aucun autre, car là finit sa méchanceté qu'il avait déjà tant manifestée. »

Mais Marco Polo se trompait. Leurs châteaux détruits, les ismaéliens s'enfuirent dans les montagnes du Pamir. Mais ils existent encore de nos jours. Leur chef est l'Agha Khan. Les ismaéliens existent également dans la Chine occidentale, près de Yarkend. Ils ont survécu aux Templiers.

CHAPITRE XIII

Les Polo passent l'hiver près du Pamir

Il serait difficile de tracer avec exactitude l'itinéraire suivi par les Polo. N'oublions pas qu'ils n'étaient pas de simples voyageurs, ils étaient des marchands qui, chemin faisant, achetaient et vendaient différents objets. Il arrivait qu'un frère s'écartât de la route principale pour affaires, tandis que l'autre l'attendait dans quelque ville ou bourgade.

En somme, l'itinéraire des Polo est une ligne à multiples ramifications.

Quand on voit sur la carte l'emplacement des châteaux des haschichins ou des villages des nestoriens, on comprend que les habitats humains dépendaient des voies de communication marchandes. Les hommes s'installaient le long des routes des caravanes ou près des ports maritimes. Souvent ce n'étaient que de petits villages, comme ces factoreries des Génois qui s'étendaient jusqu'à Tabriz.

La population était fort variée. Marco Polo la nommait tantôt d'après sa religion, tantôt d'après son nom de peuple. Ainsi, sous le nom des Sarrasins, il désigne tous les musulmans, aussi bien les Perses et les Arabes que ces Ouïgours qui, au XIIe siècle, avaient leur territoire dans le Turkestan oriental, et occupaient des postes importants dans toutes les chancelleries mongoles. De même, Marco Polo parle des nestoriens, qui comprenaient des Syriens, des Ouïgours et des gens de différentes nationalités.

Les Syriens, nestoriens par leur religion, transmirent en Orient la culture grecque aux Arabes et aux Perses. Comme les Syriens jacobites, ils étaient une race de traducteurs. Les fables hindoues et les contes arabes vinrent en Europe par leur intermédiaire.

Expulsés de Byzance, les nestoriens émigrèrent en Perse. C'étaient les représentants d'une des nombreuses sectes syriennes qui, à la suite des persécutions et des échanges commerciaux, s'étaient répandues partout en Orient. On rencontre les sépultures des nestoriens aussi bien en Chine qu'en Sibérie.

Les nestoriens apportèrent en Orient, en plus de leurs traductions du grec et de l'arabe, leur écriture à base d'alphabet qui servit à l'écriture mongole et coréenne.

Les villages nestoriens se trouvent, de nos jours, au Pamir, en Mésopotamie, en Chine occidentale et aux Indes, sur la côte de Malabar.

Les châteaux des haschichins étaient érigés en Syrie, au Pamir et en Afrique, sur les routes de caravanes.

Souvent, une nation se trouvait liée à une profession définie, et certains métiers se développaient dans une région particulière.

Les grandes agglomérations faisant défaut, les îlots de marchands et d'artisans étaient peu peuplés. En Asie centrale les Perses restaient dans les villes, tandis que la campagne était habitée par les Turcs qui s'installaient sur les terres irriguées. Les éleveurs mongols choisissaient des terres non irriguées. Les factoreries le long des routes des caravanes donnaient abri aux représentants de diverses nationalités. Elles étaient organisées tantôt comme un établissement commercial, tantôt comme une communauté religieuse. Il y eut des factoreries de nestoriens, de haschichins, de chrétiens (celles des Templiers ou de l'Ordre teutonique), etc. Elles n'essayaient pas d'assimiler la population avoisinante qui leur fournissait les matières premières : les chefs des factoreries témoignaient plus d'intérêt pour les marchandises que pour les êtres humains. Les châteaux des chevaliers de l'Ordre teutonique dans les pays baltes peuvent donner une idée de ce qu'ont été ces factoreries.

Le commerce de l'époque était surtout fait par les intermédiaires. Marx a écrit :

« La loi, selon laquelle le développement indépendant du capital commercial se trouve en proportion inverse du degré du développement de la production capitaliste, se manifeste d'une façon particulièrement claire dans l'histoire du commerce intermédiaire, par exemple, chez les Vénitiens, et partout où le gain principal est réalisé non pas par l'exportation des produits de son propre pays, mais par la médiation dans l'échange des produits fournis par les communautés encore peu développées commercialement et économiquement, et aussi par l'exploitation de ces communautés. »

Ce commerce, détaché de la production, déterminait et changeait le caractère des habitats humains de l'époque.

Marx ajoute :

« Les peuples marchands de l'Antiquité vivaient, comme les dieux d'Épicure, dans les espaces interplanétaires de l'univers, ou plutôt comme les Juifs dans les pores de la société polonaise. Le commerce des premières villes indépendantes et florissantes des premiers peuples marchands était un commerce essentiellement intermédiaire basé sur la barbarie des peuples producteurs. »

Le livre des *Mille et Une Nuits* nous apprend que des quartiers nationaux existaient dans les villes de l'Orient musulman.

À Constantinople, des quartiers spéciaux étaient réservés aux Russes. À une autre époque, un village allemand fut fondé près de Moscou.

Les Vénitiens Polo, allant d'une factorerie à l'autre, y retrouvaient toujours leurs compatriotes. Les indications de Marco Polo sur le temps pour parcourir certaines distances démontrent que les voyageurs avançaient lentement, comme une caravane lourdement chargée.

Le chemin n'était pas de tout repos. Les haschichins avec leurs meurtriers professionnels aux vêtements blancs et aux ceintures et bottes rouges, ou les Templiers aux manteaux blancs ornés d'une croix rouge, se déclaraient ennemis du commerce en gros. Les Mongols n'exterminèrent les haschichins qu'en 1256 ; les Templiers furent arrêtés en 1307 et brûlés vifs, comme hérétiques, en 1310.

Les frères Polo arrivèrent à la ville de Balkh[1] qui

---

1. Une des villes asiatiques les plus anciennes, autrefois capitale de la Bactriane, royaume irano-grec fondé au nord de l'Afghanistan après la désagrégation de l'Empire d'Alexandre le Grand. Balkh joua un rôle extrêmement important comme agent de liaison entre l'Inde, le Tibet, la Chine et le Proche-Orient. Lors de l'invasion mongole, Balkh subit un sort atroce. La ville se rendit sans opposer aucune résistance, mais Genghis Khan fit sortir tous les habitants sous le prétexte d'un dénombrement. Les jeunes gens furent mis à part pour être emmenés en esclavage ; les autres furent mis à mort de la façon la plus cruelle. La cité et ses jardins furent réduits en cendres et les fortifications démolies.

était en ruine. Les murs en marbre de ses palais noirs de la fumée des incendies, et les portes démolies de la cité gardaient encore l'inscription : « Cette ville a été construite à la gloire de Dieu ; par la volonté du sultan elle fut transformée en une sorte de paradis. »

Un silence sépulcral régnait alentour. Le soleil était éclatant. L'herbe poussait entre les pierres du pavé. La cité se taisait comme un cimetière. Des chèvres sauvages dévoraient le raisin dans les vignes abandonnées où les pieux étaient déjà pourris, mais où les ceps, chargés et durs comme le fer tordu, répétaient le dessin des supports.

Après douze jours de voyage dans la direction du nord-est, à travers une contrée inhabitée, mais pleine de gibier, d'herbe et de cours d'eau, les marchands atteignirent un château près d'une montagne de sel. Le sel était si dur qu'on l'entamait avec des pics de fer. Les musulmans qui habitaient ce pays étaient de rudes guerriers, vêtus de peaux de bêtes, grands buveurs de vin cuit. Leur religion leur défendant l'usage de l'alcool, ils disaient que la cuisson transformait l'essence et jusqu'au nom du vin.

Trois jours plus tard, les Polo arrivèrent dans la province de Badakchan[1]. La cité de Badakchan ne s'est pas conservée jusqu'à nos jours ; ses ruines mêmes ont disparu. Jadis, elle se trouvait près des mines de rubis, enfouies dans des gorges profondes ; on y creusait les roches pour y chercher les pierres précieuses, puis on taillait les rubis sur des cristallières. À Badakchan, on excavait également cette belle pierre, le « lapis-lazuli », dont les mines,

---

Ibn Batuta, qui visita Balkh soixante ans après Marco Polo, écrit que la ville était toujours en ruine et inhabitée. « On y voit les restes des mosquées, des écoles et des murs peints. »

1. Actuellement, une région de l'Afghanistan à la frontière du Tadjikistan.

abandonnées depuis des siècles, furent retrouvées de nos jours par l'expédition soviétique de Gorbounov.

Des forteresses en haute montagne et des positions fortifiées imprenables protégeaient cette contrée de pierres précieuses et de champs fertiles. La population intrépide ne craignait personne.

Les Polo y vendirent beaucoup d'étoffes : les gentilshommes et les grandes dames du pays portaient de larges pantalons à nombreux plis et employaient bien jusqu'à cent brasses de toile de coton par pièce. « Ainsi font-elles pour démontrer qu'elles sont larges des hanches, les hommes se délectent fort en cela. »

Ils y vendirent également des miroirs et de la pommade pour les yeux, et achetèrent des rubis après de longs pourparlers avec le roi de la contrée, qui n'aimait pas en vendre beaucoup, de crainte d'en faire baisser le prix.

Les marchands restèrent longtemps à Badakchan où ils pouvaient faire du commerce en toute sécurité. De là, ils firent des excursions dans la chaude province de Pashaï et dans la vallée de Kachmir d'où s'ouvrait le chemin vers l'océan Indien.

À cette époque l'adolescent Marco était déjà devenu un homme, et il dut s'apercevoir que « les femmes du pays, bien que noiraudes, étaient fort jolies ».

À l'arrivée du printemps, on décida de quitter le Badakchan et de continuer le voyage.

Le soleil était si ardent que les cavaliers brunissaient instantanément sous ses rayons, et, sur leurs mains, une bande blanche marquait l'endroit où était enroulée la courroie de la bride…

Les glaciers et la neige bleuâtre étincelaient et aveuglaient les trois Vénitiens qui gravissaient un sentier abrupt. La vallée se transforma en un défilé qui, à chaque pas, devenait de plus en plus escarpé.

Une quantité de bêtes sauvages se faisait voir dans les montagnes. On abattait des argalis au bord du fleuve où ils venaient à l'abreuvoir. Des pâturages splendides s'étendaient soudain sur des plateaux. La montée devint encore plus difficile. Finalement, les voyageurs atteignirent un haut col où se trouvaient les sources de deux fleuves : d'un côté descendaient les eaux de l'Amou-Daria, de l'autre celles de l'Indus.

Alentour il n'y avait que les glaciers couleur d'azur sous un ciel bleu foncé. En hiver, la neige s'amasse dans cet endroit, où prennent naissance les cours d'eau de l'Asie centrale.

Pour avancer, la caravane se servait de buffles de Tartarie, sortes de bœufs à pattes courtes et à long poil qui balayait l'herbe sèche ou la neige de la route.

Les voyageurs mirent douze jours pour traverser le haut plateau du Pamir.

On faisait du feu avec des racines d'herbes. Le feu brûlait faiblement, il étouffait par manque d'air. L'eau bouillait rapidement, mais laissait la viande dure.

Ensuite, la route descendit, l'air devint moins rare, on respira mieux, et Marco Polo cessa de ressentir cette angoissante crispation du cœur qui le tourmentait en haute montagne.

Les pâturages devinrent plus nombreux, les boulaies apparurent, les ruisseaux murmurèrent, et les voyageurs aperçurent les tours des forteresses.

CHAPITRE XIV

Le pays du jade et le pays des sables

À Khotan[1] il faisait chaud, on y cultivait le coton et la vigne. Mais les Vénitiens s'y arrêtaient à cause d'un autre produit.

Après Jarkend, ce fut le désert aux dunes de sable et aux ravins creusés par les torrents. Mais ensuite le sol devint plus pierreux, et la route déboucha dans un lit de rivière desséché. Tout autour on voyait des fosses profondes de deux mètres et larges de quatre à cinq mètres, d'où on excavait des cailloux, des galets et de l'argile qui contenaient souvent du jade.

Les prix du jade variaient. Le plus précieux était le jade jaune ou blanc aux veines pourpres. Si la pierre était un peu rugueuse, sa valeur montait.

Le jade, exporté de là dans le monde entier, arrivait même parfois jusqu'aux rives des mers nordiques.

Jadis, cette pierre servait à la fabrication de haches. Ensuite, ayant perdu son caractère utilitaire, le jade acquit une valeur sacrée. La Chine l'estimait très hautement. Une des portes de Pékin s'appelait « porte de Jade » : c'est par elle que la pierre précieuse entrait dans la cité.

Les Polo firent halte à Khotan pour y acheter du jade. Ils ne pouvaient pas s'embarrasser d'une charge de laine ou de peaux, car le chemin qui les attendait s'annonçait long et pénible, tandis que les pierres

1. Khotan est une grande oasis située en Kachgarie (Chine occidentale), célèbre pour ses jardins et ses champs irrigués de froment et de coton. Depuis les temps anciens on y trouve du jade et des émeraudes dont parlent les écrivains chinois et arabes. À partir du IIe siècle de notre ère, la Chine a reçu de Khotan ses jades les plus précieux.

précieuses tenaient peu de place et promettaient des gains considérables.

Les rubis et le jade cousus dans leurs ceintures, les marchands entrèrent dans la région des steppes.

Des dunes monotones s'étalaient jusqu'à la ligne de l'horizon. De rares oasis et des puits, connus seulement des aborigènes, rompaient parfois la désolation du désert.

À l'apparition des envahisseurs, les habitants d'une oasis s'enfuyaient à l'oasis voisine et le vent recouvrait leurs traces de sable.

On ne trouvait aucune nourriture dans ces collines ou ces vallées ensablées. Si l'on tombait sur un puits, on y faisait descendre d'étroits seaux de cuir. Les puits contenaient de l'eau pour une cinquantaine ou même une centaine d'hommes, et le bétail se désaltérait avec de la boue humide qu'on ramassait dans le fond des puits.

Le désert était effrayant. Il brandissait son épée au-dessus des têtes des voyageurs, il les inondait de sable, il étalait devant eux le petit tapis de cuir sur lequel on faisait habituellement asseoir le condamné à mort. Voici ce qu'en raconte Marco Polo :

« Quand on chevauche de nuit par ce désert et qu'un voyageur vient à rester en arrière ou à quitter ses compagnons pour dormir ou pour un autre motif, quand il veut reprendre son chemin et pense rejoindre sa compagnie, il entend parler des esprits qui semblent être ses compagnons ; quelquefois les esprits l'appellent par son nom, et plusieurs fois le font dévier de son chemin, et de cette façon beaucoup se sont déjà perdus et ont péri. Je vous assure que, même le jour, on entend parler ces esprits. Vous les entendrez parfois sonner d'instruments variés, particulièrement du tambour plus que d'un autre. »

Les voyageurs chinois, bien avant Marco Polo, ont également parlé de ces bruits et de ces épouvantes.

Les voyageurs passaient devant les ruines de villes couvertes de sable ou devant des tours sans entrée. Des sentinelles veillaient au haut de ces tours. Si les voyageurs y accouraient pour y chercher abri contre les brigands, on leur descendait une échelle, et les malheureux, abandonnant bétail et marchandises, grimpaient dans la tour et y restaient pendant de longues semaines.

La traversée du désert fut si longue que les marchands ne savaient plus combien de jours elle avait duré. Finalement, ils arrivèrent dans le pays de Hami[1].

« Cette province se trouve entre deux déserts ; les gens de ce pays aiment beaucoup se divertir, car ils ne s'entendent à autre chose qu'à sonner des instruments, à chanter, à danser et à se donner beaucoup d'amusements. Et je vous affirme que si un étranger se présente chez l'un d'eux pour se faire héberger, l'hôte en est très joyeux et commande à sa femme de se mettre toute à la disposition de l'étranger. Puis il part et s'en va, et ne reviendra plus jusqu'à ce que l'étranger s'en soit allé. Si bien que ce dernier peut profiter de la société de la femme aussi longtemps qu'il veut, pendant que le mari n'éprouve nulle honte, et même s'en fait un grand honneur. Elles sont belles femmes, et, dans toute cette province, font leurs maris cornards, comme vous venez d'entendre.

---

1. Hami est le nom chinois actuel du Camul turc de Marco Polo, ville de la Chine occidentale qui fut un centre de culture bouddhiste et un lieu important de transit qui reliait la Chine à l'Occident. Quant aux mœurs et aux coutumes spéciales des habitants de Hami, Palladius remarque qu'elles ont été mentionnées dans les Mémoires de Hong Hao, auteur chinois qui vivait un siècle avant Marco Polo. Les auteurs de l'Antiquité et du Moyen Âge parlent de la même coutume chez les Khasars et les Massagètes. Plus tard, les voyageurs l'ont rencontrée chez certaines tribus du Kachmir, aux îles Canaries et sur la côte de Malabar.

« Or, il advint, du temps que Mangou Khan régnait, que, comme seigneur de cette province, il fut informé de cette coutume ; il leur fit savoir, ordonnant sous des peines sévères, de ne plus agir ainsi. Quand ils reçurent cet ordre, ils en furent très ennuyés. Ils se réunirent pour faire ensemble un très beau présent et l'envoyer au seigneur, le priant en grâce qu'il leur permît de continuer cette coutume que leurs ancêtres avaient observée, faisant valoir que c'était en raison de cet usage que les idoles leur avaient donné tous les biens qu'ils possédaient, et qu'ils ne sauraient vivre autrement, ni ne le pourraient. Quand le seigneur vit ce qu'ils demandaient, il leur dit : "Puisque vous voulez votre honte, gardez-la !" Et ainsi les laissa libres de faire à leur volonté, touchant ce vilain usage. De sorte qu'ils l'ont toujours maintenu et le conservent encore. »

Après un bref repos, les Polo reprirent la route et atteignirent la Grande Muraille. Ils étaient maintenant en Chine, ils passaient devant les mines d'asbeste et admiraient, dans les montagnes, l'abondance de la rhubarbe qui les intéressait tout particulièrement.

Ils s'arrêtèrent dans la cité de Kan-tchéou, à l'angle nord-ouest de la Grande Muraille. La ville contenait trois églises chrétiennes, une mosquée et de nombreux temples chinois remplis d'idoles dorées et bien façonnées en bois, en argile et en pierre.

Les marchands y restèrent longtemps. Marco Polo dit : « Messire Matteo et Marco Polo demeurèrent bien une année dans cette ville, chargés d'une mission. »

Nous avons vu que les messagers du grand khan voyageaient le plus rapidement possible. Pourquoi donc ce séjour qui dure un an ? Et la mission dont parle Marco Polo avait-elle un caractère commercial ou était-elle liée, comme le supposent certains commentateurs modernes, au siège de Siang-yang par les Ouïgours, qui avaient recours à l'aide des Européens pour leur artillerie ?

Toujours est-il que le voyage des Polo touche à sa fin. Il a duré plusieurs années. Marco Polo a appris la langue tartare ; il a vu la succession des saisons, il a battu de multiples chemins, il a connu tant de peuples, de religions, de femmes, il a acheté et vendu tant de choses ! Maintenant, il devait connaître le grand khan Koubilaï.

CHAPITRE XV

Le khan Koubilaï est semblable à une rose

Les frères Matteo et Nicolas et le jeune Marco arrivèrent à la cour de Koubilaï en mai 1275. Les messagers du grand khan, envoyés à leur rencontre, les rejoignirent à quarante jours d'étapes et les accompagnèrent à Chang-tou.

C'était le nouveau palais du khan, entouré d'un mur long de seize milles. Derrière cette enceinte il y avait un parc où couraient les cerfs, les antilopes et les biches. Une fois par semaine, Koubilaï, accompagné de son léopard apprivoisé, les chassait dans le parc.

Koubilaï était le petit-fils de Genghis Khan, et était habitué, depuis son enfance, à la vie nomade. Mais les Mongols ayant subi une forte influence chinoise, Koubilaï prit de nouvelles habitudes. Au printemps et en été, il partait pour la chasse et habitait un grand palais de bambou, soutenu par des piliers de bois verni et doré. Chaque pilier était surmonté d'un dragon dont la tête soutenait une pièce de charpente et dont les pattes étaient tendues à gauche et à droite : le toit brillant du palais reposait sur les pattes des dragons. Ce palais démontable formait une sorte de tente dressée sur deux cents cordes de soie.

Koubilaï y séjournait jusqu'au mois d'août. Le vingt-huit août, on y faisait venir dix mille juments blanches. Seuls les membres de la famille du grand khan et les gens de la tribu des Oïrotes avaient le privilège de boire le lait de ces juments. Le « koumyss » qu'on en tirait était répandu par terre en l'honneur des esprits familiers du khan.

Des lamas du Tibet et du Kachmir veillaient jour et nuit sur le toit du palais, faisant des pratiques magiques pour écarter les nuages qui oseraient s'approcher de leur propre gré de la demeure du grand khan.

Le grand khan était tout-puissant ; le matin, en distribuant ses ordres, il n'oubliait pas, disait-on, d'ordonner au soleil de se lever.

Devenu vieux, et craignant de dormir tard et de provoquer ainsi un grand désordre dans l'univers, le grand khan chargea un maître de cérémonies de s'occuper du soleil. Tandis que les Tibétains administraient les nuages, les Chinois faisaient leurs calculs pour pouvoir prédire les « jours d'obscurité » du soleil. Pendant l'éclipse, ils allumaient dans des mortiers, appelés « pao », de la poudre noire préparée à l'avance, et lançaient des pierres dans le ciel pour épouvanter le dragon qui tenait le soleil dans ses dents.

Koubilaï monta sur le trône en 1256. Mais la Chine tout entière n'étant pas encore conquise en 1275, les astrologues affirmaient que le grand khan ne devait pas se promener avec un orchestre dans les rues de la capitale. Les Tartares infidèles combattaient encore sur les côtes, il y avait encore trop de nomades dans les steppes où erraient les troupeaux ; il y avait encore trop de libres chasseurs dans la contrée de la neige d'où provenaient les fourrures. On ne pouvait guère se fier aux Chinois. Ils étaient, il est vrai, d'excellents inventeurs, mais ils n'oubliaient rien, leur mémoire se révélait beaucoup trop vive. Mieux valait s'entourer d'étrangers.

Les nestoriens de Syrie, les Sarrasins, les Génois, les Vénitiens, les Perses étaient choyés à la cour de Koubilaï.

De grands honneurs furent rendus aux frères Polo qui renseignèrent le khan sur tout ce qu'ils avaient vu et entendu lors de leur voyage, sur l'itinéraire qu'ils avaient suivi, sur les châteaux de l'Occident, sur les prix des marchandises dans les différentes contrées.

Apercevant Marco, le khan demanda qui il était : « Sire, répondit Nicolas, c'est mon fils et ton serviteur. » Le Khan réserva un accueil très bienveillant à ce beau jeune homme, et un festin termina l'audience. Koubilaï resta sur son trône. On goûta le vin des vignobles récemment plantés en Chine, on but du koumyss, de l'eau de vie de riz, de l'hydromel, de la bière d'orge, du vin de palme. Koubilaï parla aux Vénitiens, et comme il leur adressait une phrase, on lui présenta la coupe à quatre reprises.

Marco Polo se retira dans le jardin, qui était magnifique. Partout ici étaient suspendues des cages dorées avec des faucons apportés des quatre coins du monde ; des aigles des rives glaciales ; des gerfauts dressés à arrêter le renard en fuite et à arracher à coups de bec les yeux d'un loup ; des faucons à la poitrine rouge, bons pour la chasse à la grue ; des oiseaux des Indes multicolores qui n'avaient ni nom ni voix. Le ciel était obéissant : aucun nuage ne troublait la sérénité du printemps. De l'autre côté du mur, d'innombrables pavots rouges fleurissaient dans la steppe.

Koubilaï buvait sans mesure. Le médecin Essia, originaire d'Italie, osait lui dire la vérité : l'alcool et la viande étaient nocifs pour la santé du khan, et faisaient enfler ses jambes.

Koubilaï aimait la vérité, mais il lui préférait le vin.

« Le grand khan, seigneur des seigneurs, qui est appelé Koubilaï, est de telle façon : il est d'un bel extérieur, ni petit ni grand, mais de taille moyenne ; il est musclé et bien proportionné ; son visage est blanc et vermeil comme une rose ; il a de beaux yeux noirs et un nez bien séant. Il a quatre femmes qu'il tient en toutes circonstances pour ses épouses légitimes ; et le fils aîné, qu'il a d'une d'elles, deviendra, après sa mort, le seigneur de l'Empire. Ces quatre femmes sont appelées "impératrices", mais chacune a en plus son autre nom, et chacune de ces quatre dames tient très grande et belle cour, car il n'est aucune qui n'ait trois cents demoiselles belles et plaisantes. Ces dames ont encore maints vaillants écuyers, et beaucoup d'autres hommes et femmes, de sorte que chacune a bien en sa cour dix mille personnes.

« Toutes les fois que le seigneur veut gésir avec une de ces quatre femmes, il la fait venir en sa chambre ; quelquefois il va la trouver lui-même. Il a encore maintes concubines, et je vais vous dire comment elles sont choisies.

« Tous les deux ans, selon sa convenance, le grand khan envoie ses ambassadeurs pour lui choisir les plus jolies entre les jeunes filles, selon le degré de beauté qu'il leur prescrit, au nombre de quatre cents ou cinq cents ou plus ou moins, selon qu'il leur semble bon. L'estimation de ces demoiselles est faite comme suit : sitôt arrivés, les ambassadeurs font venir à eux toutes les demoiselles de la province ;

alors les examinateurs nommés à cet effet inspectent chacune d'elles minutieusement en toutes ses parties, comme la chevelure, le visage, les yeux, la bouche, les lèvres, etc., et vérifient que chaque point est bien en proportion et en harmonie avec l'ensemble de la personne ; puis leur valeur sera exprimée en carats, pour les unes seize carats, pour les autres dix-sept, dix-huit, vingt, et plus ou moins, selon qu'elles sont plus ou moins belles. Si le grand khan a commandé que soient acceptées celles qui auront obtenu la cote fixée d'avance de vingt ou vingt et un carats, celles-là lui seront amenées.

« Arrivées en sa présence, il les fait évaluer de nouveau par d'autres examinateurs ; une nouvelle sélection est faite pour la chambre impériale des trente ou quarante qui sont estimées à un plus haut chiffre de carats ; chacune de celles-ci est confiée à une femme de baron qui la prendra dans sa chambre, l'examinera attentivement la nuit, et devra s'assurer qu'elle n'a pas de tare cachée, que ses membres sont sans défauts, qu'elle a le sommeil tranquille et ne ronfle pas, que son haleine est agréable et qu'elle ne sent mauvais en aucune partie du corps.

« Quand elles ont subi cet examen rigoureux, elles sont réparties par groupes de cinq, d'après leur nombre, et chaque groupe sera de service trois jours et trois nuits dans la chambre du seigneur pour faire tout ce qu'il demandera. Quand ce temps est écoulé, elles sont remplacées par un autre groupe qui fait de même, et ainsi de suite jusqu'à ce qu'elles aient toutes pris leur tour, puis le roulement recommence une nouvelle fois.

« Et, tandis qu'un groupe est occupé dans la chambre du seigneur, un autre se tient dans une chambre voisine, de sorte que si le seigneur a besoin de faire venir quelque chose du dehors, comme pour boire, pour manger, etc., les demoiselles qui sont dans la chambre n'ont qu'à commander aux secondes de le préparer, ce que celles-ci font immédiatement; ainsi le seigneur n'est servi par aucune autre personne que par ces demoiselles d'honneur.

« Les demoiselles qui ont été cotées à un nombre moindre de carats demeurent dans le palais du seigneur, avec les autres, elles apprennent la couture, la coupe des gants et autres travaux nobles. Et si quelque gentilhomme cherche femme, le grand khan lui accorde une de celles-ci avec une belle dot, et de cette façon les marie toutes parmi ses nobles. »

Koubilaï eut vingt-deux enfants mâles de ses quatre femmes légitimes; sept fils du grand khan reçurent le titre de roi et différents pays ou provinces à gouverner. En outre, Koubilaï eut vingt-cinq autres fils de ses concubines.

L'empereur chinois, qui s'était maintenu en Chine méridionale, s'ennuyait à tel point qu'il faisait atteler des femmes à sa voiture lorsqu'il allait se promener. Cette fantaisie cependant ne le distrayait que médiocrement.

Koubilaï s'ennuyait aussi. Il errait de palais en palais, faisait venir des juifs, des musulmans, des chrétiens et des sorciers païens pour s'amuser de leurs controverses théologiques, donnait des cadeaux au vainqueur et moulait le vaincu, et riait à leurs dépens. Il était intelligent et sage, mais il inspirait de l'épouvante à tout le monde; les gens craignaient d'apparaître devant ses yeux, de s'asseoir, de rester debout ou de parler en sa présence.

Marco Polo, qui avait été élevé librement, sous la férule paternelle, à Venise, et dont le caractère s'était raffermi pendant les quatre ans d'un voyage à travers les pays étrangers, ne craignait personne.

Lorsque Koubilaï demanda aux marchands de raconter leur voyage, ils éprouvèrent certaines difficultés à se rappeler tous les noms de villes et tous les détails de leurs aventures, et se référèrent à Marco. Le jeune homme se rappelait tout. Il ne craignait point de s'empêtrer dans le tapis, il parlait librement, et le khan l'écoutait avec plaisir, car il aimait « ouïr des choses nouvelles et des coutumes des diverses contrées ». Koubilaï l'attacha à son service, et on commença à l'appeler « messire Marco Polo ».

Faisant partie de la suite du grand khan, Marco l'accompagna dans sa résidence d'hiver, à Cambaluc[1], qu'il décrit en ces termes :

« Il y a tout autour un grand mur carré ayant sur chaque côté un mille, c'est-à-dire qu'il s'étend sur une longueur totale de quatre milles. Croyez-le bien, il est très grand : de hauteur il a bien dix pas ; sur tout son pourtour il est blanc et crénelé. À chaque coin de ce mur il y a un grand palais très beau et très riche, où l'on garde dedans les équipements de guerre du seigneur. Ce sont arcs et carquois, cordes d'arcs, selles et brides, et toutes choses dont une armée a besoin. Entre un palais et l'autre, il y a un autre palais semblable à ceux des quatre coins ; si bien qu'il y a tout le long de l'enceinte huit palais très grands, et tous sont pleins des harnais du grand

1. Cambaluc, du « khan baligh » (la ville du khan) mongol, est située à l'emplacement actuel de Pékin. Les chroniques chinoises mentionnent, sous l'année 1121 avant notre ère, la fondation de la ville Ki qui, jusqu'au IIIe siècle après J.-C., a été le fief et la capitale du royaume de Yen. Dans les premiers siècles de notre ère, Ki est connue sous les noms de Yen ou de Yeou-tcheou. En 986, elle devient une des capitales des Liao, sous le nom de Nan-King. En 1151, les Kin lui donnent le nom de Tchong-tou. En 1215, Genghis Khan s'empara de la capitale des Kin qui s'appelait alors Yen-king. Koubilaï transporta la résidence des empereurs mongols de Karakoroum à Yen-king, et, en 1264 et 1267, bâtit, au nord-est de celle-ci, une nouvelle ville qui, depuis 1271, fut appelée par les Chinois « Ta-tou » (Taïdu chez Polo, Caytho chez Odoric), et par les Mongols « Cambaluc ». À présent, la ville est située beaucoup plus au sud.

sire. Mais entendez qu'en chacun de ces palais il n'y a que d'une chose seulement, car si l'un est tout plein d'arcs, l'autre palais est tout plein de brides, et ainsi de suite tout le long pour chacun d'eux qui ne contient qu'une sorte de harnais.

« Ce mur a cinq portes sur sa face méridionale, au milieu il y a une porte qui ne s'ouvre jamais, sinon quand doit sortir le grand équipage de guerre. De part et d'autre de cette grande porte il y en a deux autres ; si bien que cela fait cinq en tout, la grande étant au milieu. Par les portes moindres entrent tous les gens.

« Derrière ce mur il y a une autre muraille qui est un peu plus longue que large. Cet enclos a aussi huit palais entour, tout semblables aux autres huit qui sont dehors, dans lesquels on garde aussi les équipages du seigneur. Sur sa face méridionale il y a également cinq portes, comme pour l'enceinte extérieure. Puis à chacun des coins elle a aussi une porte. Et au milieu de ces deux enceintes se trouve le grand palais du seigneur qui est disposé en la manière que je vais vous dire.

« Sachez qu'il est le plus grand que jamais fut. Il n'a pas d'étage et est de plain-pied, mais le pavement est plus haut de dix paumes au moins que la terre tout autour. La couverture est très haute ; les murs des palais et les cloisons des chambres sont tout couverts d'or et d'argent. Il y a aussi, peints dessus, dragons, bêtes et oiseaux, chevaliers et images, et plusieurs autres sortes de choses. Et le plafond de la couverture est ainsi fait qu'il n'y a autre chose qu'or, argent et peinture.

« La salle est si grande et si large que six mille personnes y mangeraient à l'aise, et il y a tant de chambres que c'est merveille à voir. Enfin ce palais est si grand, si beau, si riche, que nul homme au monde n'aurait pu mieux l'ordonner. Les tuiles de la couverture sont toutes rouges, jaunes, vertes, bleues, et d'autres couleurs. Et elles sont vernissées si bien et si habilement qu'elles sont resplendissantes comme cristaux ; si bien que très loin aux environs le palais est resplendissant. Et sachez que cette toiture est si forte et si solidement faite qu'elle peut durer éternellement.

« Entre l'un et l'autre mur des enceintes dont je vous ai parlé, il y a de fort belles prairies et de très beaux arbres fruitiers de diverses sortes. Il y a bêtes de maintes espèces comme cerfs, daims, chèvres, biches et écureuils de plusieurs sortes, et grande abondance des bêtes qui font le musc et toutes variétés de bêtes très belles et très diverses. Et il y en a tellement que tout en est plein ; c'est pourquoi il n'y a pas d'autre espace libre que là où les gens vont et viennent.

« Et de l'un des coins à l'autre il y a un lac très beau, dans lequel se trouvent de nombreux poissons de diverses espèces que le seigneur y a fait mettre ; toutes les fois qu'il en veut, il en a à volonté et à plaisir. J'ajoute qu'une rivière y entre et en sort, mais réglée de telle façon qu'un poisson ne peut échapper à cause de grilles en fer ou en airain qui le retiennent.

« Il y a aussi vers le nord, à une portée de flèche du palais, un tertre fait de main d'homme qui est bien haut de cent pas et a environ un mille de pourtour, lequel mont est tout plan à son sommet et tout couvert d'arbres qui en aucune saison ne perdent leurs feuilles et sont toujours verts. Et je vous dirai que, en quelque endroit que se trouve un bel arbre, si le seigneur l'apprend, il l'envoie chercher avec toutes les racines et avec toute la terre qui les entoure, et le fait planter sur cette montagne à lui ; que l'arbre soit tant grand qu'il voudra, il le fait apporter par ses éléphants et, de cette manière, a les plus beaux arbres du monde. Et je vous dis aussi que le seigneur a fait couvrir toute cette montagne de minerais d'azur qui est très vert; de sorte que non seulement les arbres sont verts, mais la montagne aussi, et pour ce motif elle est appelée le mont vert.

«Et sur la cime du mont, il y a un très beau et grand palais qui est tout vert dehors et dedans.»

Dans ce jardin, Koubilaï s'épanouissait comme une rose.

La dynastie mongole se sentait déjà la vingtième dynastie de Chine; elle s'attribua même le nom chinois de Yuen.

La politique du grand khan était fort complexe. Les fonctionnaires chinois, dont la science consistait dans la connaissance des lettres, étaient hostiles aux Mongols. Ces derniers, après l'introduction de leur alphabet carré, avaient évincé les savants chinois de l'administration et des affaires.

Au XIIIe et au XIVe siècle, lorsque la Chine renoua des relations commerciales avec les contrées lointaines, la science perdit le rôle qu'elle avait joué dans l'État.

La littérature chinoise de l'époque essaya de surmonter les traditions anciennes. C'est alors que fut créé le roman classique de mœurs et le théâtre national.

Les postes administratifs à la cour de Koubilaï furent confiés aux ressortissants de tous les pays étrangers. Marco Polo était du nombre.

Cependant, subissant l'influence de la culture chinoise, les Mongols eurent envie de se l'assimiler.

Koubilaï restaura l'Académie des Sciences qui prit le nom de «forêt des pinceaux». On n'y entrait qu'après avoir subi un concours, auquel étaient admis des sujets mongols, bons fils de famille, d'au moins vingt ans. L'examen n'était pas trop difficile : il comportait une composition à la base de cinq cents hiéroglyphes.

Les Chinois et les Mongols étaient admis dans

les collèges en nombre égal. On y étudiait la littérature, l'anatomie, l'astrologie et même l'astronomie. L'observatoire, érigé près du palais, contenait soixante-seize « fonctionnaires de la tour céleste », dont cinquante Chinois. Ici, on passait l'examen de calendrier, des règles de la divination, des lois du mouvement des cinq planètes et de géographie.

Les savants étudiaient également les livres de morale et d'histoire.

Les musulmans faisaient leurs études séparément.

Ainsi Koubilaï, qui prit le premier mot du célèbre ouvrage *Le Livre des variations* pour désigner sa dynastie, protégeait les sciences.

Les fonctionnaires de la tour céleste décrivaient la vie du ciel. « La forêt des pinceaux réunis » forma une commission de vingt-deux membres, chargée d'accompagner le grand khan partout où il allait et de noter tout ce qu'il faisait et disait.

Entouré de jardins, de commissions des « pinceaux réunis », de tours célestes, Koubilaï s'épanouissait comme une rose.

CHAPITRE XVI

La cité de Cambaluc

La Chine connaissait depuis longtemps le journal, mais son texte n'était pas imprimé : on le taillait en bois en plusieurs exemplaires, et les messagers apportaient les clichés dans les différents endroits. On y publiait également des calendriers et des almanachs.

Marco Polo les désigne sous le nom arabe de « tacuin », connu également en Perse; Jacopo Alighieri, le fils de Dante, l'employa plus tard en Italie.

Les calendriers étaient publiés en Chine par les khans et les princes régnants, en millions d'exemplaires. Ils étaient de dimensions et de prix différents, et on les imprimait à l'aide de planches de bois sur lesquelles le texte était gravé. Un calendrier spécial était édité pour les musulmans.

Ces almanachs indiquaient les jours favorables ou néfastes pour le mariage, la confection des vêtements, le voyage, donnaient l'échantillon d'une supplique adressée à l'empereur et, en général, contenaient de nombreux renseignements utiles. En signe de sa puissance, l'empereur envoyait le calendrier à ses vassaux : l'accepter était un acte de soumission. Toute contrefaçon de l'almanach impérial était sévèrement punie.

Il en existait des éditions simples et de luxe, mais tous les almanachs portaient le titre de *Livre de la concordance perpétuelle avec les cieux*. Ils indiquaient l'heure et la minute du lever du soleil dans les diverses parties de l'Empire, les jours et les heures de la nouvelle lune, de la pleine lune et de ses éclipses, etc. Leur compilation se faisait sous la surveillance d'un fonctionnaire spécial et sur les indications de la tour céleste. À l'intérieur de la tour il y avait une sphère armillaire en bronze, un globe céleste, avec les signes du zodiaque, divisés en trois cent soixante degrés, etc.

Sous Koubilaï, le chef de l'observatoire était le savant Kouo-cheou-king, disciple de l'astronome Ye-lou-tch'ou-ts'ai qui avait accompagné Genghis Khan lors de ses campagnes, et qui avait travaillé à l'observatoire de Samarkand.

L'observatoire, érigé sur une colline, n'était pas entouré d'une enceinte, chacun pouvait le visiter, surtout s'il était Mongol ou fonctionnaire. En haut de la tour se trouvait une terrasse pour les observations astronomiques. Les instruments reposaient sur des socles de marbre, et la longue lunette d'approche qu'on pouvait diriger sur tous les points du ciel avait sa place d'honneur. Ici, on établissait un compte exact des étoiles et des comètes.

Les établissements astronomiques et astrologiques, qui prédisaient l'avenir, existaient aussi bien à Cambaluc qu'ailleurs (notamment à Nan-king).

En plus des savants officiels, il y avait à Cambaluc cinq mille astrologues et devins qui recevaient du khan la nourriture et les vêtements. Ils établissaient à quiconque le désirait son horoscope, car ils savaient lire les étoiles. Chacun possédait une tablette carrée avec son horoscope.

En traçant l'horoscope, les astrologues demandaient au client le nombre de ses femmes, l'heure de sa naissance et les heures d'amour et de chagrin. Cinq mille devins chinois, sarrasins, ouïgours et mongols rôdaient dans la ville. Ils allaient à la tour céleste pour recueillir des renseignements sur les étoiles.

Quelques années avant l'arrivée de Marco Polo, les astrologues avaient fait savoir au grand khan que les habitants de Cambaluc allaient se révolter contre les Mongols. Koubilaï ordonna alors d'abandonner la vieille cité dont les ruelles étroites rendaient trop difficiles les évolutions de la cavalerie, et fit bâtir une nouvelle cité au bord du fleuve.

Voici comment il la fit construire.

La ville était carrée et avait vingt-quatre milles de chaque côté. Elle était entourée d'un rempart haut de vingt pieds et épais de dix pieds. Ses murs étaient blanchis à la chaux et crénelés ; ils contenaient trois portes chacun, de sorte que douze portes en tout donnaient accès dans la ville. Près de chaque porte s'érigeait un bâtiment pour les troupes de garde. Dans la ville, des palais-casernes se trouvaient à chaque coin.

Les rues étaient droites et longues, la cavalerie

pouvait galoper sans obstacle d'une porte à l'autre. Au milieu de la cité s'élevait un palais qui était en même temps une caserne et qui contenait des dépôts d'armes. Lorsque la cloche suspendue en haut du palais sonnait trois fois, personne, à l'exception du médecin avec une lanterne, n'avait le droit de circuler dans les rues.

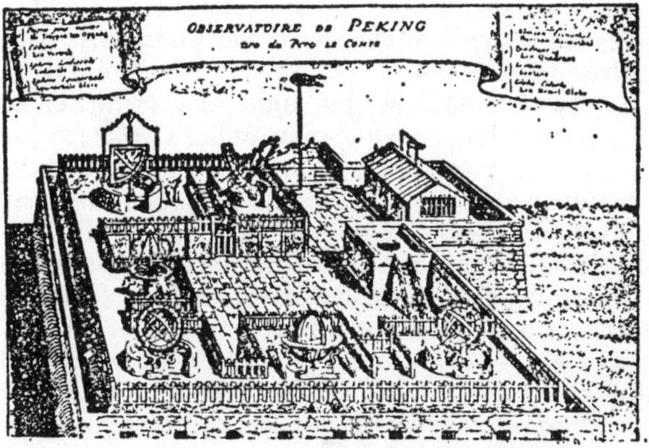

L'observatoire de Pékin édifié par Koubilaï en 1279.
Gravure extraite de « Allg. Historie der Reisen », 1750.

La garde de la ville était confiée aussi bien aux Chinois qu'aux divers étrangers. Au XIVe siècle, il y avait à Pékin un camp de dix mille Russes sous le commandement du prince Grégoire. Ainsi les Russes aidaient les khans à tenir en main la ville de Cambaluc, tandis que les Mongols démolissaient les murs de Kiev, sous la direction des ingénieurs chinois, avec des catapultes chinoises, et que les fonctionnaires, venus de la Chine et de l'Asie centrale, faisaient le recensement de la population pour lever l'impôt en Russie.

Des milliers de guerriers faisaient la faction à chaque porte de la ville, mais les prédictions des astrologues ayant fait leur œuvre, le khan se méfiait du peuple qu'il avait conquis.

Les Chinois habitaient la cité même et ses nombreux faubourgs aux rues étroites et aux maisons ceintes d'enclos. Dans chaque faubourg il y avait des hôtelleries pour les marchands qui affluaient de toutes parts ; des hôtelleries spéciales étaient réservées aux Indiens, aux Français, aux Germains et aux autres nationalités.

Le nombre des filles publiques dans la ville et ses faubourgs était de vingt-cinq mille. Groupées par centaines et par milliers, elles étaient soumises à des officiers divisionnaires, à la tête desquels se trouvait un officier général, chef des filles de joie. Il s'employait à fournir toutes les nuits des femmes aux ambassadeurs et aux hommes de leur suite qui venaient auprès du grand khan et qui étaient entretenus à ses frais. Les femmes, qui se relayaient auprès des hôtes du souverain, ne recevaient aucune récompense pour leurs services, considérés comme une sorte d'impôt payé en nature.

La nuit, personne n'était autorisé à circuler dans les rues, et les patrouilles, composées de trente à quarante soldats, parcouraient la ville et appréhendaient hommes et femmes qui osaient sortir après la cloche. Le matin, les gens arrêtés étaient interrogés et condamnés, suivant la gravité de leur cas, à la grande ou à la petite fustigation. La justice mongole et chinoise distinguait deux mille sept cent cinquante-neuf crimes pour lesquels on infligeait cinq sortes de châtiments.

On battait les criminels avec des bâtons de bambou lisse. Il y en avait de grands, aux bouts de cinq et de quatre centimètres de largeur, et de petits, aux bouts de deux et demi et de trois centimètres de largeur. On administrait habituellement de dix à cinquante coups de petit bâton. Ensuite venait l'exil temporaire ou à perpétuité, et la peine de mort par décapitation ou par strangulation. L'exil était accompagné de fustigation avec le grand bâton. L'exilé pour un an recevait soixante coups, pour deux ans soixante-dix coups, pour trois ans quatre-vingts coups, pour quatre ans quatre-vingt-dix coups, pour cinq ans cent coups. En plus, les criminels étaient marqués au fer à la figure. On les appelait « figures marquées », et on les envoyait aux frontières lointaines de l'Empire.

La promenade de nuit après la cloche n'était punie que de quelques coups de petit bâton, et les femmes et les jeunes filles étaient autorisées à garder leur pantalon lors de la fustigation, sous réserve cependant que ce pantalon ne fût pas doublé.

Marco Polo remarque que la petite ou la grande fustigation « allait quelquefois jusqu'à occasionner la mort du condamné ». Mais on évitait de faire couler le sang, car les astrologues disaient qu'il ne fallait pas répandre le sang humain ni le montrer au soleil.

Si le condamné appartenait à la classe des fonctionnaires, il pouvait se soustraire au châtiment en payant une rançon. Mais certains crimes n'admettaient aucune clémence, et notamment le parricide, l'empoisonnement, la magie, le manque de respect aux parents, le meurtre d'un artisan par ses ouvriers, la mauvaise construction de navires pour le voyage du souverain, l'erreur dans l'envoi d'un rapport.

On ne pardonnait pas ces crimes-là dans la cité de Cambaluc.

CHAPITRE XVII

Le grand khan Koubilaï va à la chasse et messire Marco l'accompagne

Après avoir séjourné pendant les mois de décembre, janvier et février dans la ville de Cambaluc qui était bien organisée, le grand khan partait en mars dans le Midi, vers la mer, à deux jours de route de la capitale.

Le souverain était accompagné de sa cour et de son équipage de chasse. On emmenait des léopards apprivoisés, des loups-cerviers dressés, des tigres dans les cages desquels se trouvaient de petits chiens, des aigles enchaînés.

Deux frères, Bayan et Mingam, préposés aux chiens du khan, avaient sous leurs ordres vingt mille hommes, dont une moitié était vêtue de vermeil et l'autre de bleu. Quand Koubilaï allait à la chasse, Bayan, avec ses dix mille veneurs et ses cinq mille chiens, se tenait à la droite du khan, tandis que Mingam, avec le même nombre d'hommes et de chiens, se tenait à sa gauche. « Ils allaient ainsi de concert, parallèlement l'un à l'autre, occupant bien la longueur d'une journée de marche à eux tous. »

Les douze mille barons, qui constituaient une sorte de garde du corps du khan, recevaient chacun treize vêtements de couleurs différentes par an, et on leur indiquait que tel vêtement était d'apparat pour telle fête.

Pour la fête du nouvel an, toute la cour était vêtue de blanc, et les sujets du khan lui apportaient de précieux cadeaux et lui envoyaient, de toutes les parties de son Empire, des milliers de chevaux blancs. Le même jour on faisait une parade de cinq mille éléphants caparaçonnés de blanc.

Mais ce même jour était celui du deuil pour les Chinois, qui considéraient le blanc comme la couleur de la mort.

Partant à la chasse, le khan prenait avec lui cinq cents gerfauts, une quantité de faucons gris et de vautours pour chasser les oiseaux aquatiques. Chaque oiseau du khan portait une petite tablette d'argent avec le nom du fauconnier qui l'avait en garde. De cette manière l'oiseau était reconnu partout : les terres du souverain s'étendaient à cent jours de vol.

Koubilaï, qui souffrait de la goutte, voyageait dans une riche chambre de bois, posée sur le dos de quatre éléphants. Cette chambre, qui ressemblait plutôt à une maison et était tapissée de peaux de tigres, s'élevait au-dessus d'une véritable mer humaine.

Lorsqu'un baron annonçait au khan que des oiseaux, des grues par exemple, apparaissaient dans le ciel, Koubilaï faisait un signe, le plafond de sa chambre s'ouvrait, et le khan, apercevant les grues, lançait un gerfaut qui lui rapportait sa proie. Ainsi le khan prenait-il son plaisir à la chasse au milieu de ses barons et chevaliers qui lui faisaient grande fête.

Tous les honneurs lui étaient rendus, mais, dans le Midi, il y avait un autre souverain, l'empereur chinois, qui habitait une ville entourée de lacs et qui, à la chasse, lançait à la poursuite du gibier des troupeaux de femmes.

Koubilaï n'en était pas encore arrivé là !

Dans un lieu que Marco Polo appelle « cocciar modun » étaient dressées les tentes pour Koubilaï et ses femmes, et pour ses barons une grande tente qui contenait mille personnes. La demeure du khan était tapissée de zibeline au-dedans et de peaux de tigres au-dehors. Des tentes de soie étaient réservées aux bêtes et aux oiseaux de l'équipage de chasse. Les médecins et les astrologues devaient se contenter de tentes plus modestes.

Koubilaï restait dans son campement jusqu'au printemps et ne faisait que chasser dans les environs. Comme la chasse était défendue aux simples mortels dans un rayon de vingt jours de marche, toute la région pullulait de lièvres qui dévoraient les champs des paysans et n'avaient pas peur de l'homme. Les cerfs étaient également si confiants dans ces parages qu'ils allaient au-devant du chasseur. Le khan, qui chassait à la flèche ou avec des léopards ou des carnassiers apprivoisés, tenait à ne pas effaroucher le gibier.

Ce fut pendant la chasse que Marco Polo se lia d'amitié avec Ngaï-sié (Essia)[1], médecin de Koubilaï,

---

1. Essia, un Européen qui joua un rôle important à la cour de Koubilaï. L'académicien V. Bartold l'identifie avec le Pisan Isol des chroniques européennes, et avec le Issa des sources musulmanes. Les *Annales de la dynastie mongole* lui consacrent un chapitre spécial et le décrivent comme un conseiller fidèle et courageux du grand khan. « Ngaï-sié était un homme d'Occident, petit-fils de Pou-a-li (Paoli ?) et fils de Pou-lou-ma-che (Polonias ?) ; il connaissait les langues occidentales et était très versé dans l'astronomie et la médecine. L'empereur Gouyouk eut souvent recours à la sagesse de Ngaï-sié, qui ne craignait pas de parler franchement à tous les officiers de la cour et même de leur faire des remontrances.

« Au printemps de 1268, l'empereur était en train de chasser dans le Sing-ngan-sien du Pao-ting-fou ; comme cela durait depuis longtemps, Ngaï-sié, tranquillement, s'adressa en sa présence aux paysans qui garnissaient les corvées et leur dit : “Est-ce que la chasse ne vous empêche pas de faire vos semailles ?” Ce que voyant, l'empereur met fin à la chasse et se rend avec sa suite à Chang-tou. »

Ensuite le chroniqueur écrit : « En 1271, Ngaï-sié fut adjoint au ministre Po-lo qui était envoyé en mission vers les princes feudataires du Nord-Ouest. À leur retour ils rencontrèrent des révoltés. Ngaï-sié fut séparé de Po-lo et le perdit de vue ; au bout de deux ans, il regagna la capitale et, ayant reçu l'ordre de se présenter à la cour, il apporta les joyaux et brocarts que lui avait remis le prince Argoum. L'empereur se montra très satisfait et dit à son entourage : “Po-lo, qui est né sur mes domaines et touche de moi ses appointements, se plaît loin d'ici, tandis que Ngaï-sié, qui est qui occupait à sa cour une place d'honneur. Essia n'aimait pas la chasse et disait même au khan qu'elle ruinait les semailles des paysans. Il savait lire l'arabe, le grec et le perse, mais n'oubliait jamais sa patrie bien-aimée, l'Italie.

Essia savait tirer du vin son esprit que nous appelons alcool, il connaissait les travaux de célèbres alchimistes de l'époque, comme Albert le Grand[1] et Abou-Moussa-Djafar-el-Soufi ; il a essayé lui-même d'extraire de l'or de l'oxyde de zinc. Marco Polo engageait avec lui des discussions à ce sujet. Les expériences d'Essia étaient coûteuses : le prix de l'oxyde de zinc était élevé, car les femmes l'employaient pour se maquiller les yeux. Le commerce, déclarait Marco

---

né là-bas, qui y a laissé sa famille, me reste fidèle. Comme leur conduite est différente !" (Le ministre Po-lo ici mentionné n'a rien à faire avec le Vénitien Polo.)

« Le poste de ministre assesseur fut offert à Essia, mais il refusa avec fermeté. En 1275, il devint directeur du secrétariat.

« En 1276, Bayan, revenant de pacifier le Kiang-nan, est accusé par une lettre anonyme de Ahmed (ce Sarracène). Ngaï-sié se prosterne devant l'empereur, blâme cette façon d'agir et obtient que Bayan soit disculpé. »

Après la mort de Koubilaï, Essia continua à servir à la cour et à recevoir des titres honorifiques. À l'avènement de Ou-tsong, il fut nommé Grand Intendant de la table impériale et fait duc de Ts'in. (Rome était anciennement appelée Ta-ts'in.)

En 1308, Essia mourut à Chang-tou à l'âge de quatre-vingt-douze ans, laissant cinq fils qui occupaient tous des postes importants et qui avaient des noms chrétiens : Élie, Denha, Issa, Georges, Luc. Un des titres posthumes d'Essia révèle son origine : il fut fait prince de Fou-lin (ce qui signifie « Prince de Rome »).

1. Albert le Grand (1193-1280), un des plus grands savants et naturalistes du Moyen Âge. Aristotélicien convaincu, il subit également l'influence des philosophes néo-platoniciens, arabes et juifs. On le croyait un magicien puissant et on lui attribuait des traités d'alchimie et de magie dont la plupart furent écrits après sa mort. Abou-Moussa-Djafar-el-Soufi (780-840), alchimiste, géomètre et astronome arabe que Roger Bacon appelait le « maître des maîtres » et que Cardan considérait comme le plus grand génie de l'univers.

Polo à son ami, transforme tout en or. Et la plus savante alchimie est celle du grand khan.

Voici en quoi elle consistait. Dans son hôtel des monnaies, à Cambaluc, on fabriquait de petits carrés en écorce de mûrier sur lesquels un cachet impérial était apposé. Ces petits billets noirs étaient émis avec autant de solennité que s'ils étaient d'or ou d'argent. Leur valeur variait selon leurs dimensions, et la population était contrainte de les accepter sous peine de mort.

« L'on peut dire avec raison, remarque Marco Polo, que le grand sire possède absolument l'arcane des alchimistes. Et je vous affirme que chacun les accepte volontiers, parce que là où vont les marchands dans la seigneurie du grand khan, ils les emploient à leurs dépenses et s'en servent pour payer les marchandises qu'ils achètent ou encaisser le produit de leurs ventes. Et ils sont si légers que ce qui vaut dix besants d'or ne pèse pas un. Tous les marchands qui viennent de l'Inde ou d'autres pays, et qui apportent or, argent, pierreries ou fourrures, ne les osent vendre à nul autre, en cette cité, qu'au seigneur. Il a douze barons choisis à cet effet : sages hommes connaissant bien les objets précieux, qui les estiment ; et le seigneur les fait payer bon prix avec ce papier-monnaie, que les marchands prennent très volontiers, car ils n'en trouveraient pas autant d'aucun autre, aussi parce qu'ils sont payés immédiatement et peuvent avoir pour cette monnaie tout ce qu'ils veulent partout ; en outre elle est plus légère à porter en chemin.

« De sorte que le seigneur achète tant de choses précieuses chaque année que son trésor est sans fin, et il le paie avec un papier qui ne lui coûte rien. Et encore, plusieurs fois l'an, ses hérauts vont par la cité sonnant ban et proclament que quiconque possède or, argent, pierreries, perles ou fourrures, les porte à la monnaie où on les paiera bien et largement. Si bien que les gens les portent volontiers, parce qu'ils ne trouveraient personne qui leur en donnerait autant. Et ils en portent tant que c'est merveille. En cette manière le grand khan a tout le trésor de ses États.

« Quand quelques-uns de ces billets sont détériorés, le possesseur les porte à la monnaie, et là, laissant trois du cent pour le change, en prend de neufs. Et si des barons ou autres personnes ont besoin d'or ou d'argent, de pierreries ou de fourrures, pour faire joyaux, vaisselle, vêtements ou autres riches choses, ils vont à la monnaie, achètent tout ce qu'ils veulent et paient avec ces papiers. »

Cette alchimie plaisait à Marco Polo. Il comprenait l'essence même de toutes ces opérations, et remarquait que les prix des marchandises n'étaient pas trop élevés puisqu'on les payait en papier-monnaie.

Au début, l'émission du papier-monnaie était faite avec prudence, mais on finit par mettre en circulation des billets pour cent quatre-vingts millions de taëls d'argent. Cela eut lieu sous les successeurs de Koubilaï qui avaient tellement ruiné le peuple qu'une sorte de révolte éclata en 1359. Dix ans plus tard, la domination mongole fut renversée.

Mais, à l'époque de Koubilaï, le commerce était florissant et les produits des artisans trouvaient de bons débouchés. Les Arabes, les Italiens, les Ouzbeks, les Hindous, importaient et exportaient des marchandises. Mais le cours du papier-monnaie variait, et il existait des régions où on ne l'acceptait pas, et où il était remplacé par la monnaie de sel ou de coquillages.

Marco Polo était souvent invité dans la tente de zibeline du khan, et il lui racontait mille choses sur la Palestine, le Pamir, les déserts où les chevaux s'embourbent dans le sable, le Vieux de la montagne. Il vit les cadeaux magnifiques qu'on apporta au khan de Madagascar : les défenses d'éléphant, l'ambre gris extrait des cachalots, et la plume de l'oiseau roch longue de quatre-vingt-dix paumes.

Le médecin et Marco Polo étaient les confidents du khan. Essia, chef des astrologues, inventa pour son ami une charge spéciale : Marco Polo devait voyager à travers la Chine et tout observer, notant surtout les endroits qui acceptaient ou qui n'acceptaient pas le papier-monnaie et d'où on pouvait exporter certaines marchandises. Il était convenu que Marco Polo devait retourner régulièrement auprès du khan pour lui faire un rapport sur ce qu'il venait de voir.

Marco Polo était déjà un peu fatigué par toutes ces merveilles de la cour de Koubilaï, mais il aimait voyager : il s'apprêta donc avec joie à quitter le palais du grand khan.

CHAPITRE XVIII

Marco Polo en service commandé

Avant de partir, il assista au festin de la cour. Le khan était assis à une table plus haute que les autres, du côté nord de la salle, le visage tourné vers le midi ; sa première femme prit place près de lui à gauche et ses fils, neveux et parents furent installés à sa droite, si bas que leurs têtes arrivaient aux pieds du souverain. Il y avait une quantité de tables. Au milieu de la salle fut placée une coupe d'or qui contenait un tonneau de vin. De cette coupe on le versait dans des récipients d'or destinés à huit personnes qui prenaient la boisson à la puisette. Le nez et la bouche des princes qui servaient le grand khan étaient couverts de mouchoirs de soie pour que leur souffle ne touchât pas la nourriture du souverain.

Lorsque le grand khan buvait une gorgée, tout le monde se mettait à genoux et s'inclinait. Et le grand khan buvait beaucoup. À chaque porte de la salle se tenaient deux hommes de taille gigantesque qui veillaient à ce que personne ne heurtât le seuil du pied ; si, d'aventure, quelqu'un le touchait, ils lui faisaient payer une rançon ou lui administraient une volée de coups de bâton.

Pendant le festin, Marco Polo reçut une tablette d'argent sur laquelle étaient gravés ces mots : « Par la volonté de Dieu et par la grâce qu'il témoigne à notre souverain, que le nom du grand khan soit béni et que ses ennemis meurent et disparaissent. » Il y avait encore des tablettes d'or à la tête de lion ou à la tête de gerfaut.

Marco Polo partit pour sa mission. De Cambaluc, des routes menaient dans toutes les provinces. Des postes de chevaux, appelés « iamb » en tartare, se succédaient tous les vingt-cinq milles. Les stations étaient richement installées, les chaussées étaient bien battues. Partout il y avait des chevaux de relais, et dans les postes le voyageur trouvait des couches avec des couvertures de soie. Entre deux postes, tous les trois milles, étaient situés de petits hameaux où habitaient les messagers à pied du khan. Ils portaient de larges ceintures garnies de clochettes et couraient d'un hameau à l'autre. Ayant perçu le son des clochettes, le messager se tenait prêt pour prendre la lettre des mains de celui qui arrivait et pour continuer la course.

Ainsi le khan recevait en un jour messages et nouvelles de la distance de dix journées de marche : de cette manière on lui envoyait également des primeurs.

Vêtu comme un marchand, Marco Polo avançait sans hâte. La route, longée d'arbres, était ombragée ; aux postes on buvait du vin de riz, de préférence chauffé. En hiver, il faisait chaud aux stations où on brûlait du charbon.

Plus il s'enfonçait dans le pays, plus les routes devenaient désertes. Marco Polo s'intéressait aux produits que les gens vendaient et achetaient, et s'informait du prix qu'on pourrait demander pour le poivre et la rhubarbe si on les importait dans ces régions éloignées. Il dévalait les montagnes où poussait le gingembre, et s'aventurait dans les forêts où rôdaient les bêtes qui ignoraient tout des chasses de Koubilaï. Après avoir traversé de grands fleuves, il atteignit une région dévastée.

Là, les animaux sauvages avaient choisi les villages abandonnés pour y faire leurs tanières; les bêtes ne craignaient plus l'homme, ayant pris l'habitude de manger de la chair humaine. La nuit, les ours et les loups s'approchaient du feu. Les voyageurs apportaient avec eux des troncs verts de bambou qu'ils jetaient dans le feu. Le bambou craquait, et son crépitement se faisait entendre à dix milles à la ronde. Ce bruit était si épouvantable qu'on était obligé de bander les yeux des chevaux et de les entraver avec des fers, de crainte qu'ils ne s'échappassent.

Marco Polo mit vingt jours pour traverser cette région où les fauves erraient dans les forêts, où les renards se chauffaient au soleil, aux abords des routes, et où l'herbe poussait haut devant les maisons désertes. Finalement, on rencontra des hommes. Ils étaient assez étranges : moqueurs, prêts au brigandage, ayant des mœurs surprenantes. Leurs chiens étaient superbes. Dans cette province (qui était le Tibet) le papier-monnaie du Khan n'avait plus cours, on n'acceptait en guise de monnaie que du sel. Marco

Polo nota qu'il était avantageux d'importer du sel. Le khan en possédait à profusion. On l'excavait de puits profonds, ou on le tirait de l'eau de mer au moyen de l'évaporation. Il était de même souhaitable d'importer des étoffes à bon marché, car les gens n'étaient vêtus que de peaux ou de toile, en échange de chiens qui étaient grands comme des ânes, et de turquoises.

Dans cette contrée, les jeunes filles ne valaient rien tant qu'elles n'avaient pas été déflorées et n'avaient pas partagé la couche de plusieurs hommes. Quand les voyageurs, en s'arrêtant, dressaient leurs tentes dans la région, les vieilles femmes leur amenaient des jeunes filles des villages ; parfois, elles venaient accompagnées de trente à quarante jeunes femmes, dont plusieurs étaient vierges. Les étrangers pouvaient vivre librement avec ces femmes, puis les rendre avant leur départ (car il n'était pas permis de partir avec elles), non sans leur avoir donné quelque petit cadeau : ce dernier servait de preuve que la femme avait vécu avec un homme. Une femme de valeur devait posséder au moins une vingtaine de ces cadeaux-là. Mais, une fois mariée, la femme devenait fidèle à son mari.

On conduisit beaucoup de femmes à Marco Polo, qui fit cette remarque dans son livre : « Nos jeunes bacheliers devraient bien y aller pour avoir de ces pucelles à leur guise tant qu'ils en désireraient[1]. »

---

1. Le récit de Marco Polo se rapporte au Tibet qui, avant les Mongols, formait un État indépendant. À l'époque de Koubilaï, le Tibet occupait des étendues beaucoup plus vastes que son territoire actuel et englobait aussi bien une grande partie de la province de Hansu et de Tangout que les bassins du haut Yang-tsé, du Ya-long, du Tha-tou-ho, et une portion du Nan-tchao. Les Mongols firent leurs premières incursions dans le Tibet avant le règne de Mangou, dès 1244. Marco Polo note les effroyables ruines causées par les Tartares dans les régions frontalières du

Marco Polo était, lui aussi, jeune à cette époque.

Ensuite il traversa huit provinces ou royaumes, vit la contrée de la cannelle et celle de l'œillet, visita un pays où on lui demandait du corail qu'il fallait faire venir d'Italie, et arriva enfin dans une région où il était coutume de céder à l'étranger la femme, la sœur et la fille de l'hôte. On croyait dans la province de Caindu (Kien-Tch'ang) que cela portait bonheur à la maison, et le maître du logis s'en allait pour ne pas déranger l'invité. Il ne revenait pas avant le départ de l'étranger.

Marco Polo mit son chapeau à la fenêtre pour avertir le propriétaire de la maison qu'il était toujours là ; et pendant qu'il s'amusait avec la femme, le pauvre mari logeait dans les champs.

Poussant plus loin, Marco Polo atteignit la province de Zardandan (Yunnan ouest)[1], où les gens avaient des dents enchâssées d'or, et où le mari, après que la femme avait accouché, se mettait au lit et gémissait à haute voix, puis recevait des visites de félicitations, montrant des signes d'extrême faiblesse et d'épuisement pour prouver que le nouveau-né était bien de lui. Les habitants de cette province ne possédaient ni alphabet ni écriture ; leur monnaie

---

Tibet. Koubilaï, pour achever la conquête de ce pays, profita de l'appui du clergé lamaïste. En 1264, sacré par l'agpa-lama, Koubilaï le nomma chef de l'Église lamaïste du Tibet, de la Mongolie et de la Chine et lui donna le titre de « précepteur de l'État ».

1. Zardandan, traduction persane du chinois « Kin-tch'e » ou « dents dorées », et appellation appliquée depuis la dynastie des T'ang aux peuplades du Yunnan occidental qui « enchâssaient leurs dents dans des plaques d'or ». Les écrivains persans parlent également de cette coutume des habitants du Yunnan. Elle a disparu en Chine, mais a été observée et signalée à Sumatra, à Macassar et dans l'île de Timor. La coutume de la « couvade », autrement dit l'imitation par le mari de l'accouchement et de la faiblesse qui s'ensuit, est répandue de nos jours dans la province de Wei-ning, limitrophe du Yunnan, et dans le haut Assam.

était en or, les coquillages servaient de menue monnaie, et le compte se faisait au moyen d'encoches pratiquées sur les deux moitiés d'un morceau de bois.

Cette contrée n'avait été conquise par les Tartares que depuis peu de temps.

De là, Marco Polo retourna chez Koubilaï, lui apportant des marchandises et des informations. Le grand khan l'accueillit avec bienveillance. Marco Polo conta tout ce qu'il avait observé lors de son voyage, qui avait duré six mois ; ses récits étonnèrent et amusèrent le souverain.

Koubilaï loua la sagesse de son messager et continua à l'envoyer dans différents pays. Marco Polo voyageait, parcourait l'Empire, observait, notait et rapportait.

Entre-temps, son père et son oncle faisaient du commerce. Mais un jour de gloire devait se lever également pour eux.

CHAPITRE XIX

Les frères Polo et messire Marco Polo junior rendent un grand service au khan

La Chine méridionale n'étant pas encore conquise par Koubilaï, la dynastie Song y régnait, et les navires qui y accostaient payaient la taxe aux Chinois, et non pas aux Mongols. Les marchands et les artisans de cette contrée n'appartenaient pas au grand khan, et le papier-monnaie de Cambaluc n'y avait point cours.

Ce pays s'appelait Mangi, et ses habitants n'étaient pas entraînés à la guerre. La contrée était sillonnée par les canaux et les fossés, un pont conduisait à la porte de chaque ville. Les Mongols avaient traversé le Mangi à plusieurs reprises sans réussir cependant à s'en emparer.

Le prince tartare Bayan Chingsan, un des meilleurs chefs militaires de Koubilaï, assiégea sans résultat cinq villes dans le Mangi. Il réussit cependant à prendre la sixième, ce qui fut le début de ses succès, et, ayant conquis plusieurs cités, il se dirigea vers Hang-tchéou, capitale du royaume. Le roi du Mangi, Faghfour, s'embarqua sur ses navires et s'enfuit dans les îles de l'océan Indien. Il mourut en 1278, et son frère lui succéda. Les navires de Koubilaï vinrent jusque-là pour s'emparer de l'héritage et de l'héritier.

En 1279, le dernier courtisan du roi mit l'héritier sur ses épaules et se jeta avec lui à la mer.

Koubilaï s'empara de villes florissantes, qui possédaient même du sel. Il est surprenant de savoir que le grand khan tirait tant de profits du sel. Koubilaï étendit son pouvoir sur toute la contrée avec ses canaux et ses navires, mais la ville de Siang-yang-fou ne se rendit pas. C'était un riche chef-lieu duquel dépendaient douze autres villes qui produisaient du brocart et de la soie. Après la conquête de toute la Chine méridionale, Siang-yang résista à l'envahisseur pendant trois ans. La ville, entourée d'un lac de trois côtés, n'était vulnérable que du côté nord ; elle se défendait vaillamment et recevait l'approvisionnement par le lac.

Les frères Polo et messire Marco ne détachaient pas leur regard des murs de la ville : ils étaient en terre d'argile.

Marco, qui connaissait tout le monde dans le camp des assiégeants, savait qu'il y avait parmi eux des spécialistes capables de construire des machines pour abattre les murailles. Les catapultes à feu chinoises n'arrivaient pas à démolir les remparts. Il fallait inventer quelque chose de plus simple et de plus sûr. Dans les Républiques italiennes, on savait construire des béliers spéciaux dont l'art provenait des Romains et qui avaient fait leurs preuves à de nombreux sièges de châteaux. Les Vénitiens traitaient même au forfait la prise d'une ville au moyen de machines.

Le grand khan manifesta son mécontentement de ce qu'une ville résistât aussi longtemps à ses troupes. « La chose étant venue aux oreilles des frères Nicolas et Matteo, qui se trouvaient à la cour du grand khan, ils se présentèrent à lui immédiatement et s'offrirent à faire construire, à la manière d'Occident, des mangonneaux capables de lancer des pierres pesant trois cents livres, par lesquelles les assiégés seraient tués et les murs démolis.

« Cette proposition plut au grand khan qui approuva leur projet très chaudement et donna l'ordre de mettre tout de suite à leur disposition les meilleurs forgerons et maîtres charpentiers, parmi lesquels se trouvaient quelques chrétiens nestoriens qui savaient très bien travailler. En peu de jours ceux-ci construisirent, d'après les indications fournies par lesdits frères Polo, trois mangonneaux qui furent essayés en la présence du grand khan et de toute la cour, et lancèrent, sous leurs yeux, des pierres pesant chacune trois cents livres.

« Ces machines furent aussitôt placées sur des barques et expédiées à l'armée. Là, quand elles eurent été dressées devant la ville de Siang-yang, la première pierre lancée par une d'elles tomba avec une telle violence sur une maison que celle-ci en fut presque complètement rompue et démolie. Les habitants en furent tout aussi effrayés que si la foudre fût tombée du ciel, et décidèrent de se rendre. Ils firent donc sortir des parlementaires et se soumirent.

« Et cette expédition si vivement conduite accrut la réputation et le crédit des deux frères Vénitiens auprès du grand khan et de toute la cour. »

La ville fut prise. Mais des îlots de résistance subsistaient dans le pays, et on haïssait les Mongols[1].

Les guerriers du Mangi, d'après un dessin chinois.

---

1. L'usage des machines faites par les étrangers dans le siège de Siang-yang-fou est confirmé par les chroniques chinoises et

Les gens s'ennuyaient sous Koubilaï, car il interdisait les jeux, les jongleurs et même les chansons qui étaient appréciées dans cette province plus que nulle part au monde.

Le khan déclara : « Je vous ai conquis les armes en main, et tout ce que vous possédez m'appartient ; donc, si vous jouez, vous jouez avec mes biens. »

Les Mongols imposèrent le silence au peuple. Lorsque le khan traversait le pays, l'ordre de silence était observé à deux milles alentour.

Les Chinois se soumettaient avec tristesse et rancune.

Il y avait dans la province du Mangi une grande ville appelée Chinguigui (Tch'ang-tcheou-fou), célèbre pour son sol fertile et ses ouvrages de soie et de brocart. Après la conquête du pays, Bayan envoya dans cette ville un détachement d'Alains.

Les Alains, ancêtres des Ossètes du Caucase, habitaient la Chine et servaient dans les troupes de Koubilaï. Excellents guerriers et cavaliers, ils étaient convertis au christianisme.

---

par les écrivains persans qui disent cependant que leurs constructeurs avaient été des musulmans. La cité de Siang-yang-fou fut prise en janvier 1274, tandis que les Polo partirent d'Acre en octobre 1271 et, selon Marco Polo lui-même (chap. XIV), « ils mirent à retourner (auprès du grand khan) trois ans et demi, et ce fut à cause des mauvais temps qu'ils eurent et des grandes froidures ». Puis Marco dit qu'ils séjournèrent un an dans la cité de Kan-tchéou. Si le voyage avait réellement duré trois ans et demi, la véracité du récit de Marco Polo sur le rôle de son père et de son oncle dans la prise de Siang-yang-fou serait fort douteuse. Charignon essaie d'expliquer cette contradiction en alléguant que les trois ans et demi représentent la durée de tout le voyage de Cambaluc à Venise et retour. Il est d'avis que les Vénitiens, munis des tablettes du khan, avaient pu faire tout le chemin entre la Méditerranée et la Chine en sept ou huit mois : dans ce cas-là ils eussent pu prendre part au siège de Siang-yang-fou. Si l'on accepte cette interprétation, on est forcé de supposer que les Vénitiens étaient allées à Kan-tchéou en partant de Chine.

Comment étaient-ils venus en Chine ? L'Empire mongol tenait en ses mains le passage de Derbent, près duquel habitaient les Alains. Sur son chemin, l'armée mongole englobait des détachements des divers peuples rencontrés qui, en fin de compte, arrivaient chez le grand khan.

Les Alains entrèrent dans la ville « et y trouvèrent de bons vins. Ils en burent jusqu'à être ivres, se couchèrent et s'endormirent comme des pourceaux. Sitôt que la nuit vint, les habitants les tuèrent tous, si bien que nul n'échappa. Quand Bayan apprit que ses hommes avaient été occis de manière si déloyale, il envoya avec une grande force armée un autre de ses amiraux qui prit la cité d'assaut et fit passer tous ses habitants au fil de l'épée, si bien que pas un seul n'échappa à la mort. En cette manière fut déconfite toute la population de cette cité[1] ».

Marco Polo conte toutes ces histoires avec une grande simplicité, que le romancier Rusticien n'a pas réussi à altérer.

Quel fut le résultat de tous ces combats ? Toute la Chine fut unifiée sous le sceptre de Koubilaï, son grand maître. Le khan fit terminer la construction du grand canal, commencée au VIe siècle, qui reliait Cambaluc aux provinces centrales, et était long de quinze cents kilomètres. L'influence des nestoriens

---

1. Marco Polo affirme que le massacre des Alains eut lieu dans la cité de Chingingui (actuellement Tch'ang-tcheou-fou, sur la ligne de chemin de fer Nankin-Shanghaï). Les autres sources ne mentionnent pas cet événement. P. Pelliot place cet épisode non à Tch'ang-tcheou, mais à Tchen-tch'ao, au nord de Kiang, dans le Ngan-hoeï.

Les Alains, ancêtres des Ossètes, étaient des chrétiens et ils jouèrent, sous le règne d'Ogodaï, un rôle important dans l'armée chinoise. Le légat pontifical Marignoli écrivait en 1342 de Cambaluc : « Grâce aux vaillants Alains, les Tartares ont pu conquérir un Empire en Orient, sans eux ils n'auraient pu gagner aucune bataille importante. »

et des Sarrasins grandit dans les troupes mongoles. Bayan, qui avait conquis tant de villes, éveilla les soupçons de son maître, qui l'eût condamné à la peine capitale n'eût été l'intervention d'Essia.

Bayan eut la tête sauve, parce que le grand khan avait d'autres soucis : son grand chancelier Ahmed s'était révélé un traître. Les Chinois faisaient des complots, et son oncle, Nayan, levait toute une armée composée de chrétiens.

Tels étaient les rapports des astrologues, et grâce à eux Bayan fut épargné ; les Chinois, qui traçaient son nom en idéogrammes, l'appelaient Pe-yen, ce qui voulait dire : « cent yeux ». La légende affirmait que seul un homme à cent yeux pouvait conquérir la province du Mangi.

Les astrologues, payés par Essia, ne manquèrent pas de la communiquer au grand khan.

Mais, lorsque le nom de Bayan, son talent militaire et son art de faire évoluer la cavalerie dans un pays lacustre eurent été largement utilisés, Koubilaï ne vit pas d'inconvénient à ce qu'on le condamnât à mort. Essia réussit à le sauver.

Des conspirations se tramaient à la cour de Koubilaï, tandis que Marco Polo voyageait en Chine pour tout explorer et pour recueillir des renseignements.

CHAPITRE XX

La Chine

Nous n'essayerons même pas de donner un tableau général de la Chine de l'époque, mais nous croyons utile de préciser quelques détails ignorés ou mal compris de Marco Polo.

Genghis Khan, qui avait réuni autour de lui tous les nomades, se proclama grand khan en 1206, et donna à son peuple le nom de « mongol » qui était celui de sa tribu.

En automne 1213, il lança ses hordes à la conquête de la Chine du Nord. En 1220, il conquit la Boukhara et la Khorezma, en 1221-1222 le Khorassan, l'Irak et l'Arménie. En 1224, il infligea une défaite aux Russes sur le fleuve Kalka, et il mourut trois ans plus tard (1227).

Il partagea son Empire entre ses quatre fils, dont Ogodaï fut proclamé le chef.

À cette époque, la Chine était divisée en deux royaumes : la Chine du Nord où régnaient les ressortissants mandchous connus sous le nom de la dynastie Tsin (1115-1234), et la Chine du Sud où trônait la dynastie Song.

Ogodaï, dans sa lutte contre les Tsin, s'était probablement allié avec la dynastie Song.

Ayant soumis la plus grande partie de la Chine septentrionale et centrale, Ogodaï entreprit de nouvelles campagnes en Asie centrale, et poussa jusqu'à l'Arménie et la Géorgie où il prit Kars et Tiflis.

Son neveu, Batou, qu'on appelait Batyi en Russie, saccagea, en 1237, Riazan, Wladimir, Moscou, et, en 1241, pilla la ville de Kiev.

Parti en campagne contre la Hongrie, Batou rebroussa chemin à la nouvelle de la mort d'Ogodaï.

Gouyouk, l'héritier d'Ogodaï, continua la campagne du Caucase et de la Chine où il conquit une partie de la Corée. Après sa mort, une lutte intestine éclata entre les chefs, et le pouvoir suprême échut à Mangou, petit-fils de Genghis Khan.

Mangou conquit le Tibet et alla jusqu'en Indochine. Le khan Koubilaï fut son successeur. La dynastie Song subsistait encore dans le Sud.

En 1267, Koubilaï se déclara empereur de Chine et donna à sa dynastie le nom de Yuen.

Pendant toutes ces luttes entre les Mongols et les Chinois, des millions d'hommes furent voués à la ruine, à la famine et à l'émigration. Des révoltes paysannes éclataient constamment dans toute la Chine.

Au début de leur domination, les Mongols eurent, à un moment donné, l'idée de transformer en steppe ce pays ruiné et de tuer, si possible, tous les Chinois. Mais ce projet s'avéra irréalisable.

Ayant mis la main sur la Chine, les Mongols y confisquèrent les terres des grands propriétaires terriens ; le khan distribuait généreusement ces domaines parmi ses courtisans mongols et parmi les étrangers à son service.

Les Mongols laissaient en paix les paysans et les petits propriétaires, continuant cependant à les grever de lourds impôts.

Mais ils se montrèrent fort ingénieux en tout ce qui concernait l'accaparement des terrains. Un prince mongol, par exemple, s'efforça de s'emparer de trois cent soixante mille hectares aux abords d'un fleuve pour le tenir entre ses mains et pour se faire payer la taxe par les navires de passage.

À l'époque de Marco Polo, la lutte pour la Chine du Sud n'était pas encore terminée. L'armée mongole avec ses troupeaux, en d'autres termes, des tribus mongoles avec leur bétail occupaient la Chine, transformant en pâturages les environs des villes.

Les Chinois étaient opprimés à tel point qu'une partie de la population passait sa vie dans des bateaux où on élevait des oies et des canards. C'étaient des gens qui n'avaient plus de place dans leur patrie, et le prince, qui voulait s'emparer des abords du fleuve, pensait à eux, espérant tenir en main non seulement les navires de passage, mais toutes ces maisons flottantes.

Dans la Chine du Sud, avant la chute de la dynastie Song, on projeta des réformes agraires, et notamment la nationalisation de la terre. On calcula que l'affermage de six cent mille hectares aurait rapporté au Trésor sept millions de sacs de blé, ce qui aurait suffi à l'approvisionnement d'une nombreuse armée.

En 1263, il fut décidé que le Trésor allait acheter les terres aux propriétaires privés.

« Le décret prévoyait l'expropriation des domaines supérieurs à six hectares ; le Trésor versait au propriétaire une certaine somme suivant le rapport annuel du lot. Si ce dernier rapportait un sac de blé par an, il était estimé à deux cents liasses de mille pièces de cuivre ; on diminuait cette somme en raison de vingt liasses pour un dixième de sac. Le règlement était effectué pour la plupart par des traites et lettres de crédit.

« Cette opération fut réalisée avec succès dans plusieurs provinces ; mais elle dura dix ans, et ne fut pas partout menée à bonne fin[1]. »

Les Mongols qui conquirent la Chine du Sud ressemblaient peu à ces nomades qui avaient voulu jadis transformer tout le pays en pâturages.

Les dignitaires de la cour, les eunuques, les prêtres bouddhistes et taoïstes obtenaient chez les vainqueurs des parchemins aux cachets impressionnants qui leur octroyaient des droits terriens.

Mais, tout en subissant l'influence des traditions et de la vie chinoises, les Mongols les changeaient à leur tour. Avant leur venue, la Chine était séparée du reste du monde par ses montagnes et ses déserts.

Les Mongols inaugurèrent des routes de caravanes internationales. Pendant plusieurs décennies, un pont

---

1. Ces données sont empruntées à M. I. Zaharoff, auteur d'un essai sur le système agraire en Chine.

relia la Chine au monde entier. Marco Polo et nombre d'étrangers passèrent par ce pont.

Marco Polo note qu'à cette époque les Chinois apprirent aux Égyptiens l'art de fabriquer du sucre blanc. Les historiens soulignent que le théâtre persan fit alors naître le théâtre chinois, et que les instruments de l'Asie centrale furent introduits en Chine.

La Chine de Marco Polo n'était point un monde fermé. À son époque, la culture chinoise et la culture de l'Asie centrale firent connaissance, tandis que l'Europe lointaine et grossière commençait à apprendre et à méditer.

CHAPITRE XXI

Marco Polo parle d'une ville majestueuse

Cette ville s'appelait Quinsay (Huang-tcheou)[1] et avait été célébrée par les Arabes, les Perses et les

---

1. Quinsay, à l'embouchure du Tsien-tang, est probablement le Hang-tcheou actuel. Aux XIe et XIIe siècles, Hang-tchéou a été la plus grande ville de la Chine méridionale et la capitale de la dynastie Song. La description enthousiaste de Marco Polo se trouve confirmée par les écrivains européens (par exemple Odoric) et musulmans. Le Vénitien souligne le caractère pacifique et commercial de la cité qui, comparée avec le centre militaire et administratif qu'était Cambaluc, dut l'impressionner tout particulièrement. Les marchands jouaient à Hang-tcheou un rôle très important.

On admettait autrefois que « Quinsay » était la déformation du mot « kinché », « la capitale ». Aujourd'hui, on est enclin à croire que l'appellation Quinsay provient de « Hang-tcheou », d'autant plus que Ibn Batuta l'appelle Khan-za, et Odoric Cansay, Campsay, Chansay, Wassag-khan-zaï. Le lac mentionné par Marco Polo est celui de Sihou, célébré par tous les auteurs chinois et étrangers.

Chinois. L'impératrice l'avait décrite dans sa lettre à Bayan le vainqueur. Ensuite, l'impératrice et le général en rapportèrent ensemble au grand khan. Vingt-deux membres de l'Académie des « pinceaux réunis » glorifièrent cette étonnante cité au moyen de quatre écritures et d'idéogrammes chinois. Les astrologues, ayant reçu des vêtements neufs, rédigèrent également un rapport sur Quinsay.

Marco Polo la visita, vérifia ses merveilles de ses propres yeux. Il la décrivit avec force détails.

« Ladite cité est si grande qu'elle a bien cent milles de tour, et il y a douze mille ponts de pierre si hauts que par-dessous passerait bien un haut navire. Nul ne doit s'étonner qu'il y ait tant de ponts, car je vous dis que la cité est toute bâtie sur l'eau et environnée d'eau, si bien qu'à cause de cela il faut qu'il y ait de nombreux ponts pour aller par la cité.

« Dans cette cité il y avait douze sortes de métiers divers. Et pour chaque métier il y avait douze mille maisons où demeuraient ceux qui l'exerçaient. Dans chacune de ces maisons il y avait dix hommes au moins ; en certaines il y en avait vingt, en d'autres quarante. Non pas qu'ils fussent tous maîtres, mais il y avait beaucoup de valets qui font ce que le maître commande. Et tout ce monde avait bien de la besogne, car de cette cité se fournissaient nombre d'autres villes de la contrée.

« Il y avait tant de marchands si riches, faisant tant de négoce et si grandement, qu'il n'est homme qui en eût pu dire le nombre par la grande quantité qu'il y en avait. Et sachez que ni les maîtres des métiers qui étaient chefs des ateliers, ni leurs femmes, ne touchaient rien de leurs mains, mais se tenaient aussi proprement et richement que s'ils eussent été des

---

Ce lac n'est pas profond ; en été il est couvert de lotus ; de nombreux vestiges du passé se trouvent sur ses rives.

rois. Et il était établi et ordonné de par le roi que personne, eût-il tout l'avoir du monde, ne fit aucun autre métier que celui de son père.

« Il y a dedans la cité un grand lac qui a bien trente milles de tour. Tout entour de ce lac il y a de très beaux palais et de très belles et riches maisons qui appartiennent aux gentilshommes de la cité. Il y a aussi beaucoup d'abbayes et d'églises des idolâtres. Au milieu de ce lac il y a deux îles, et sur chacune se trouve un beau palais très grand, très riche, qui semble être palais d'empereur. Quand les habitants de la cité voulaient faire quelque grande fête, ils la donnaient en ces palais ; ils y trouvaient, à leur disposition, vaisselle d'argent, instruments, et tout ce qui était nécessaire pour cela.

« On voit aussi par la cité beaucoup de beaux hôtels ayant de grandes et hautes tours, bâties de belles pierres ; on porte dans ces tours les objets mobiliers de la cité et des gens quand le feu prend dans la ville, car très souvent l'incendie s'allume çà et là aux maisons qui sont de bois. »

Le grand khan ne toucha pas aux institutions de la ville, mais renforça sa garnison. Des sentinelles, par groupes de cinq, se relayaient deux fois par jour aux ponts. Chaque poste de garde possédait un résonateur en bois creux et un gong en métal, ainsi qu'un sablier pour reconnaître le temps. On frappait un coup à une heure de la nuit, et deux coups à deux heures. Les patrouilles, qui parcouraient la ville, vérifiaient s'il y avait des feux ou lumières après l'heure prescrite. Si une maison se trouvait en défaut, ils n'y entraient point, mais faisaient une marque sur la porte ; le matin le propriétaire devait payer l'amende ou se laisser fustiger avec le petit bâton.

La mendicité ayant été interdite, les mendiants étaient envoyés dans les maisons de travail. Personne ne devait flâner en ville sans occupation.

Au milieu de la cité, une tour se dressait sur la colline : de là, les sentinelles veillaient sur la ville pour parer à toute éventualité en cas de feu ou de troubles populaires.

Craignant une révolte, le grand khan fit cantonner dans Quinsay une forte garnison.

Toutes les rues de la cité étaient pavées de pierres et de briques, les avenues en briques s'étendaient jusqu'aux champs, mais n'étaient pas commodes pour la cavalerie : le grand khan ordonna de laisser le bord des rues non pavé et de le réserver aux troupes et aux messagers.

Les rues principales étaient pavées de gravier et pourvues d'un égout souterrain pour évacuer les eaux de pluie.

À la naissance d'un enfant, les parents notaient immédiatement le jour, l'heure, la minute de sa venue au monde et demandaient conseil aux astrologues.

Personne n'entreprenait un voyage sans avoir préalablement consulté un astrologue.

Voilà pourquoi les astrologues étaient tenus en grand honneur à la cour de Koubilaï.

Les étrangers qui venaient dans la ville et descendaient dans une auberge devaient montrer leurs documents : on enregistrait le nom du voyageur et sa résidence habituelle. Marco Polo approuvait cette sage mesure.

La ville possédait quatre mille bains qui étaient fort spacieux. Un canal conduisait de la ville au port maritime.

La région comptait douze cents villes, avec une garnison de mille guerriers chacune. Il y avait même des endroits où la garnison atteignait dix ou trente mille hommes. Toutes ces troupes n'étaient pas uniquement composées de Tartares, elles comprenaient des Alains, des Koumans, des Sarrasins, des Khiviens qui se méfiaient les uns des autres et, tout en se surveillant mutuellement, gardaient ensemble les possessions du khan.

Les maisons de Quinsay portaient des inscriptions avec les noms du propriétaire, de sa femme, de ses enfants, de ses esclaves, et avec l'indication du nombre de ses chevaux. Si l'un des locataires mourait, son nom était rayé; les noms des nouveau-nés étaient rajoutés sur la plaque.

Les femmes de Quinsay étaient célèbres pour leur beauté et pour l'accueil inoubliable qu'elles savaient réserver aux étrangers. Elles étaient richement habillées et se parfumaient abondamment, car les parfums imprègnent la mémoire qui les reconnaît et les ressuscite.

Les femmes de cette cité paradisiaque connaissaient à fond l'art de la séduction et savaient adapter leur conversation à toutes sortes de personnes. Les étrangers qui avaient une fois goûté à leurs charmes devenaient si épris de leurs grâces que, rentrés dans leurs foyers, ils ne cessaient de parler de la ville admirable et ne pensaient qu'à y retourner.

Le khan tirait un grand profit de cette cité qui lui rapportait des millions, surtout grâce à la fabrication du sucre qui atteignait à Quinsay des proportions supérieures à toute autre ville du monde. De plus, Quinsay payait trois pour cent de taxe sur les épices, et dix pour cent sur le riz, le charbon, les douze métiers et la soie. Toutes ces taxes se chiffraient à des sommes fabuleuses.

CHAPITRE XXII

Ne pouvant pas quitter la ville de Quinsay, Marco Polo en parle encore

La ville était située de telle façon que, sur l'un de ses côtés, elle avait un lac d'eau douce, d'une limpidité extrême, et, sur un autre côté, un très grand fleuve alimentant nombre de canaux de toutes dimensions qui coulaient à travers tous les quartiers et évacuaient les immondices dans le lac d'abord et dans l'océan ensuite. De ce fait, l'air dans la cité était toujours pur.

On pouvait parcourir toute la ville soit par les rues, soit au moyen des canaux, qui étaient si larges que les bateaux chargés de toutes sortes d'objets pouvaient y passer librement.

Du côté opposé au lac, la ville était entourée d'un canal, long de quarante milles, dont l'eau venait du fleuve. Il avait été creusé par les anciens rois du pays dans le but de recevoir et d'évacuer les eaux du fleuve toutes les fois qu'il débordait. Il servait également pour la défense, et la terre qu'on en avait retirée formait une espèce de rempart autour de la ville.

Quinsay possédait dix places publiques principales, sans compter de nombreuses places dans les différents quartiers. Ces places étaient carrées, d'un demi-mille de côté, et c'est sur leur frontage que passait l'avenue principale, large de quarante pas, qui s'étendait d'une extrémité à l'autre de la ville, en franchissant beaucoup de ponts, qui étaient tous d'un accès facile et commode. Tous les quatre milles le long de cette avenue, il y avait une de ces grandes places avec un tour de deux milles. Parallèlement à cette grande rue, mais à l'arrière des places, il y avait un canal très large ; sur sa rive, du côté des places, étaient bâties de grandes maisons en pierre, dans lesquelles les marchands de l'Inde et d'autres pays descendaient avec leurs bagages et marchandises.

Trois jours par semaine, dans chacune de ces places, se tenait un marché qui était fréquenté par quarante ou cinquante mille personnes. On y vendait toutes sortes de marchandises et de vivres, notamment du gibier : chevreuil, daim, cerf, lièvre, lapin, des oiseaux, tels que perdrix, faisans, francolins, cailles, poules, chapons, et tellement de canards et d'oies que l'on ne saurait en imaginer davantage ; de ces derniers on élevait sur le lac un si grand nombre que pour un gros vénitien d'argent on avait une paire d'oies et deux paires de canards. Puis venaient des abattoirs où étaient tués les animaux plus gros, tels que veaux, bœufs, chevreaux et agneaux, dont la chair allait à la table des riches et des grands fonctionnaires. Quant aux gens de basse condition, ils n'hésitaient pas à manger toute espèce de viande immonde sans le moindre dégoût.

Ces marchés étalaient en permanence toutes sortes de légumes et de fruits, notamment de très grosses poires, pesant jusqu'à dix livres chacune, dont la pulpe était blanche comme de la farine et très parfumée. En leur saison, il y avait aussi des pêches jaunes, des blanches, toutes d'une saveur très délicate. On ne produisait là ni raisin, ni vin, mais l'on importait d'autres pays du très bon raisin sec, et du vin pareillement. Les indigènes, toutefois, ne faisaient pas grand cas du vin, étant habitués à celui de riz aux épices.

De la mer Océane arrivait encore, tous les jours, du poisson en grande quantité qui était apporté par le fleuve de vingt-cinq milles à l'aval, et il y avait aussi, en abondance, celui du lac, où l'on voyait à toute heure des pêcheurs fort absorbés par leur travail. Ce poisson du lac appartenait à différentes variétés, selon la saison de l'année ; grâce aux immondices de la ville qui étaient évacuées vers le lac, il était gras et succulent. Quiconque eût vu l'approvisionnement de poisson dans les marchés se fût figuré qu'il était impossible d'arriver à vendre une quantité pareille ; et pourtant, en quelques heures, le tout disparaissait tant était grand le nombre de citadins habitués à la bonne chère, qui mangeaient et poisson et viande à un même repas.

Les dix marchés étaient tous entourés de hautes maisons dont le rez-de-chaussée était occupé par des boutiques où s'exerçaient toutes sortes de métiers, où l'on vendait toutes sortes de marchandises, y compris épices, bijoux et perles. Quelques-unes de ces boutiques ne vendaient pas autre chose que le vin de riz aux aromates, qui était fabriqué sans interruption et livré toujours frais, à très bon compte.

En d'autres rues demeuraient les filles publiques dont le nombre était si grand qu'on n'osait pas le dire. On les rencontrait non seulement dans le voisinage des marchés, où d'ordinaire des locaux leur étaient assignés, mais encore par toute la cité.

En d'autres rues habitaient les médecins, les astrologues qui étaient en même temps maîtres dans l'art de lire et d'écrire et exerçaient un grand nombre d'autres professions : ils avaient leurs quartiers tout autour des marchés. Sur chacune de ces places, et se faisant vis-à-vis, s'élevaient deux grands palais occupés par des magistrats qui étaient nommés par le vice-roi pour trancher immédiatement les contestations qui pouvaient naître entre marchands et autres habitants du quartier. Il était du devoir de ces magistrats de vérifier journellement que les gardes étaient à leur poste sur les ponts et, s'ils les trouvaient en défaut, de les punir autant que bon leur semblait.

Tout le long de l'avenue principale qui, comme nous l'avons dit, courait d'une extrémité de la ville à l'autre, et sur les deux côtés, se trouvaient des maisons et de grands palais avec leurs jardins ; mais, en bordure de la chaussée, étaient les maisons des artisans qui travaillaient dans leurs boutiques. La foule de gens qu'on voyait à toute heure, allant dans un sens ou dans l'autre pour les affaires qui les appelaient, était tellement grande que personne n'eût pu croire qu'il était possible de procurer assez de vivres pour leur nourriture, à moins d'avoir vu comment, aux jours de marché, toutes les places étaient encombrées et remplies d'acheteurs et aussi de marchands qui les approvisionnaient et par char et par bateau ; et tout ce qui était apporté ne manquait pas d'être vendu.

Prenons, comme exemple, le poivre qui était consommé par la ville, nous aurons ainsi une idée du total que pouvaient atteindre les autres articles tels que viande, vin, épiceries. Or, Marco Polo a entendu dire par un des officiers de la douane du grand khan que la quantité de poivre nécessaire à la consommation quotidienne de la ville de Quinsay s'élevait à quarante-quatre charges, chaque charge étant du poids de deux cent vingt-trois livres.

Les maisons des riches étaient très bien construites et décorées ; ils prenaient un tel plaisir dans les ornements, la peinture et l'architecture, qu'ils dépensaient là des sommes surprenantes.

Sur le lac, il y avait un grand nombre de bateaux et de barques de toutes dimensions, destinés aux parties de plaisir, qui pouvaient recevoir dix, quinze, vingt personnes et même davantage ; ils avaient une longueur de quinze à vingt pas, avec un fond plat et large de façon à conserver toujours leur assiette. Quiconque désirait prendre un divertissement avec sa famille ou avec ses amis n'avait qu'à choisir une de ces barques ; il s'en trouvait toujours qui étaient amplement garnies de beaux sièges, tables et tout l'attirail nécessaire à une réception. Leur couverture formait un plancher horizontal sur lequel se tenaient les bateliers avec des perches qu'ils piquaient dans le fond du lac (car la profondeur d'eau ne dépassait pas deux pas) pour faire avancer le bateau du côté que l'on voulait. La face inférieure de ce pont et toutes les autres faces intérieures étaient couvertes de peintures ornementales aux couleurs variées, avec des fenêtres latérales que l'on ouvrait ou fermait à volonté, de sorte que la compagnie à table pouvait regarder de tous côtés et réjouir ses yeux de la beauté et de la diversité du paysage qui se déroulait devant elle. Vraiment, une excursion sur ce lac était un divertissement plus agréable qu'aucun de ceux qu'on pouvait goûter à terre. D'un côté, en effet, il s'étendait sur toute la longueur de la ville, si bien que les spectateurs dans les barques, de la distance où ils se trouvaient, découvraient en son entier, dans toute sa beauté et sa grandeur, un admirable panorama d'innombrables palais, de temples, de monastères, de jardins remplis de hauts arbres et descendant jusqu'au bord de l'eau. Et l'on ne manquait jamais de rencontrer sur le lac d'autres bateaux pareils, remplis de groupes joyeux, car c'était le plus grand plaisir de ces citadins, après qu'ils en avaient fini avec leurs occupations habituelles, d'aller passer une partie de la journée en réjouissance avec leurs dames, ou avec des filles de joie, soit dans ces embarcations, soit en voiture à travers la ville ; de ces voitures il faut bien vous dire un mot, car elles étaient aux citadins une distraction à l'intérieur de la ville, de même que les bateaux leur en fournissaient une autre sur le lac.

Sur l'avenue principale, on voyait constamment circuler dans un sens et dans l'autre de longues voitures couvertes, garnies de tentures et de coussins, pouvant recevoir six personnes, et qui étaient journellement engagées par des dames et des messieurs voulant aller se récréer. Et l'on voyait à toute heure une infinité de ces voitures qui allaient le long de cette avenue, au milieu de la chaussée, conduisant les citadins vers des jardins où ils étaient accueillis par des gardiens sous des ombrages ménagés à cet effet ; là, ils se divertissaient tout le long du jour en compagnie de leurs dames, rentrant chez eux quand le soir arrivait avec ces mêmes voitures.

Les gens de la ville de Quinsay étaient de manières tranquilles, autant par éducation que par l'exemple de leurs rois qui avaient les mêmes dispositions. Ils ne savaient rien du maniement des armes et n'en avaient pas dans leurs maisons. Jamais il n'y avait de brouilles entre familles, de querelles bruyantes, de discordes quelconques. Aussi bien dans les transactions commerciales que dans les procédés de fabrication, ils étaient foncièrement honnêtes et probes, et il y avait un tel degré de bienveillance et de bon voisinage entre les hommes, et même entre les femmes, que les gens qui vivaient dans la même rue semblaient être d'une même famille.

Et cette bienveillance mutuelle était si grande qu'elle ne laissait place à aucune jalousie ni suspicion vis-à-vis des épouses. Celles-ci étaient traitées avec le plus grand respect, et celui qui se fût permis à l'égard d'une femme mariée des paroles déshonnêtes eût été regardé comme un être infâme. Les gens de Quinsay traitaient avec cordialité les étrangers qui venaient pour leurs affaires, les accueillaient volontiers sous leur toit, leur faisaient mille prévenances et, tant qu'ils pouvaient, leur fournissaient aide et conseil. Par contre, ils détestaient voir les soldats, sans en excepter les gardes du grand khan, et les rendaient responsables de la perte de leurs rois et gouverneurs indigènes.

Marco Polo était un marchand. Bien qu'il fût attaché à la cour du grand khan, et se fût épris de la chasse au faucon, il resta un marchand dans le fond de son âme. Et dans sa description de la ville de Quinsay perce la sympathie professionnelle. Quinsay se présentait à son esprit comme une Venise idéalisée.

Son biographe anglais, Yule, remarque que Marco Polo, tout en énumérant les oies, les canards, les veaux et les lapins qu'on vendait aux marchés de Quinsay, ne mentionnait jamais le porc, qui cependant était la viande la plus répandue en Chine. Cette omission est probablement volontaire.

Serviteur des Mongols, Marco Polo, bien qu'ennemi d'Ahmed et des musulmans, avait subi une si forte influence des Sarrasins qu'il n'osait parler de porcs.

CHAPITRE XXIII

Marco Polo devise avec un vieux marchand

Les habitants de la ville céleste aimaient les étrangers. Mais certains étrangers n'aimaient point les Chinois. Le Sarrasin Ahmed, membre du Conseil supérieur, était un ennemi juré de la Chine.

Koubilaï était tiraillé par les différentes nationalités de son Empire et par les diverses parties de son armée et leurs chefs. Sa cour penchait pour la Chine, et les princesses de la dynastie Song se trouvaient dans son harem.

Marco Polo était plutôt un homme d'orientation chinoise, et les chroniqueurs du pays parlent de lui avec éloges. Le vieux marchand qu'il rencontra à Quinsay lui réserva un bon accueil et l'accompagna pour visiter les ruines du palais impérial.

On pénétra dans la résidence de la dynastie déchue par une porte des deux côtés de laquelle s'étendaient, posés à terre sans fondements, des pavillons spacieux. Des colonnes ornées de lapis-lazulis soutenaient leurs toits. En face de l'entrée, il y avait un grand pavillon décoré d'or et de peintures murales représentant les gestes et la vie d'anciens rois et leurs guerres contre les Tibétains et les nomades de la steppe. C'est là que l'empereur organisait jadis des festins pour ses chefs et dignitaires, ainsi que pour les marchands et riches artisans de la cité. La table était dressée pour dix mille convives. Les réceptions et la fête duraient douze jours. Les invités s'y rendaient habillés le plus richement possible, et un champ fleuri n'était pas aussi splendide que cette salle remplie d'une assistance brillante, car les fleurs, ne sachant ni penser ni s'enorgueillir, ne peuvent pas être aussi variées que les humains.

Derrière le pavillon se trouvait un mur, aujourd'hui en ruine, avec un passage qui conduisait vers un grand bâtiment semblable à un monastère. C'était le palais impérial. En y pénétrant, on se trouvait dans un corridor large de six pas et d'une telle longueur qu'un homme à son extrémité semblait aussi petit qu'une figure de jeu d'échecs. De chaque côté de ce corridor, il y avait dix cours à colonnades et portiques, comme dans un cloître. Dans chaque cour on comptait cinquante appartements avec autant de jardins. C'est là qu'habitaient les milliers de jeunes femmes qui étaient au service de l'empereur.

L'empereur était bon, ne se mêlait point des affaires d'autrui, laissait son peuple circuler dans les rues la nuit, et faisait des promenades sur le lac, avec ses demoiselles de cour, dans des barques recouvertes d'un dais de soie.

Aucun homme, à l'exception de l'empereur, n'était admis dans les jardins et bocages du palais où il venait se divertir avec ses demoiselles. Là, elles retiraient leurs vêtements et se baignaient toutes nues ou donnaient la chasse aux nombreux animaux du parc qui étaient si apprivoisés qu'on pouvait les attraper aisément. Parfois on dînait dans le jardin.

L'empereur, qui folâtrait constamment avec les femmes, ne savait même pas les noms des différentes armes.

Mais maintenant, lorsque Marco Polo visitait ce parc, les appartements des demoiselles étaient en ruine, les enceintes qui avaient entouré les jardins étaient rasées au sol, et on ne voyait ni arbres ni animaux sur ce terrain abandonné.

« À présent, dit le marchand, le sable recouvre nos ports, les pirates infestent les mers, les taxes et les impôts sont plus lourds que jamais. D'ailleurs vous le savez vous-même. »

Ainsi parla le vieux marchand, essayant de deviner l'âme du Vénitien.

Marco Polo écrivait sur les Mongols de la même manière que Tacite écrivait sur les Germains, parlant de la vie raisonnable des barbares.

Mais à Quinsay, cette ville prospère de marchands, Marco Polo se sentait chinois.

Pour les Chinois, Polo était un barbare, lourd, malhabile et qui sentait mauvais.

Cependant, les invasions et les tribulations avaient accoutumé les Chinois aux étrangers. La science, presque chassée des capitales, trouva un abri dans les maisons des commerçants. Les marchands commencèrent à méditer et à lire des romans qui ne leur étaient pas spécialement destinés. Le marchand qui parla à Marco Polo était également un philosophe. Nous n'avons pas inventé cette conversation, dont les éléments nous ont été fournis par le *Livre chinois sur le voyage en Chine occidentale*, mais nous avons pris la liberté de l'attribuer à ce marchand imaginaire.

De toute façon, Marco Polo n'eût pas osé noter cette conversation.

Comblé de cadeaux à son départ de Quinsay, Marco Polo, à son tour, voulut offrir un souvenir au vieux marchand. Mais ce dernier lui dit :

« La tempérance est la seule consolation de l'homme. Les hommes les plus tempérés de ce monde sont les moines taoïstes. Ce sont des gens de haute perfection : ils restent assis comme des cadavres, ils se tiennent debout comme des arbres, leurs mouvements ressemblent à la foudre, et ils se déplacent comme le vent. En réalité ce sont des hommes merveilleux. Le plus grand entre eux fut Tchang-tchoun, l'homme de rare perfection, né dans les montagnes. Genghis Khan lui-même le fit venir auprès de lui pour jouir de sa sage conversation, et il parla à celui qui était la terreur de l'univers, de la plus haute vertu et du respect dû aux aînés.

« Les femmes de notre ville sont délicieuses, on n'arrive pas à les oublier. Messire, emportez leurs parfums. La mémoire vit dans le parfum. Mais le suprême bonheur — ne rien désirer —, les moines taoïstes l'ont atteint. Toute leur vie ils se nourrissent de farine de son, ils se rasent la tête et la figure, et ne s'habillent que de noir. Ainsi vivent-ils, le grand khan leur a donné des terres et les a comblés d'honneurs, mais ils aiment leur patrie. L'un d'eux visita hier ma misérable maison et daigna converser avec moi : "La pensée d'hier ne laisse pas plus de traces que les événements d'aujourd'hui, il vaudrait mieux renoncer aussi bien à l'une qu'aux autres et passer les jours dans une perpétuelle vacuité.” Et il ajouta : “Les villes tombent, mais la frondaison des arbres verts devient de plus en plus épaisse, et le vent ne peut pas pénétrer profondément. Notre peuple est fort, je vous dis qu'il est fort comme la terre et non pas comme la pierre ; et notre pays est résistant comme le saule, bien qu'il change de nom à chaque dynastie.” »

Mais Marco Polo n'avait pas envie de continuer cet entretien dangereux.

« Ami, dit-il, que faut-il vous apporter comme cadeau ? Les fleurs du jardin du khan seraient-elles capables d'égayer vos yeux ? »

Le marchand répondit :

« Le bambou pousse haut dans le jardin du khan, et les yeux de votre serviteur et frère cadet sont trop vieux. Le bambou du khan croît très rapidement ; la poussière soulevée par les messagers abîme mes yeux. Ce bambou est très beau, on n'en trouve pas beaucoup après les dévastations de la guerre. Je suis âgé, le temps de mon retour approche, si tu me procures quelques troncs de ce bambou, ils vont m'empêcher de regarder. Nous regrettons si nous perdons un objet ; nous regrettons d'autant plus d'avoir perdu un grand pays. »

CHAPITRE XXIV

De la tentative de faire se révolter la cité de Cambaluc

On gardait bien les villes chinoises contre les Chinois. Marco Polo écrit, appelant Cathay les provinces de la Chine du Nord, et Mangi les régions du

Sud : « Dans toutes les provinces de Cathay et de Mangi, et dans les autres domaines du grand khan, il existe des traîtres et des gens peu sûrs prêts à se révolter, par conséquent il est nécessaire de tenir garnison dans les contrées où il y a de grandes villes et une nombreuse population ; on fait cantonner les troupes à quatre ou cinq milles de la ville, et la ville n'a pas le droit d'avoir des murailles et des portes, ainsi les troupes peuvent y entrer sans difficulté. Ces troupes et leurs chefs sont relevés tous les deux ans. Les peuples ainsi bridés restent tranquilles et ne se révoltent pas.

« Les troupes vivent non seulement de la solde que le grand khan leur fait payer des revenus de la région, mais aussi de leurs nombreux troupeaux et du lait qu'elles vendent en ville ; grâce à cela elles ont assez d'argent pour s'acheter ce dont elles ont besoin. Les garnisons sont tenues en différents endroits à trente, quarante et soixante jours de marche de la capitale. Si Koubilaï réunissait même la moitié de ces troupes, cela ferait une armée tellement nombreuse que cela paraîtrait incroyable. »

Parmi les douze barons qui administraient l'Empire, il y avait un sarrasin nommé Ahmed.

Koubilaï ne se fiait pas aux princes et aux khans mongols, et c'est pour cela qu'il tenait une si vaste cour, car il tâchait d'avoir sous ses yeux tous ses ennemis éventuels, qu'il emmenait partout avec lui, qu'il habillait et nourrissait à ses frais, sans oublier les gardes qu'il avait à sa disposition contre eux. Il régnait sur le pays par l'intermédiaire de ses fonctionnaires, et tenait en main les villes grâce aux garnisons tartares cantonnées aux environs et aux gardes de toutes les nationalités du monde.

Membre du Conseil supérieur, Ahmed prit un tel ascendant sur Koubilaï que ce dernier le laissait tout faire et lui abandonna le gouvernement de l'Empire. Quand Ahmed voulait faire périr quelqu'un qui lui était odieux, il se rendait auprès du grand khan et lui disait : « Un tel a commis telle offense contre Votre Majesté et mérite la mort. » Et le grand khan répondait invariablement : « Fais ce qui te plaît. »

Voyant cette confiance sans limites, personne n'osait contredire Ahmed. Tout le monde le craignait.

Or, Ahmed aimait l'argent et les belles femmes. Il épousait ou prenait comme concubines des jeunes filles, et forçait les femmes mariées à se rendre à ses désirs. Il avait des ruffians qui l'informaient sur les jolies filles de la contrée. Alors ils les envoyait chez le père de celle sur qui il avait jeté son dévolu, pour leur dire : « Si tu livres ta fille au vice-roi, nous ferons de sorte qu'il te nomme à un poste lucratif pour trois ans. » Et lorsque le père lui livrait sa fille, Ahmed allait dire au grand khan : « Un tel mérite une récompense, et il y a tel poste qui est vacant. »

Et le grand khan répondait comme toujours : « Fais ce qu'il te plaît. »

Ainsi, Ahmed avait à sa disposition toutes les belles femmes du pays, soit comme épouses, soit comme maîtresses. La plupart de ses vingt-cinq fils agissaient de la même façon, se livrant à l'adultère et commettant maints autres scandales et iniquités.

Ayant exercé son autorité pendant vingt-deux ans, il amassa d'immenses richesses.

Le médecin Essia et Marco Polo le guettaient depuis longtemps, et se renseignaient sur ses agissements au moyen des astrologues.

D'autre part, Wang-tchou, collaborateur d'Ahmed, le surveillait très étroitement. Wang-tchou était ami du magicien Kao et de l'officier Tchen. Ils étaient tous Chinois et rêvaient de révolte.

Il était dangereux d'attaquer Koubilaï, derrière lequel étaient les Mongols. Il eût été plus facile d'exterminer d'abord Ahmed qui n'était, en somme, soutenu que par les sarrasins, puis de battre les nestoriens et les Alains, et, enfin, de s'enfermer dans les villes pour livrer bataille aux Mongols.

Tchen-tchou commandait un détachement de mille hommes. Ahmed avait violé sa mère, sa femme et sa fille. Tchen-tchou avala sa haine et attendit son heure ; Wang-tchou commandait dix mille hommes.

Au printemps, Koubilaï, accompagné de sa cour, de ses barons, de ses princes, de ses fauconniers et de ses chiens, partit pour Chang-tou. Ahmed devait remplacer le grand khan et rester en charge de la capitale.

Wang et Tchen décidèrent que le moment d'agir était venu. Le bonze Kao leur confirma que les constellations étaient propices. On fit savoir aux Chinois qu'après la prise du palais par les révoltés, un signal de feu serait donné ; quiconque le verrait devrait allumer, à son tour, des signaux qui se répandraient dans tous le pays ; toutes les villes du Cathay et du Mangi se soulèveraient, les hommes sortiraient d'un seul coup dans la rue et massacreraient tous les barbus.

Les Chinois sont glabres. Les Tartares, les Sarrasins et les chrétiens portaient la barbe.

Marco Polo ajoute : « Et vous devez savoir que tous les Cathayens détestaient le gouvernement du grand khan, parce qu'il les soumettait à des gouverneurs qui étaient Tartares, et plus souvent Sarrasins ; ils ne pouvaient les supporter, parce qu'ils étaient traités par eux comme des esclaves. Et puis le grand khan n'avait pas obtenu la possession du Cathay par droit héréditaire, et ne les tenait que par la force ; aussi, n'ayant plus confiance dans les indigènes, il appelait pour l'administration des provinces des Tartares, Sarrasins ou Chrétiens, qui étaient attachés à sa maison et dévoués à son service, bien qu'ils fussent étrangers au Cathay. »

Les rapports d'Ahmed avec le prince héritier

Gengis étaient mauvais : le prince était disposé à accorder de larges concessions aux Chinois.

Wang et Tchen, à l'heure convenue, pénétrèrent de nuit dans le palais et postèrent leurs soldats chinois à toutes les portes. Wang-tchou ordonna d'éclairer le palais et envoya des messagers dire à Ahmed que le prince héritier venait de rentrer et l'appelait auprès de lui.

Il faisait nuit. Le vent passait à travers les portes grillées de Cambaluc. Trois coups ayant annoncé l'heure, les patrouilles firent une ronde dans les rues.

À la porte de la ville, Ahmed rencontra le Tartare Cogotaï, commandant de la garde permanente, qui avait sous ses ordres douze mille hommes. Cogotaï reconnut Ahmed et le laissa passer, mais, apprenant que le ministre allait chez le prince héritier, il se demanda comment Gengis avait pu arriver sans que le commandant de la garde en fût informé ? Concevant de vagues soupçons, il prit un certain nombre de ses hommes et suivit Ahmed à quelque distance.

Ahmed s'approcha du palais, le pont-levis fut abaissé, le ministre traversa les portes de la première, de la seconde et de la troisième enceinte. Il faisait noir et frais entre les murs. Des bêtes dormaient sur les chemins. Le palais était tout illuminé.

Ahmed monta l'escalier et pénétra dans la grande salle, faisant attention de ne pas s'empêtrer au seuil. Le trône de Koubilaï était occupé par quelqu'un. Ahmed se prosterna. Tchen-tchou, avec une épée, lui trancha la tête. Ahmed ne sut jamais que le Chinois Wang-tchou était assis sur le trône.

Cogotaï, qui s'était arrêté à la porte, vit toute la scène et s'écria :

« Trahison ! » Homme résolu, il décocha une flèche sur Wang-tchou et le tua sur place. Ses hommes firent irruption dans la salle et se saisirent de Tchen-tchou. Ensuite, des détachements de Tartares déblayèrent tous les abords du palais en tuant tous ceux qui se trouvaient sur leur chemin.

Cogotaï occupa tous les points stratégiques, envoya des messagers à pied et à cheval chez le grand khan, et renforça la garde à Cambaluc. Les Chinois n'osèrent pas descendre dans la rue, personne ne donna le signal de feu, et la flamme s'éteignit sans se répandre.

Les messagers arrivèrent à Chang-tou. Koubilaï n'interrompit point son séjour dans son palais d'été. Il n'aimait pas la chaleur et il connaissait bien les lois de la guerre. Il laissa Cogotaï exécuter les gens pour pouvoir se montrer clément à son retour.

Certains documents chinois laissent supposer que l'instruction de l'affaire fut confiée à Polo. Comme il y eut plusieurs Polo au service du khan, peut-être ne s'agissait-il point de Marco Polo. Il dit cependant dans son livre : « Et dans le temps que toutes ces choses se passèrent, messire Marco Polo se trouvait sur les lieux. »

On accusait Ahmed d'avoir violé des femmes et d'avoir volé des objets qui appartenaient personnellement au grand khan. On disait également qu'il s'était approprié un rubis apporté par les marchands de Badakchan.

Marco Polo interrogea séparément les enfants et les femmes d'Ahmed, et réunit de nombreux témoignages.

En automne, le grand khan rentra à Cambaluc. Des exécutions avaient déjà eu lieu dans toutes les villes de la Chine.

Le grand khan écouta le rapport de son informateur Marco Polo.

Ayant étudié les matériaux de l'instruction, le grand khan comprit que ce maudit Ahmed et ses fils avaient fait beaucoup de mal et commis beaucoup d'injustices ; sept de ses fils étaient coupables, et treize autres pouvaient être relâchés. Mais la haine contre les « barbus » qu'ils avaient tous suscitée chez les Chinois était grande.

Il fallait amadouer les Cathayens. Tout d'abord on leur abandonna le corps d'Ahmed, qui fut déterré et jeté aux chiens dans les rues de Cambaluc. Sept fils d'Ahmed furent écorchés vifs. Tous les biens et richesses d'Ahmed furent confisqués et remis au Trésor du khan.

Il fallait également arranger quelque chose avec les Sarrasins, mais cela était assez compliqué. Koubilaï ne pouvait pas se débarrasser de tous les barbus. Il gouvernait son Empire avec leur aide. Mais les Sarrasins étaient d'anciens ennemis, ils avaient leur califat, Koubilaï les avait combattus en 1260. Les Polo, qu'on avait envoyés chercher de l'huile du Saint-Sépulcre, avaient recueilli des renseignements d'ordre militaire dans le camp des Sarrasins. Les Mongols ont leur façon de tuer les animaux : ils éventrent un mouton, mettent la main dans les entrailles et arrêtent le cœur. Les Sarrasins coupent la gorge du bétail. Le khan défendit de tuer les animaux à la façon sarrasine, et ordonna aux Sarrasins de suivre la loi tartare sur le mariage : il espérait que ces mesures forceraient les Sarrasins à quitter le pays. En Chine, la religion musulmane était appelée « religion prohibitive », car le vin et le porc étaient interdits aux musulmans.

Marco Polo appelait « Sarrasins » tous les musulmans, mais, en réalité, il y avait fort peu de véritables Sarrasins ou d'Arabes : la plupart des musulmans étaient des Perses, des Tadjiks et des Ouïgours.

Après les mesures prises contre eux par Koubilaï, un grand nombre de musulmans quittèrent la Chine, mais sept ans plus tard, en 1289, avant le départ de Marco Polo, ces restrictions furent levées.

Quant au Vénitien, l'affaire d'Ahmed ne fit que renforcer la confiance que le grand khan avait en lui.

Marco Polo reçut le titre de conseiller et devint, peut-être, un des douze dignitaires de l'Empire ; en tout cas il fut nommé gouverneur d'une province[1].

---

1. Les chroniques chinoises confirment dans tous les détails l'histoire de la révolte de 1282 et de la mort d'Ahmed, et mentionnent fréquemment le nom de Polo dans leur récit de l'instruction de l'affaire. Les Annales de la dynastie mongole, sous la rubrique des « Ministres infâmes », rapportent que Koubilaï « commanda au vice-président du Conseil supérieur de la Guerre Po-lo, et à quelques autres dignitaires, de courir la poste jusqu'à Péking et d'y punir les fauteurs de la révolte. » Plus loin : « Le lendemain Po-lo et les autres arrivent à la capitale ; le surlendemain Wang-tchou et le bonze Kao sont exécutés en place publique et leurs chairs hachées menu. » Quand le grand khan eut consulté Po-lo, il mesura toute l'étendue des crimes d'Ahmed et, outré de colère, s'écria : « Wang-tchou a bien fait de le tuer ! » On est tenté d'identifier ce Po-lo avec le voyageur vénitien ; on finit par admettre que Marco Polo avait joué un rôle de tout premier plan lors de l'émeute de 1282. Mais Tchang-sing-lang démontra que le nom de Polo était souvent mentionné dans les Annales et que dans la plupart des cas il ne s'agissait point du Vénitien. Parfois, les Annales parlent d'un fonctionnaire très haut placé. Marco Polo, à peine arrivé en Chine, ne pouvait certes pas occuper des postes aussi honorifiques. Ainsi, sous l'année 1277, les Annales mentionnent qu'un Po-lo, président du ministère de l'Agriculture, président de la Cour des censeurs, gouverneur provincial, exerçant par cumul les fonctions de grand maître des cérémonies, fut fait vice-président du Conseil supérieur de la Guerre, et par cumul intendant de la table impériale et grand maître des cérémonies. C'est indubitablement le même personnage qui fut chargé, en 1282, de l'instruction de la révolte. La biographie d'Essia parle également d'un Polo, mais il est clair qu'il ne s'agissait point de Marco. Tchang-sing-lang avait compté que le nom de Polo apparaissait huit fois dans les Annales ; un de ses correspondants l'avait même trouvé quinze fois. Le nom de Polo est souvent mentionné à une époque postérieure au départ des Vénitiens pour l'Europe. Le problème du rôle joué par Marco Polo dans les événements de Cambaluc n'est donc pas résolu.

CHAPITRE XXV

Messire Marco Polo part pour la province qu'il va gouverner

Dans le pays du Mangi, Marco Polo chevaucha sur la chaussée entourée d'eau des deux côtés. Il passa par la cité de Pao-ing, dont les habitants étaient idolâtres, brûlaient leurs morts, et étaient commerçants ou artisans. Puis vint la cité de Kao-yeou (Cayu), habitée par les sujets du grand khan qui faisaient usage du papier-monnaie et vivaient de commerce et d'industrie. À Kao-yeou, on trouvait beaucoup de gibier et de poisson ; pour un gros vénitien d'argent on pouvait acheter trois faisans.

Après une journée de route parmi des hameaux, des champs cultivés et des fermes, Marco Polo arriva dans la ville de T'ai-tcheou (Tigny). Ses habitants étaient soumis au grand khan, et une inscription sur la porte de la cité indiquait leur nombre. Ils s'occupaient également de commerce et d'industrie, et employaient du papier-monnaie.

Les villes qui s'étendaient vers le sud constituaient des étapes jusqu'à la mer Océane. Des navires chargés de bois parfumé venaient d'îles qui étaient si éloignées que les marins se consumaient avant d'y arriver. Si seulement on pouvait construire des routes et des ponts dans ces îles, y introduire du papier-monnaie et y faire circuler des caravanes marchandes sous bonne escorte !

Cependant, même sans les îles, le grand khan tirait de gros revenus de ce pays des Chinois.

Marco Polo voyageait pendant que son père et son oncle faisaient du commerce dans la ville de Cambaluc, où la vie était bon marché et où l'on recevait chaque nuit une nouvelle femme à titre gracieux.

Marco Polo relevait toutes les choses étonnantes qui le frappaient en Chine, comme le vin de riz qu'on faisait bouillir avec des épices et qu'on buvait chaud, ou comme ces pierres qu'on faisait brûler en guise de bois : « Par toute la province du Cathay il y a une sorte de pierres noires qui sont extraites des montagnes comme par veines et qui brûlent comme des bûches de bois. Elles maintiennent mieux le feu que la bûche. Car, si vous les mettez au feu la nuit, le matin vous trouverez encore du feu ; et elles sont si bonnes que, par toute la province, on ne brûle pas autre chose. Il n'en est pas moins vrai qu'ils ont du bois en quantité ; mais ils ne le brûlent pas, parce que les pierres valent mieux et coûtent moins cher que le bois. » Des ponts ornés de colonnes et de lions en marbre et entourés de parapet étaient jetés par-dessus les fleuves. Il y en avait tant, de ces lions, qu'on ne réussissait pas à les compter tous. Quatre sortes de grues se trouvaient en Chine, et les domestiques de Polo possédaient six espèces de faucons.

Le pont « Poulisanguine » de Marco Polo (Tsiu-lu tsia), d'après un ancien dessin chinois.

Marco Polo avait vingt-huit ans. Il allait dans une ville de la Chine du Sud qu'il devait administrer et où les femmes étaient belles.

Mais il ne s'y est point amusé. Au contraire, il découvrit qu'il s'ennuyait à être gouverneur de cette province.

« Quand on part de Tai-tcheou, et qu'on chevauche par sud-est une journée, on arrive finalement en la cité de Yang-tcheou qui est très grande et noble. Comme elle a sous sa juridiction vingt-sept cités qui sont très bonnes, cette cité de Yang-tcheou est très puissante. Un des douze barons du grand khan siège en cette cité, car elle a été choisie pour être l'un des douze gouvernements généraux. Et je dois vous dire que ledit messire Marco Polo, celui même de qui notre livre parle, exerça l'autorité dans cette cité pendant trois années entières et par le commandement du grand khan. Les gens sont idolâtres et font usage de papier-monnaie, ils vivent de commerce et d'industrie, et fabriquent des équipements de chevaliers et d'hommes d'armes en grande quantité. Car dans cette cité et dans ses appartenances aux environs demeurent quantité de gens d'armes que le seigneur y tient en garnison.

« Autre chose il n'y a qui mérite d'être mentionnée[1]. »

Marco Polo s'ennuyait. Il était un voyageur né. En même temps il était fonctionnaire, mais, probablement, il s'intéressait aux finances plus qu'à l'administration.

1. Yangui ou Yang-tcheou était, à l'époque de Koubilaï, la résidence des autorités locales. Charignon est d'avis que Marco Polo fut gouverneur de Yang-tcheou de 1286 à 1289. Marco Polo dit qu'un des douze barons du grand khan avait son siège à Yang-tcheou, mais cela ne veut pas dire qu'il était lui-même un de ces hauts dignitaires.

Dans maints chapitres sur la Chine, il parle avant tout de la monnaie en cours dans différentes villes. Le papier-monnaie était un brûlant problème d'actualité dans la Chine de l'époque. La monnaie de cuivre cédait sa place à celle de papier et de fer. La monnaie de fer était si répandue qu'au XIIe siècle la vente privée de fer fut interdite et l'État se mit à fabriquer du fer en faisant usage de fours chauffés au charbon.

L'Europe n'arriva qu'à la fin du XVIIIe siècle à des opérations aussi compliquées.

Au XIIIe siècle, on donnait des primes à ceux qui aidaient la circulation du papier-monnaie. Marco Polo était probablement intéressé dans ces primes.

Lorsque, à son retour de Chine, Marco Polo visita la Perse, on essaya d'y introduire du papier-monnaie. Ne l'avait-on pas consulté à ce sujet ?

CHAPITRE XXVI

Monsieur le gouverneur Marco Polo s'ennuie, mais le grand khan s'ennuie également

Koubilaï souffrait de la goutte, ses jambes lui faisaient mal, la viande et le vin ne lui convenaient pas.

Les troupes n'étaient pas sûres, la Cour ne l'était pas non plus. Elle ne pensait qu'aux amusements, ses chanteurs, ses acrobates, ses prestidigitateurs travaillaient sans répit. Il y avait des prestidigitateurs persans et chinois, des jongleurs japonais, des pitres hindous, des équilibristes arabes qui savaient faire la roue, des magiciens allemands qui mangeaient de l'étoupe enflammée et buvaient de l'alcool allumé, de jeunes athlètes alains qui dansaient parmi les poignards, des jongleurs des îles lointaines qui savaient faire revenir vers eux les bâtons lancés. Il y avait toute une armée de ces saltimbanques attachée à la cour : dans le reste du pays les prestidigitateurs et les magiciens étaient interdits.

La Chine est un grand pays, ses fleuves descendent des montagnes. Le fleuve céleste naît également dans les monts, sa source n'est tracée sur la carte, même de nos jours, que par un vague pointillé. Ces monts étaient inconnus, et, à l'époque de Koubilaï, les géographes chinois les dessinaient au pinceau, essayant de les faire paraître très beaux.

Derrière les monts et les neiges s'étendait un vaste pays nommé Mien ; on l'appelle aujourd'hui Birmanie ; il est sillonné par un grand fleuve, l'Iraouaddy, dont l'embouchure est séparée de la Chine par des îles et des bancs de sable. Marco Polo raconte comment Koubilaï avait réussi à conquérir les habitants de la Birmanie : « Il y avait à sa cour une grande quantité de jongleurs et de baladins. Il leur dit un jour qu'il voulait qu'ils allassent conquérir cette dite province de Mien, et qu'il leur donnerait bonne aide et bon capitaine. Ceux-ci répondirent qu'ils le feraient volontiers. Là-dessus le seigneur leur fit préparer tout ce qui est nécessaire à une armée, leur donna un capitaine et une autre compagnie de gens d'armes. »

Il est fort probable que Marco Polo lui-même fut envoyé avec les baladins : il en savait beaucoup trop long sur Ahmed, et on trouva en haut lieu que les cimes neigeuses lui feraient du bien.

Des milliers de jongleurs et de baladins partirent de Pékin. Ils faisaient des farces en route et montraient leur art ; à leur approche, les villages se dépeuplaient, et, à leur départ, les maisons étaient vidées de fond en comble. Cette armée de plaisantins tirait des bateaux, traversait des fleuves, contournait les cataractes, se frayait un chemin à travers les forêts de conifères, mais avançait toujours. Des nuages s'immobilisaient au-dessus des sommets des arbres qui poussaient sur les flancs d'un précipice et qui ressemblaient aux habitations humaines. Les jongleurs marchaient sur la glace étincelante dont la croûte craquait et cédait parfois.

Marco Polo, conduisant le détachement d'avant-garde, montait un sentier blanc qui serpentait à travers les glaciers bleuâtres.

Les baladins suivirent la vallée du Shweli qui coulait sous une carapace de glace, dévalèrent un col où soufflait un grand vent, et se trouvèrent dans une contrée déserte. La route descendait à pic. Il y avait, dans cette région, des mines d'or, mais leur accès était si difficile que même Marco Polo avec ses acrobates ne put le forcer. « Personne, dit-il, ne peut se frayer un chemin jusqu'à cette contrée, et personne ne peut faire du mal à ses habitants qui demeurent en des lieux écartés des routes, sauvages et inaccessibles. » Ces gens viennent au marché, qui se tient trois fois par semaine, pour échanger leur or contre de l'argent : ils donnent un poids d'or fin contre cinq poids d'argent pur.

« Après avoir chevauché deux journées et demie en descendant toujours, on arrive à une province située au midi et très proche de l'Inde, qui est appelée Amien; là on chevauche quinze journées, par des lieux très peu fréquentés, à travers de grands fourrés où abondent éléphants, rhinocéros et quantité d'autres bêtes sauvages. Il n'y a ni hommes ni habitations. »

Les montagnes ondulaient et s'abaissaient comme des vagues, se transformant peu à peu en collines. L'air devenait de plus en plus chaud. La vallée de l'Iraouaddy apparut à l'horizon.

L'armée de Koubilaï l'atteignit en mai. La chaleur était grande : 40°, aurions-nous dit aujourd'hui.

La guerre dura jusqu'à l'hiver, où la température tomba d'une dizaine de degrés.

Les habitants du pays allaient nus, un chiffon autour des hanches, leur peau était jaune et brune, leurs habitations à un étage, bâties sur pilotis, se trouvaient toujours au bord des fleuves.

En poussant plus loin on arriva jusqu'à Tagaung, située au milieu du pays. Deux tours, l'une d'or et l'autre d'argent, se dressaient dans cette ville : « Elles sont faites de pierre — raconte Marco Polo — et l'une est couverte d'or bien épais d'un doigt, si bien que toute la tour semble d'or ; l'autre est construite en la même manière et recouverte d'argent, de sorte qu'elle semble aussi toute d'argent. Chaque tour est bien haute de dix pas et grosse comme il convient à sa hauteur. Et dessus elles sont toutes rondes et décorées tout autour de clochettes dorées pour celle d'or, argentées pour celle d'argent ; toutes les fois que le vent les agite, elles sonnent. Ce roi les fit faire pour sa gloire et pour son âme, car c'est une des plus belles choses du monde à voir que ces tours. »

Le pays était riche : on y trouvait du plomb, de l'ivoire, des saphirs, de l'ambre et des nids d'oiseaux qu'on pouvait manger.

Les baladins et les détachements qui les accompagnaient conquirent le pays, et Marco Polo put chasser à son aise les éléphants, les cerfs, les daims et les chevreuils. Cependant, au bout de peu de temps, il en eut assez de cette contrée qui l'opprimait, et il partit chez le grand khan, lui fit la description des deux tours et suggéra de les démolir afin de s'emparer de l'or et de l'argent.

Koubilaï était déjà vieux, il venait de remplacer le vin par le thé infusé dans de l'eau bouillante et qu'on chauffait dans un ustensile en cuivre, dans lequel on faisait brûler du charbon de bois. Le grand khan parlait déjà de la vertu et faisait venir à sa Cour les disciples de Confucius. Il dit : « Le roi avait, probablement, fait construire ces tours pour le salut de son âme et pour perpétuer son souvenir après sa mort. J'ordonne de ne pas détruire ces tours et de les conserver telles quelles. »

Écoutant le souverain, Marco Polo comprit que le grand khan avait joui de la vie jusqu'à satiété et que sa fin était peut-être proche. En plus, il apprit que le chef des astrologues hésitait à établir l'horoscope du prince héritier.

Marco Polo manda son père et son oncle. C'étaient de gros vieillards joyeux, aux barbes en collier, qui arrivèrent l'air épanoui. Messire Marco Polo les accueillit en maître et leur parla sérieusement ; le père et l'oncle comprirent assez vite qu'il fallait échanger toute leur fortune contre des pierres précieuses et préparer leur départ.

Marco Polo était aux environs de la trentaine. Les voyages et les montagnes avaient fortifié son corps. Il était courageux, il avait envie de voir les pays et les îles lointaines, et il décida de demander congé à Koubilaï. Il voulait rentrer dans sa patrie par mer, et il serait parti dans le plus bref délai, ne fût-ce la guerre entre le grand khan et Nayan.

CHAPITRE XXVII

La terre brûle en Chine et Marco Polo pense au départ

En 1286, Koubilaï avait soixante-seize ans. Son neveu Nayan, fils d'Uchegin, le frère cadet de Gengis, était un jeune homme, seigneur de maintes terres, qui pouvait mener à la bataille jusqu'à quatre cent mille hommes. Comme ses ancêtres, il devait obéissance au grand khan, mais il se crut très puissant, organisa une forte armée, prit à son service nombre de chrétiens barbus, se convertit lui-même au christianisme et fit mettre une croix sur son drapeau.

Jeune et orgueilleux (il n'avait que trente ans), il aspirait au pouvoir et s'allia avec Kaïdou, petit-fils d'Ogodaï, dont les domaines se trouvaient en Perse. Nayan et Kaïdou se mirent à préparer une campagne contre le grand khan.

Koubilaï était vieux et se rendait compte de la situation dangereuse dans laquelle se trouvaient les villes de son Empire. Les astrologues et les espions l'avaient, depuis longtemps, renseigné sur les projets de Nayan et de Kaïdou.

Si un homme avait fait un rêve étrange, il allait le raconter à son astrologue. Ce dernier interprétait le rêve, mais ne manquait pas de le communiquer au souverain. Koubilaï connaissait même les rêves de ses vassaux. Les femmes dénonçaient leurs maris, les prêtres écrivaient des délations les uns contre les autres. Koubilaï savait tout écouter sans rien dire.

Koubilaï avait toujours une véritable armée à sa disposition. Ses veneurs, ses fauconniers, ses gardes du corps et ses barons, vêtus à ses frais, se tenaient toujours à cheval. Quand Koubilaï se déplaçait, il était suivi par ses troupes.

Ayant appris la trahison de Nayan et de Kaïdou, il dit qu'il ne porterait jamais plus de couronne s'il ne mettait à mort ces deux seigneurs tartares. Ses préparatifs secrets ne durèrent que dix jours, au bout desquels il assembla trois cent soixante mille hommes à cheval et cent mille à pied.

Les troupes tartares connaissaient bien l'art de la guerre. Chez Koubilaï, la cavalerie combattait à côté de l'infanterie, qui était armée de longues lances et avançait en rangs serrés entre les cavaliers. La première attaque était toujours déclenchée par la cavalerie, suivie par l'infanterie. Si la cavalerie battait en retraite, les soldats de l'infanterie se mettaient sur un genou et repoussaient l'ennemi à coups de lances, donnant ainsi aux cavaliers le temps de se reformer.

Koubilaï se mit en route comme s'il allait en promenade ; il dépêcha des avant-gardes pour occuper les chemins et n'y laisser passer personne.

Nayan était dans sa tente, au lit avec sa femme qu'il aimait beaucoup, et prenait son plaisir. À l'aube, l'armée du grand kahn monta sur les collines autour du camp de Nayan qui, se croyant en sécurité, n'avait même pas de sentinelles ni de postes avancés.

Le vieux khan s'installa sur un tertre ; assis sur le trône dans sa tour roulante qui reposait sur le dos de quatre éléphants, Koubilaï fit ouvrir le plafond de sa chambre et éleva très haut l'étendard impérial. Alors retentirent les nacaires et les tambours, on entendit le son d'une infinité de cornes et d'autres instruments ; des hommes s'agitèrent dans le camp de Nayan.

La cavalerie déclencha l'attaque, ayant un lancier à pied derrière chaque cavalier. Les flèches ternirent l'air et s'enfoncèrent en sifflant dans la chair et dans la terre.

À ce moment les éléphants de Koubilaï furent lancés en avant.

Avant le combat, on leur donnait du vin pour les rendre braves et indomptables. Leurs défenses, peintes en vert et en rouge, portaient des anneaux de fer, dans lesquels on passait des épées baïonnettes, longues d'une aune. Les cornacs enfourchaient le cou de l'éléphant, tenant leurs pieds derrière les oreilles de l'animal. Ils étaient armés, les éléphants étaient ivres. Les cornacs battaient les animaux de leurs bâtons jusqu'au sang. Les éléphants, se cabrant sur leurs pattes de derrière, avançaient par sauts, comme des ours, et à chaque saut, en abaissant la tête, ils enfonçaient les épées dans la foule des ennemis.

Si une flèche atteignait un éléphant, il devenait furieux et combattait en piétinant les hommes et en distribuant des coups féroces à gauche et à droite. Les éléphants pouvaient combattre un ou deux jours de suite ; on disait même qu'ils pouvaient batailler pendant trois journées sans rien manger.

Nayan combattit vaillamment, se lançant dans la mêlée et jetant par terre ses adversaires comme si c'étaient des moutons.

Mais ses troupes furent encerclées par l'armée de Koubilaï ; les éléphants barrissaient en menant l'attaque. Nayan comprit que la bataille était perdue et se mit à fuir avec ses hommes. Mais cela ne lui servit à rien, car il fut pris et conduit chez le grand khan, qui ordonna de l'envelopper étroitement dans un tapis et de le traîner et tirer jusqu'à sa mort.

Nayan fut exécuté de cette façon, car le khan ne voulait pas que le ciel et la terre voient se répandre le sang impérial.

Marco Polo, qui avait probablement assisté à ce combat, raconte que Nayan avait eu dans son armée des hommes de la Corée, du Turkestan et de la Mandchourie.

Après la défaite de Nayan, ses barons se rendirent et déposèrent tous les drapeaux et les étendards aux pieds de Koubilaï.

Le grand khan les accueillit favorablement : il s'attendait à une bataille avec Kaidou.

Mais ce dernier, apprenant le sort de Nayan, décida de ne pas bouger.

Koubilaï distribua des récompenses (des tablettes d'honneur d'or et d'argent, des objets d'argent) à ses guerriers et retourna à Cambaluc pour se reposer dans son parc où, près de la colline verte, poussaient tous les arbres de l'univers.

En 1288 la campagne fut terminée.

CHAPITRE XXVIII

Le départ et les grands navires

Ayant passé de longues années auprès du grand khan, Nicolas, Matteo et Marco Polo amassèrent leur grande fortune et se disposèrent à retourner à Venise. Koubilaï était vieux et ils craignaient que, s'il mourait, leur long et dangereux chemin de retour ne devînt trop difficile. Timidement, ils essayèrent d'en parler au grand khan. Il fit la sourde oreille, leur offrit des cadeaux, mais refusa de les laisser partir.

L'Empire chinois ne coïncidait pas alors avec l'État chinois. L'éminent sinologue russe Bitchourine écrit : « Selon la conception chinoise, l'Empire et l'État sont deux idées nettement distinctes. Ils appellent Empire un État composé, en plus du peuple dominant, d'autres peuples sujets. »

Comme il y avait en Chine un grand nombre d'États vassaux, on était souvent embarrassé pour définir leur interdépendance. Pendant son voyage de retour, Marco Polo lui-même ne savait pas à quel État il fallait attribuer telle ou telle île.

Souvent, les États vassaux étaient reliés entre eux par le mariage. L'empereur envoyait sa fille, qui n'était, dans la plupart des cas, que sa fille adoptive, chez les Barbares, qui, s'apparentant au souverain, devenaient ses vassaux.

À l'époque de Koubilaï, la parenté des seigneurs mongols servait également de lien entre les différentes parties de l'Empire.

Argoun, khan de Perse et petit-neveu de Koubilaï, avait perdu sa femme Bolgara en avril 1286.

Désirant se remarier avec une princesse de sang mongol, il envoya des ambassadeurs auprès du grand khan qui arrivèrent à Cambaluc en 1292.

Après avoir examiné les candidates, Koubilaï arrêta son choix sur la personne de Gogatra, jeune princesse de dix-sept ans. Les ambassadeurs ratifièrent ce choix.

Marco Polo, qui à ce moment venait de rentrer d'un voyage maritime, proposa d'expédier la belle en Perse par la mer. Les frères Polo surent convaincre les ambassadeurs, qui « allèrent au grand khan et lui demandèrent en grâce qu'il envoyât avec eux les trois Latins, car ils voulaient retourner par mer. Le seigneur, qui aimait tant ces trois Latins, comme je vous ai conté, le fit à grand regret et donna la permission aux trois Latins de s'en aller avec les trois barons, et pour accompagner la dame aussi.

« Et quand le seigneur vit que les deux frères et messire Marco allaient partir, il les fit venir tous trois devant lui et leur donna deux tables d'or de commandement pour qu'ils eussent franchise par toute sa terre et que, là où ils iraient, on leur donnât, pour eux et pour leur suite, vivres et tout ce qu'ils pourraient commander. Et il les chargea de messages pour le pape, le roi de France, le roi d'Angleterre, le roi d'Espagne et les autres rois de la chrétienté. Puis il leur fit préparer treize bateaux, lesquels avaient chacun quatre mâts et maintes fois déployaient jusqu'à douze voiles. »

Une princesse de la dynastie Song fut attachée à Gogatra. La suite comptait six cents personnes, et on chargea les bateaux de vivres pour deux ans.

Ces navires, construits en sapin, n'avaient qu'un seul pont, mais possédaient de cinquante à soixante cabines, un gouvernail et quatre mâts. Quelques bateaux de plus grandes dimensions avaient jusqu'à treize divisions ou compartiments intérieurs formés de planches épaisses s'emboîtant l'une dans l'autre. Si, à la suite d'un accident, une voie d'eau se créait, elle s'écoulait dans la cale qui n'était jamais encombrée d'aucun objet. Les matelots, après avoir découvert la fissure, déplaçaient les marchandises qui se trouvaient dans le compartiment affecté.

Aujourd'hui, dans les bâtiments modernes, ces divisions s'appellent « cloisons étanches ».

Les parois des navires étaient composées de deux planches épaisses appliquées l'une sur l'autre, assemblées par des clous de fer et enduites d'un mélange de chanvre et d'huile végétale : le goudron n'était pas alors connu en Chine.

Chaque navire avait jusqu'à deux cents matelots et portait de cinq à six mille charges de poivre. S'il n'y avait pas de vent, ils allaient à la rame. Les rames étaient actionnées par quatre hommes chacune. Chaque grand bateau remorquait derrière lui deux barques contenant quarante matelots. Il y avait encore une dizaine de petites embarcations qui servaient à tirer le navire, si le vent n'était pas propice, et accomplissaient d'autres besognes. Quand le navire s'usait et passait aux docks pour être réparé, on le renforçait d'une nouvelle épaisseur de planches, et cela jusqu'à six reprises.

Dans le passé les bateaux étaient beaucoup plus grands, mais, les vagues ayant déplacé les bancs de sable dans les principaux ports, on réduisit les dimensions des navires. Avant l'ère mongole les Chinois avaient des navires, avec mille hommes d'équipage, qu'on construisait de cette façon : on faisait une charpente de deux parois réunies par de gros chevrons, on posait ces parois sur un fond, et on achevait le bâtiment quand il était déjà sur l'eau. À cette époque-là, chaque rame était actionnée par quinze rameurs placés face à face en deux rangs. Les rames étaient pourvues de cordes. Un rang tirait la corde dans une direction, puis la lâchait, et le second rang la tirait dans la direction opposée. Ainsi, on faisait avancer le navire au chant d'une mélopée rythmée. Mais le plus souvent les navires marchaient à la voile.

Les voiles chinoises étaient faites de planches de bambou cousues dans des nattes. On ne les abaissait jamais, elles étaient fixées de telle façon que, lorsque le navire restait à l'ancre, les voiles flottaient comme un drapeau.

Dans le passé il y avait des bateaux à quatre ponts, avec des cabinets spéciaux et des cabines que les maris pouvaient fermer à clef lorsqu'ils y laissaient leurs femmes pendant le voyage. Sur la passerelle on cultivait de la salade dans des tonneaux de bois, et le capitaine se promenait entouré d'esclaves qui constituaient sa garde et qui annonçaient sa venue par des trompettes.

Mais les vagues avaient ensablé les ports. Les Mongols n'aimaient pas la mer.

Les matelots chinois changèrent les voiles, le vent les gonfla, les bateaux glissèrent sur l'eau.

Le marchand chinois regarda une coupe remplie d'eau où flottait une flèche dont la pointe indiquait toujours le nord. Treize bateaux bariolés, qu'on avait déjà réparés à maintes reprises, avancèrent en groupe désordonné et prirent le large, essayant de ne pas se garantir contre le vent l'un par l'autre. Les barques suivaient les bateaux à la remorque, diminuant leur vitesse et tendant les cordes. Les rives de la Chine disparurent, ces rives où la princesse Song avait été faite prisonnière, où Marco Polo, pendant dix-sept ans, avait servi d'informateur, de gouverneur, de soldat et de chef des baladins, où les robustes vieillards Nicolas et Matteo avaient fait du commerce.

La nuit, les navires s'arrêtèrent. L'étoile polaire apparut dans le ciel, et la flèche dans la coupe se tourna dans sa direction.

Un navire chinois de l'époque de Marco Polo.

Il faisait chaud. Des éclairs de flammes striaient le ciel, puis une poussière ternissait le feu. Des étoiles filantes tombaient à l'horizon. De noires colonnes tournantes reliaient le ciel et la mer : c'étaient des trombes d'eau qui passaient au loin.

La princesse chinoise dormait dans sa cabine sévèrement gardée.

De grandes étoiles brillantes fleurirent dans le ciel, puis elles se fanèrent; le jour pointa, le vent tomba, les voiles pendaient flasques, il faisait chaud.

Les rameurs chantèrent, et le navire alla à la rame.

Quelques jours après, la maladie commença à sévir à bord.

Les Vénitiens, en hommes expérimentés, buvaient peu d'eau, mangeaient des oignons et prenaient soin d'eux-mêmes. Les gardes eurent les gencives enflées, les Tartares s'ennuyaient et tombaient malades l'un après l'autre.

Des mille deux cents hommes embarqués, il ne restait que la moitié à la première escale.

Les navires avançaient en formation confuse, suivis de requins qui se battaient pour les cadavres jetés à la mer.

La douce Gogatra allait dans un pays inconnu, elle était une princesse d'exportation, on l'avait fiancée au khan de Perse.

Marco Polo n'éprouvait nulle crainte, il connaissait la route du navire, et, voyageur expérimenté, il savait prendre patience. Il avait trente-huit ans. Son serviteur, un Tartare qu'il avait baptisé par ennui, lui donnant le nom de Pierre, languissait plus que les autres. Il n'y avait plus de steppes autour de lui, et, dans les îles, les chevaux avaient l'air maladifs comme s'ils avaient, eux aussi, perdu leur patrie.

CHAPITRE XXIX

Le pays des arbres précieux

« Le pays de Ciamba se trouve à quinze cents milles des rives chinoises, nota Marco Polo, et il paye son tribut au grand khan en éléphants. » Marco Polo l'avait visité en 1280, à son retour d'une mission. On y trouvait l'aloès et le bois noir qu'on appelait ébène et dont on faisait des coffrets. « Mais il n'y a rien d'autre qui soit digne de remarque », ajoute Marco Polo.

On renouvela les provisions d'eau fraîche, on leva les voiles, et les navires repartirent.

La vierge et la licorne. Dessin du Moyen Âge.

Des îles surgissaient en mer comme des corbeilles de fleurs, elles exhalaient des aromates qui faisaient penser aux parfums de la ville de Quinsay. Un vent régulier, que nous appelons aujourd'hui la mousson, poussait les bateaux. Ils continuaient leur route jour et nuit, pressés d'arriver aux quartiers d'hiver : en hiver le vent changeait et on suspendait la navigation.

L'île de Java, célèbre par sa noix de muscade, sa girofle et ses épices, resta de côté. D'autres îles jalonnaient la route. Leurs habitants étaient des sauvages qui parlaient des langues incompréhensibles, ne payaient de tribut à personne et n'avaient pas peur de Koubilaï. Ils n'attachaient aucune valeur aux coquillages qui, en Chine, avaient cours comme monnaie.

Ensuite apparut l'île de Pontain (Singapour), endroit fort sauvage dont les bois étaient pleins d'arbres odoriférants.

La mer était tachetée de bancs de sable. Les vagues écumantes se brisaient contre les écueils, la profondeur de l'eau ne dépassait guère six mètres. On fut obligé de lever les gouvernails et de remorquer les navires à l'aide de petites embarcations.

La petite flottille se perdit parmi toutes ces îles. La mer était dangereuse. La nuit, Marco Polo monta sur le pont et ne reconnut plus le ciel. L'étoile polaire n'y brillait nulle part. Les navires s'étaient enfoncés trop dans le sud. Des étoiles inconnues, sans nom, se levaient à l'horizon, des constellations nouvelles frappaient l'œil.

On avança encore et on atteignit l'île de Java la mineure, que nous appelons Sumatra. Deux autres navires rejoignirent celui de Marco Polo. Le vent changea. Il fallait s'arrêter et passer l'hiver là.

L'escale de Sumatra dura cinq mois. Le Vénitien fit trouver un cap étroit projeté loin dans la mer, le barra à l'aide d'un fossé, fit une redoute et des habitations en bois, installa des postes, plaça des sentinelles et vécut là pendant tout ce temps.

Dans l'île de Sumatra, il y avait huit royaumes et huit rois couronnés. Tout y était étrange et hostile : le ciel, les langues inconnues, les arbres. Les forêts cachaient des éléphants sauvages et des licornes. En Europe, on dessinait des licornes sur les écussons et on disait qu'elles obéissaient aux vierges.

Marco Polo, lors d'une de ses promenades, aperçut une licorne : l'animal avait une grosse corne noire au milieu de la tête, qui était pareille à celle du sanglier et toujours inclinée vers le sol; il se tenait volontiers autour des lacs et des marais. S'il se mettait en colère, il devenait féroce et renversait et piétinait les hommes.

Marco Polo alla à la chasse en compagnie de la princesse Gogatra. Mais la licorne ne se montra pas soumise à la vierge, et Marco Polo nota : « Il n'est pas vrai de dire que cette bête très laide à voir se laisse prendre au giron d'une pucelle ; elle est même tout le contraire. »

L'île avait une si belle parure en plantes de toutes sortes qu'on ne pouvait rien imaginer d'aussi splendide. En contemplant cette végétation luxuriante, Marco Polo se souvenait des jardins du grand khan. Il était difficile de croire que la terre elle-même avait procréé toutes ces merveilles et qu'elles n'avaient pas été transportées sur des éléphants de pays étrangers. Les palmiers étaient mélangés aux buissons d'une façon tellement régulière qu'elle semblait correspondre à un plan préétabli; les feuilles des palmiers pendaient comme des cheveux bien coiffés. Des rivières à l'eau trouble coulaient lentement à travers les prairies d'un vert incroyable. Le soir, des étoiles commençaient à voleter entre les arbres comme s'il n'y en avait pas assez dans le ciel. Mais, si on l'attrapait, cette étoile volante n'était autre qu'une mouche multicolore qui brillait d'un feu verdâtre, plus fort qu'une bougie.

La mer étincelait également, les rames remuaient dans un or épais, les vagues brillaient d'or et sentaient la pourriture. Dans le campement, les hommes déliraient et mouraient sous ce ciel étranger et lointain.

Puis vinrent les pluies. Marco Polo s'ennuyait, allait à la chasse avec des éperviers noirs, buvait du vin de palme et mangeait des noix de coco. Le poisson et le riz de Sumatra étaient excellents.

Les indigènes apportèrent pour la vente de petits bonshommes jaunes empaillés. Mais ils ne réussirent pas à tromper le vieux marchand Matteo qui comprit tout de suite qu'il s'agissait là de petits singes à figure humaine. Les chasseurs qui attrapaient ces singes les épilaient, ne laissant du poil que sur la tête et sur la poitrine, puis les faisaient sécher, les conservaient dans le camphre et autres drogues, les enduisaient de safran, les empaillaient et leur donnaient l'apparence complète de petits hommes. « C'est une grande tromperie », dit Marco Polo, que l'avertissement de son vieil oncle avait prévenu d'en acheter un bon nombre.

Marco Polo s'ennuyait. Non seulement l'étoile polaire, mais la Grande Ourse n'étaient plus visibles. Il explora toute l'île, admira le camphre, le meilleur du monde, découvrit l'arbre qui contenait de la farine sous son écorce, en prit un peu pour la rapporter à Venise, puis fit des excursions aux îles voisines. Là, il n'y avait ni roi ni commerce, hommes et femmes allaient tout nus, sans se couvrir, et ils étaient étranges à regarder. Partout on voyait des arbres magnifiques d'espèces les plus variées.

Les gens des îles limaient leurs dents pour les rendre pointues, leurs cheveux étaient crépus, ils parlaient une langue incompréhensible ; on disait qu'ils étaient méchants et qu'ils mangeaient les étrangers.

Cinq mois plus tard, on embarqua de nouveau. Le nombre de voyageurs avait sensiblement diminué.

Avant de partir, Marco Polo mit dans une boîte des graines des îles, ayant l'intention de les semer chez lui, à Venise.

Les navires se perdirent. La crinière blanche des vagues couvrait les récifs de corail. Les nuits étaient longues.

Qu'y a-t-il eu entre Gogatra et Marco Polo ? Écrivait-elle son nom avec du musc sur sa joue, comme le racontent les *Mille et Une Nuits* ? Pleurait-il devant elle, n'osant délier sa ceinture, comme cet autre marchand, Hanib-ibn-ayoub, qui avait par hasard amené dans sa maison une concubine du calife ? Ou la nuit enlevait-elle la honte, selon l'expression arabe ? Et le dernier baron d'Argoun veillait-il sur la princesse destinée à son maître ?

Ils voyageaient sous un ciel étranger. Les navires avançaient lentement, le vent passait à travers les voiles usées. Il faisait chaud.

La princesse regardait le calendrier des astrologues qu'elle devait remettre à son futur époux, le consacrant ainsi vassal de Koubilaï.

CHAPITRE XXX

Ceylan et les Indes

Les îles apparaissaient à gauche et à droite, mais les navires évitaient d'y accoster car les indigènes n'aimaient guère les étrangers. Des hommes nus, à la peau noire et tatouée, naviguaient alentour dans des barques basses, pourvues de bûches attachées sur les côtés aux perches recourbées qui devaient protéger les embarcations contre les vagues. Les sauvages reconnaissaient le chemin en regardant les étoiles à travers les trous faits dans une calebasse remplie d'eau ; des haches en pierre et des massues en bois lourd gisaient dans le fond de leurs bateaux. Ils ne promettaient pas de riche butin dans le cas où on les aurait attaqués.

Des trois barons persans, un seul restait en vie ;

des six cents personnes embarquées en Chine, il ne restait que dix-huit, mais les femmes avaient tenu bon : une seule parmi elles était morte.

Les marchandises moisissaient dans des cales sans ventilation.

Les femmes aidaient à manier les voiles. Marco Polo, son père et son oncle se relayaient au gouvernail.

Des étoiles nouvelles brillaient dans les cieux, des poissons nouveaux luisaient dans la profondeur des eaux, la mer exhibait une odeur inconnue qui évoquait à la fois celle du commerce et celle d'une riche cité chinoise.

Depuis deux ans les navires naviguaient. Marco Polo avait quarante ans, et la princesse Gogatra dix-neuf. Ils faisaient leur quart ensemble.

Marco Polo aimait bien la chasse, mais il ignorait l'amour, bien qu'il eût connu beaucoup de femmes.

Il observait les étoiles, guidait son navire, pressé de rentrer à la maison qu'il avait déjà oubliée, et l'amour passa probablement tout près de lui, comme une marchandise de transit, sans le toucher.

Bientôt on atteignit l'île de Ceylan, que Marco Polo croyait la plus grande du monde et où l'on trouvait une quantité de saphirs, de topazes et d'améthystes. Le roi de l'île possédait un rubis, le plus beau et le plus gros qui fût au monde. Ce roi était faible et chétif, mais sa garde était recrutée parmi les musulmans. Ses sujets allaient nus et ne mangeaient que du riz.

Partis de Ceylan, les voyageurs naviguèrent vers le nord et arrivèrent aux rives de l'Inde qui appartenait aux cinq frères. Entre Ceylan et la terre ferme, il y avait un golfe peu profond où, en avril et en mai, on cherchait des perles. Les marchands, qui avaient organisé cette pêche, payaient un dixième de leurs revenus au roi. Ils payaient également les brahmines qui devaient ensorceler les requins et les empêcher de dévorer les chercheurs. Les brahmines recevaient la douzième partie du butin.

Les marchands engageaient des plongeurs, auxquels on donnait des petits sacs et des filets attachés au corps. Les hommes plongeaient à des profondeurs différentes, les uns à deux, les autres à quatre mètres, et restaient sous l'eau tant qu'ils pouvaient. Puis ils remontaient à la surface, replongeaient, et ne faisaient que cela toute la journée. Ils cherchaient des perles qu'on vendait ensuite à Tabriz et dans le monde entier. Les meilleures perles allaient au roi.

Les habitants de ce pays, où il ne faisait ni chaud ni froid, allaient tout nus, « ne couvrant que leur nature d'un peu de drap ». Le roi était également nu, mais il portait un collier de pierres précieuses et avait, sur sa poitrine, un mince cordon de soie auquel étaient enfilées cent quatre grosses perles et quelques rubis. Il s'en servait comme d'un chapelet pour réciter tous les jours ses prières. Il portait aux bras trois bracelets d'or tout garnis de perles et de pierreries de grande valeur ; il en portait aussi aux jambes et même aux doigts de pied. L'exportation des grosses pierres ayant été interdite, le roi accaparait les plus belles perles et même en achetait chez ses sujets. Il avait cinq cents femmes, et enleva de force la femme de son frère qui, « en homme sage, n'éleva aucune querelle à ce sujet ». Les chevaux du roi étaient mauvais.

Après sa mort, ses serviteurs et ses femmes devaient être immolés sur un bûcher.

« Les gens de ce pays se gardent soigneusement de boire du vin ; en effet, ceux qui boivent du vin et ceux qui vont sur mer ne sont pas acceptés comme caution. »

Parlant de ces gens étranges qui donnaient aux chevaux de la viande rôtie, Marco Polo décrit leurs coutumes : « Ils ont des idoles mâles et femelles auxquelles sont consacrées beaucoup de demoiselles, lesquelles ont été offertes par leur père et mère à celle des idoles pour laquelle ils ont une plus grande dévotion. Quand les moines d'un couvent veulent faire une fête en l'honneur de leur idole, ils envoient chercher toutes les demoiselles qui lui sont consacrées. Quand elles sont arrivées, elles chantent et dansent devant leur idole, se divertissent et font grande fête ; puis elles prennent des mets et, les plaçant devant leur idole, les lui offrent à manger. Après les avoir laissés là un temps, elles les enlèvent en disant que l'idole a pris la substance des aliments et les mangent elles-mêmes. Et ainsi font les demoiselles par plusieurs fois, au cours de chaque année, jusques à tant qu'elles soient mariées. »

Marco Polo s'étonnait qu'aux Indes les dieux fussent noirs et les diables blancs. En général, il n'avait pas sur les Indes des renseignements aussi directs que sur la Chine, et les décrivait plutôt par ouï-dire. Mais il ne manqua pas de noter que les « saints » y allaient tout nus, portant l'image du bœuf sacré, qu'ils ne tuaient ni mouches ni puces, et ne mangeaient pas de légumes avant qu'ils ne fussent devenus secs.

À la côte de Malabar, les voyageurs revirent l'étoile polaire qui monta à l'horizon.

Les navires se hâtaient vers le terme de la traversée : l'or de leurs dragons était terni, la peinture des bords se craquelait, le pont se gondolait, l'eau clapotait dans les cales endommagées, le nombre des passagers diminuait.

Près de la côte de Malabar il y avait beaucoup de corsaires malais qui emmenaient leurs femmes et leurs enfants sur leurs bateaux et qui se réunissaient, à trente ou à quarante pavillons, échelonnés à une distance de cinq ou six milles l'un de l'autre, de manière à former un long cordon sur la mer. Aussitôt qu'ils apercevaient une voile, ils faisaient un signal avec du feu ou de la fumée et se concentraient autour de la victime ; puis ils s'emparaient des marchandises et des objets précieux, sans faire de mal aux gens qu'ils relâchaient en leur disant : « Allez encore faire du gain, car d'aventure il sera nôtre encore. »

Marco Polo attendit d'autres navires. On passa la zone dangereuse en compagnie de bateaux qui allaient à Alexandrie avec une charge de cuivre, d'épices et de tissus d'or.

On contourna la presqu'île de Goudjerat (Gazurat). « Là les corsaires sont très méchants, et sachez que quand ils prennent les marchands, ils leur donnent à boire du tamarin et de l'eau de mer, de sorte que les marchands vont dessous abondamment et rejettent tout ce qu'ils ont dans le ventre. Les corsaires font cueillir tout ce que les marchands jettent dessous et font chercher s'il y a des perles ou quelque autre pierre précieuse. Car les corsaires disent que, quand les marchands se voient pris, ils mangent les perles et autres pierres chères pour que les corsaires ne les trouvent, et c'est pourquoi ces mauvais corsaires donnent aux marchands ce breuvage pour cette incommodité que je vous ai contée. »

Ces parages étaient terrifiants. Une seule chose consolait les navigateurs : l'étoile polaire brillait haut dans le ciel nocturne.

CHAPITRE XXXI

Les navires égarés

Les navires s'étaient égarés, le capitaine, chef de la flottille, était mort, d'innombrables îles surgissaient, barrant la route. Marco Polo affirmait que l'océan Indien comptait plus de douze mille îles habitées ou désertes.

Il ne restait qu'un seul ambassadeur en vie.

À cause du manque de matelots, on fit venir des femmes sur le pont. Beaucoup d'entre elles avaient les pieds mutilés, à la mode chinoise, et ne pouvaient pas marcher. Sur le pont elles rampaient à genoux, comme le font les Chinoises pendant les grands travaux.

Le soleil brûlait impitoyablement. C'est là que Marco Polo commença à apprendre le chinois : Gogatra et la princesse de la dynastie Song, dont Marco Polo ne mentionne pas le nom, parlaient chinois.

Les navires, s'étant égarés, se tenaient près des côtes, comme un aveugle se tient au mur, mais les rives non plus n'étaient pas très rassurantes. « En cette province il n'y a pas de ports, mais il s'y trouve beaucoup de grands fleuves qui ont de bons estuaires. Il y croît du poivre, du gingembre et d'autres épices à foison. Leur roi est très riche de trésors, mais n'est pas très puissant en force armée. Mais son royaume est si naturellement défendu que personne ne peut l'y attaquer ; c'est pourquoi il ne craint personne. Et sachez que s'il arrive que quelque bateau se montre en leurs ports, ils le prennent et le dépouillent, s'il veut aller autre part, en disant : « Vous vouliez aller autre part, quand nos dieux vous ont amenés à nous ici : ainsi nous devons avoir tout ce qui est à vous. » Et ils ne voient nul péché à agir ainsi. Ce mauvais usage se retrouve dans toute l'Inde. »

Il valait mieux ne point accoster et se reposer de temps à autre, en jetant l'ancre de bois près des bancs de sable.

Le navire de Marco Polo était profondément

immergé ; les bateaux convoyeurs demeuraient en arrière. Peut-être avaient-ils péri ?

Les vers avaient rongé les parois aux nombreuses planches du navire.

Un peu plus loin on dut s'éloigner des côtes pour ne pas rencontrer les bateaux d'Arabie qui se tenaient tout près du littoral de l'Inde. C'étaient de petits navires enduits de graisse de poisson et qui portaient des chevaux qu'on plaçait sur les cuirs qui recouvraient les marchandises.

Les rois riverains étaient de connivence avec les corsaires et leur donnaient abri en échange des chevaux pris sur les bateaux marchands.

Finalement, après une longue traversée, on arriva à une grande île, la plus grande que Marco Polo eût jamais vue. Mais, en réalité, c'était la côte d'Afrique et non pas une île.

Marco Polo en parle comme de l'île de Zanzibar.

Si l'on étudie la carte des courants marins, on peut comprendre comment Marco Polo put arriver jusqu'à Zanzibar. Le navire resté presque sans équipage fut, probablement, entraîné par le courant équatorial. Mais il est possible que Marco Polo lui-même ait été pressé d'aller dans la direction de l'étoile polaire, brillant sur son chemin comme l'enseigne d'un maître.

Gogatra et la princesse de la dynastie Song n'étaient pas pressées : le voyage était intéressant, le monde s'étalait devant elles, les gardes du harem étaient morts. Les vieux frères Polo ne se hâtaient pas non plus ; partout on voyait des marchandises, partout on faisait du commerce. La terre était grande ; la nuit, en parlant entre eux, ils la supposaient même ronde.

« Zanzibar est une île grande et noble, qui a bien environ deux mille milles de tour. Les gens sont tous idolâtres, ont roi à eux et langage particulier, ne payent de tribut à personne. Ils sont grands et gros, mais cependant ne sont pas d'une taille proportionnée à leur grosseur. Car je vous dis qu'ils sont si grands qu'ils ressemblent à des géants; et sont si forts que l'un porte bien la charge de quatre hommes ordinaires et mange bien autant que cinq. Ils sont tout noirs et vont tout nus, sauf qu'ils couvrent leur nature. Ils ont des cheveux crépus et noirs comme le poivre, ils ont la bouche si grande, le nez si retroussé, les lèvres si grosses, les yeux si grands, si éraillés et si rouges, qu'ils ressemblent tout à fait à des diables; enfin, ils sont si laids et si hideux qu'ils semblent la plus horrible chose du monde qu'on puisse voir. « Ce pays produit nombre d'éléphants; il y en a tellement que c'est merveille à voir. On y trouve des lions tout noirs et d'une autre espèce que les nôtres. »

Dans tout son livre, Marco Polo donne le nom de « lions » aux tigres, et parle des lions du Pamir, de Perse et du Tibet. À Zanzibar, il vit pour la première fois un véritable lion. Il y rencontra également un animal extraordinaire, dont il laissa une inscription détaillée : la girafe.

« Il s'y fait un très grand commerce et il y vient beaucoup de marchands et de grands navires. Mais l'objet principal du commerce de l'île est dans les dents d'éléphant que l'on y trouve en grande quantité. »

De Zanzibar, on tourna vers l'Europe. Il était temps de rentrer, les vieux Polo commençaient à s'ennuyer.

On navigua au large et on atteignit enfin l'île de Socotora (Scoira), devant l'Arabie. L'ambassadeur persan devenait très pressé. Le voyage avait duré trois ans, le khan pouvait bien s'en fâcher, il fallait gagner la Perse le plus rapidement possible.

L'île de Socotora était située sur la route des navires qui allaient en mer Noire ou au golfe Persique, et elle était proche aussi bien du sultanat d'Aden que de l'Abyssinie et de la Somalie. Cette situation rendait Socotora tout indiquée pour l'escale des bateaux qui partaient pour l'Inde, pour Madagascar et pour l'heureux pays d'Arabie. On y vendait du riz, de la myrrhe, de l'aloès qu'on expédiait à l'étranger dans des peaux de chèvre, et des poissons salés qui étaient très bon marché. Les habitants, chrétiens-nestoriens, allaient tout nus et obéissaient à un archevêque nommé par le chef de l'Église nestorienne à Bagdad.

Les corsaires, après avoir dépouillé un bateau, vendaient leur butin aux habitants de l'île qui l'achetaient volontiers, se disant que ces marchandises n'avaient, en somme, appartenu qu'à des Sarrasins ou à des idolâtres. On racontait que l'île de Socotora possédait les meilleurs magiciens du monde, qui savaient produire aussi bien le beau temps que de grandes tempêtes pour faire échouer les navires sur les récifs de l'île. Les naufrages et le commerce avaient enrichi les gens de Socotora.

La mer autour de l'île abondait en cachalots, baleines à grosse tête qui avaient dans leurs entrailles des pierres qu'on utilisait pour la fabrication des parfums. Ces pierres s'appelaient ambre gris. « L'ambre gris est retiré du ventre des baleines et, comme il est l'objet d'un commerce important, les pêcheurs s'ingénient à les poursuivre et à les prendre avec certains fers munis de harpons, lesquels, une fois fichés dans la baleine, ne peuvent plus en être retirés. À ces harpons est attachée une corde très longue fixée, à l'autre extrémité, à un petit tonneau qui flotte à la surface de la mer, de sorte que, lorsque la baleine est morte, ils peuvent la retrouver : ils l'amènent alors au rivage où ils retirent l'ambre qu'elle a dans le ventre et, de la tête, pas mal de fûts d'huile. »

Marco Polo rencontra les pêcheurs de baleine faisant route sur Ormuz.

Finalement, les navires jetèrent l'ancre devant Ormuz.

Les hauts bateaux chinois se dressaient parmi les embarcations arabes, plates et assemblées au moyen de tille, comme des oies parmi des canards.

L'ambassadeur persan sortit de sa cabine, se fit important, lança des ordres et se fit porter à bras dans la chaloupe qui devait l'emmener au port. Sur la rive, il s'assit en attendant qu'on lui donnât un cheval.

Mais, le soir, il vint tout désemparé et même maigri. Après un long silence craintif, il se décida enfin à raconter aux vieux marchands les graves et désagréables événements qui s'étaient produits en Perse.

CHAPITRE XXXII

Les affaires persanes

Nous n'allons pas décrire toutes les guerres de Perse, et nous ne mentionnerons que les faits les plus essentiels.

Abaga régna sur la Perse jusqu'en 1282. Ses terres touchaient à la Horde d'Or et au royaume du roi Kaïdou. Pour parer aux incursions éventuelles de Kaïdou, Abaga envoya à la frontière son fils Argoun qui occupa la contrée de « l'arbre sol », que le livre d'Alexandre le Grand appelle « arbre sec ».

Argoun était un beau et vaillant prince. Il combattit contre Barac, le frère de Kaïdou, et le vainquit. Mais son père Abaga mourut pendant cette campagne, et Argoun, ayant levé une grande armée, rentra en Perse, à marches précipitées, pour conquérir le trône.

Abaga avait un frère, le sultan Ahmed, qui, étant plus près de la résidence royale, y arriva avec ses troupes avant Argoun. En homme malicieux, il distribua le trésor d'Abaga aux barons et aux gens d'armes, et réussit à assembler en une semaine soixante mille cavaliers.

Rusticien raconte la bataille entre les troupes d'Argoun et celles d'Ahmed, et décrit comment les guerriers tiraient à l'arc et se battaient à l'épée. Mais tout cela n'est qu'imagination et roman chevaleresque.

En vérité, Argoun s'enfuit devant son oncle, essaya de lui résister dans un château, et fut fait prisonnier. Ahmed fut trop pressé de rejoindre le palais royal où il y avait beaucoup de jolies femmes, où les roses fleurissaient dans les allées de vigne, et où les cygnes appelaient le matin dans les bassins de porcelaine. Il laissa Argoun aux fers et rentra dans la capitale. Argoun était enchaîné, mais son adversaire avait, dans son armée, des chefs militaires qui commandaient eux-mêmes des détachements importants. C'étaient Baga, Eleidaï, Tegana, Taga, Tiar Oudalaï et Samagar. Ils organisèrent un complot, délivrèrent Argoun, tuèrent le lieutenant d'Ahmed et partirent en guerre contre l'usurpateur.

Ahmed s'enfuit, mais il fut pris dans le défilé de Derbent par le chef militaire qui assurait la garde du passage et qui ramena son prisonnier à la cour royale, chevauchant sans répit pendant plusieurs jours.

Arrivé devant Argoun, le gardien du défilé jeta Ahmed aux pieds du souverain sur le tapis de cuir qu'on appelait « tapis de sang ». Mais le sang ne fut point versé là. Argoun commanda qu'on ôtât Ahmed de devant lui, pour ne plus le revoir jamais : on emmena Ahmed, on le tua en lui cassant l'épine dorsale, et l'on jeta son corps en un endroit inconnu.

Argoun monta sur le trône, les barons se prosternèrent devant lui, et il envoya son fils Gazan garder la frontière près de l'arbre sec afin d'empêcher les ennemis de traverser le fleuve Djihon (que nous appelons Amou-Daria).

Mais bientôt Argoun tomba malade et mourut. On disait que sa femme lui avait fait absorber une boisson empoisonnée.

Après sa mort, son oncle Kaïkhatou s'empara du pouvoir et laissa Gazan, en qualité de vassal, à la frontière du royaume. Il lui demanda de venir le voir à la résidence royale, mais Gazan ne se pressait pas trop d'entreprendre ce voyage.

Et l'ambassadeur persan qui avait été envoyé en Chine afin de chercher une fiancée pour Argoun ne savait plus où donner de la tête et où conduire les princesses. Il y avait eu tant de changements pendant son absence qu'il ne savait plus qui était son maître et devant qui il fallait se prosterner.

CHAPITRE XXXIII

Les marchands remettent la princesse à Gazan

Kaïkhatou était intelligent, il avait un nombre plus que suffisant de femmes, et il fit dire aux nouveaux arrivés de remettre la princesse à Gazan. Les marchands et l'ambassadeur persan reçurent quatre tables d'or de commandement : deux de gerfauts, une de lions, et l'autre unie, et partirent avec deux cents hommes armés. Cette escorte était bien nécessaire, car la guerre sévissait dans tout le pays.

On traversa des montagnes où l'eau à boire était amère. Les princesses se taisaient : en Perse, les femmes ne devaient pas converser. On arriva chez Gazan.

Chemin faisant, les Polo apprirent que le grand khan Koubilaï était mort. On ne pouvait plus retourner en Chine.

Ils remirent la princesse à Gazan. Gogatra pleura lorsque les Vénitiens prirent congé d'elle. Marco lui fit cadeau d'un de ses serviteurs.

Quant à Gazan, il rassembla une armée, livra bataille à l'ennemi, lui infligea une défaite, et triompha. Cela arriva aussitôt après l'arrivée des messagers du grand khan. C'était bien là le destin des Polo : ils précédaient la guerre.

Ils s'arrêtèrent à Tabriz et y vendirent des perles.

Vingt-cinq ans s'étaient écoulés depuis leur départ de Venise. Les marchands échangèrent tout ce qu'ils avaient contre des pierres précieuses.

La guerre faisait rage partout. Personne ne pouvait plus leur fournir d'escorte. Les Polo se déguisèrent en mendiants et, ayant enfourché des ânes, suivirent une caravane. Les chameaux, liés avec des cordes tissées de cheveux, blatéraient. Les ânes braillaient, blessant l'oreille des marchands. Pour les faire taire il fallait, s'appuyant du pied au derrière de l'animal, tirer sa queue avec force.

Après Tabriz, les voyageurs, ayant laissé derrière eux la mer Caspienne, chevauchèrent en évitant soigneusement les endroits où l'on se battait. À Tiflis, ils se lavèrent dans un établissement de bains où il y avait de l'eau chaude courante. Tandis que les deux frères se débarbouillaient, Marco montait la garde près des vêtements. On marchait en sabots sur le carrelage de pierre des bains et on s'épilait le corps à l'aide d'une boue brûlante.

Les Géorgiens, aux cheveux coupés courts, étaient beaux, savaient bien tirer à l'arc et combattaient courageusement : néanmoins, ils payaient un tribut aux Tartares. Seuls quelques clans perdus dans des gorges inaccessibles gardaient leur indépendance.

Après avoir dépassé la frontière géorgienne, où les voyageurs virent des sources d'huile souterraines qui servaient au chauffage et à l'éclairage, on fut obligé de payer le droit de passage aux défilés. Le paiement se faisait en chemises de toile qu'on déchirait en autant de morceaux qu'il y avait de guerriers de garde.

On dévalait des cols, on s'enfonçait dans des bois de hêtres, où des touffes jaunes et grises de mousse recouvraient les troncs, on descendait des côtes tellement abruptes que les arbres sur les rochers ressemblaient aux cavaliers qui se raidissent en selle pendant la descente d'une montagne.

La route serpentait dans des tranchées si étroites que les pieds des cavaliers en touchaient constamment les bords.

Les torrents bouillonnaient, de grosses bûches, éraillées par les rochers, flottaient sur l'eau. C'était le bois de flottage pour l'exportation. Le pays était célèbre pour son hêtre et pour son laurier-pin.

Les deux vieillards et Marco Polo, que personne n'appelait plus « messire », débouchèrent à la mer près de Trébizonde.

Dans le port, ils marchandèrent longtemps avec le capitaine d'un bateau, le suppliant de leur laisser à vil prix des places sur le pont. Le bateau sentait le goudron et non pas la graisse de poisson, et sa voile ne ressemblait guère aux nattes chinoises : elle était en toile.

Le vent fut propice, les rives escarpées du Caucase

Une galéasse italienne, d'après une fresque de Saint-Pierre de Padoue.

et ses montagnes neigeuses et lointaines passèrent rapidement devant les yeux des voyageurs. La mer était houleuse.

Après une longue traversée, on aperçut Constantinople. Les Polo ne tenaient pas à mettre pied à terre pour aller voir les anciens amis : les matelots leur avaient appris que les Génois étaient les maîtres de tous ces parages. Les Vénitiens jetèrent un regard sur Péra, cherchèrent des yeux le drapeau azuré. Il n'y était plus.

On contourna les îles blanches de l'archipel grec. La nuit, les étoiles familières brillaient dans le ciel, et l'étoile polaire montait haut à sa place habituelle.

Venise surgit des flots. Comme elle avait changé !

Seule la mer bleue restait toujours la même, et ses vagues se brisaient contre les murs de la ville.

Les Polo descendirent du bateau. Les ponts de marbre jaune et rose étaient très glissants. On disait qu'à Venise il fallait se méfier de trois choses : des marches de pierre glissantes, des prêtres et des courtisanes.

Après le long voyage en mer, les jambes obéissaient mal. La voici, l'île du Rialto ! Voici ses nombreux ponts qui la relient aux autres îles. La vieille maison familiale de bois est toujours là.

Un beau jour de l'an 1295, trois voyageurs frappèrent à la porte de la maison sans maîtres.

Un vieillard ouvrit. Depuis vingt-cinq ans aucun changement n'avait été apporté dans la maison. Le serviteur était devenu vieux. Il posa un regard appuyé sur les trois mendiants. L'aîné des mendiants, accrochant du pied un siège qui restait toujours dans l'entrée, le tira à lui et s'assit.

Le serviteur éclata en sanglots : il reconnut Matteo. Puis il dit : « Venez, maîtres, votre destin a été cruel, mais votre maison est conservée. »

Un homme descendit les marches raides de l'escalier. Les Polo le dévisagèrent avec étonnement. C'était le frère de Marco, mais ils avaient oublié qu'il existait. De vieilles parentes sortirent des chambres éloignées. La maison était vétuste, l'humidité montait du canal.

CHAPITRE XXXIV

Les escarpins rouges et l'anneau

Si un homme, revenu d'un voyage lointain, raconte trop de choses, on le prend pour un menteur.

Si un homme tarde à revenir d'un voyage lointain, on le croit mort.

Beaucoup de choses avaient changé à Venise pendant l'absence des Polo. Près de la cathédrale Saint-Marc, le campanile s'était élevé encore plus haut. Une entrée inclinée y remplaçait les marches. Du haut de ce clocher inachevé, Marco Polo contempla la ville, les maisons de pierre en construction, les tours orgueilleuses, les demeures en bois, recouvertes de chaume, des marchands solides, puis la

La Piazzetta de Venise.

lagune, les bancs de sable, les forts, les îles de la République et les montagnes au loin.

Telle se présentait Venise.

Pour Marco Polo, elle avait l'air d'un navire échoué sur un banc de sable.

L'eau se balançait dans les canaux. Deux énormes fers à cheval aquatiques étreignaient les îles. Des gondoles noires et endormies glissaient entre les rangs serrés des maisons. Les canaux ressemblaient à des passages entre des bateaux ancrés dans un port.

La place Saint-Marc était étroite. Cinq portes de cuivre menaient à la cathédrale surmontée de quatre chevaux de bronze. Deux colonnes de granit, l'une prolongée d'un lion ailé, et l'autre de la statue de saint Théodore, ancien patron de la ville, se dressaient devant l'église. Saint Théodore avait été le protecteur de Venise à l'époque où elle était vassale de Byzance. Saint Marc et son lion ailé symbolisaient l'indépendance.

Un espace de quelques pas séparait le lion de bronze de saint Théodore. Là, on était autorisé à jouer aux dés et aux autres jeux défendus. C'était l'emplacement de la liberté.

L'étincellement du cuivre, les édifices, la foule et la saleté démesurée rendaient cette place célèbre.

Des hommes de tous les pays se pressaient là, faisant attention à ne pas marcher sur les hardes des chiffonniers qui vendaient des étoffes élimées, sur les liasses de poisson salé et sur les tas d'ails et d'oignons. Des représentants de toutes les nations, bruns, blonds, roux, en vêtements des plus variés, accomplissaient leurs besoins naturels aux quatre coins de la place, même entre les colonnes de la liberté et sur les marches du palais des Doges. Toutes les pierres étaient maculées à tel point qu'on ne pouvait pas les fouler sans dégoût.

Cette place était, en somme, un pont de navire :

construite sur des pilotis, on pouvait y passer dessous en barque.

Venise avait l'air d'une caricature de la belle ville chinoise, et sa position en pont de bateau avec sa foule malpropre semblait une raillerie d'un vieux marchand voulant se moquer des navigateurs.

Le doge vénitien s'appelait « seigneur d'un quart et demi de l'Empire romain ».

Le titre était exagéré.

Soixante-dix ans auparavant, on avait pensé à transporter la capitale de la République à Constantinople. Mais on finit par rester à Venise, continuant à batailler, à faire du commerce, à s'emparer des îles et à rivaliser avec Gênes.

Le doge, cependant, portait des escarpins rouges, comme ceux de l'empereur byzantin.

Chaque année, le jour de l'Ascension, une grande galère de parade, appelée Bucentaure, sortait en mer. Sur ce lourd bateau mal équilibré, un haut trône était dressé pour le doge qu'entouraient ambassadeurs, magistrats et marchands. Cent drapeaux flottaient sur la nef. Le patriarche, la croix en main, lisait devant l'assistance le cérémonial rituel des noces. Tout le monde restait tête nue. Le navire avançait lentement, tandis que le doge jetait un anneau dans les flots en prononçant la formule sacro-sainte : « Nous nous marions avec toi en signe du pouvoir véritable et éternel que nous exerçons sur toi. »

La mer était soumise, la route du monde passait toujours devant Venise, devant les îles reçues des Grecs en règlement des dettes, par le détroit du Bosphore, par la ronde mer Noire. Toutes ces eaux composaient la mer qui devait rester fidèle au doge.

Mais la mer trompait Venise avec Gênes et avec les Pisans.

Il existe une autre mer, elle étincelle la nuit, et d'autres étoiles brillent au-dessus de ses vagues phosphorescentes. Des coraux poussent dans cette mer, ses îles portent des arbres odoriférants. Elle est trompeuse et infidèle, cette mer lointaine, et jamais on ne reviendra la voir.

Marco Polo s'ennuie. Personne ne lui parle.

Son père et son oncle s'agitent et se font des soucis. Personne ne les invite. Leur maison semble pestiférée.

CHAPITRE XXXV

La réception

Nicolas et Matteo étaient plus âgés que Marco, ils avaient grandi à Venise, et ils ne s'étonnaient point qu'on y manquât d'eau pour se laver. L'odeur du canal leur était agréable. Mais on ne les honorait pas assez, et cela les ennuyait.

Il faisait froid dans les salles obscures de leur demeure. Les frères maniaient différents objets, tout en se parlant chinois et tartare, ils lançaient de brefs mots hindous à leurs serviteurs et n'employaient l'italien que lorsqu'ils ne voulaient pas être compris des domestiques. Souvent, en se trompant, ils s'adressaient à leurs parents en arabe. Le soir, ils se chauffaient près de la cheminée en gaspillant outre mesure le bois qui coûtait cher. Les parents en parlaient d'un ton désapprobateur dans leurs pièces éloignées : ils ne s'approchaient point de la cheminée.

Les femmes à Venise ne se réchauffaient jamais près du feu, elles n'avaient droit qu'aux braseros.

On disait que se chauffer auprès du feu était nuisible à l'ombre des femmes.

Il ne restait pas de place pour Marco Polo près du feu. Son père ne l'appelait plus « messire ».

Les Polo firent des préparatifs pour une grande réception.

C'était chose rare : à Venise on n'aimait pas offrir à manger aux gens sans rien leur demander.

La rumeur courut que, pendant le souper, les maîtres Polo montreraient les objets rapportés de l'Orient et parleraient des routes nouvelles, ainsi que des moyens d'éviter les endroits infestés par la guerre et les brigands terrés dans les châteaux.

Même ceux qui soupçonnaient les Polo d'être des imposteurs décidèrent de venir : il était toujours intéressant d'entendre parler de l'Orient.

La grande salle était éclairée de bougies de cire, une nappe recouvrait la table. Avant le repas, on servit aux invités de l'eau parfumée pour se laver les mains. De la cannelle brûlait dans la cheminée : ce feu représentait à lui seul une petite fortune.

La maison était déjà bondée, mais les maîtres tardaient toujours à venir.

Finalement ils apparurent, vêtus tous les trois de longues robes en satin rouge vif.

Les invités se mirent à table. Les Polo se levèrent, ôtèrent leurs robes, mirent des vêtements de brocart rouge, déchirèrent ceux de satin et les partagèrent entre les serviteurs.

C'est ainsi, probablement, qu'ils déchiraient les chemises au Caucase pour payer le droit de passage.

Les invités mangeaient en silence. Lorsqu'on eut terminé la volaille et que les os eurent été jetés dans les paniers sous la table, les frères Polo dirigèrent un regard sombre sur la nappe tachée de vin et sur le plancher de nattes sali, ôtèrent leurs vêtements de brocart, les déchirèrent, et mirent des habits de velours.

Les invités, continuant à avaler sans mot dire, se

demandaient ce qui les attendait encore dans cette maison. Ces Polo, aux figures tannées, avaient apporté des coutumes bien étranges !

Le souper suivait son cours. Les Polo ôtèrent les vêtements de velours, les déchirèrent et les jetèrent aux domestiques. Un des invités, n'en pouvant plus, s'écria : « Nicolas et Matteo, que faites-vous là ? »

Il avait reconnu les deux frères. Mais ceux-ci, sans répondre, se retirèrent dans une pièce contiguë puis revinrent en vêtements ordinaires.

Alors Marco Polo se leva, sortit et rentra en apportant les guenilles dans lesquelles lui-même, son père et son oncle avaient traversé la Géorgie jusqu'à Trébizonde et la mer Noire, et étaient arrivés dans l'opulente ville de Venise.

Marco jeta ses hardes sordides sur la table, et les invités reculèrent avec effroi : ils savaient que des insectes dégoûtants propageaient les épidémies et que parfois la laine la plus fine d'Orient cachait en elle la peste.

Polo se pencha, défit les coutures, et des saphirs, des émeraudes, des diamants, des rubis jaillirent des toiles infectes.

Les yeux de tous les marchands virent tout de suite que les pierres étaient grosses. Un murmure s'éleva dans la salle.

Les frères Polo ne bronchaient pas, mais leurs lèvres tremblaient.

Les invités partirent tard dans la nuit. Les serviteurs les éclairaient avec des bougies et non pas avec des torches. Les invités gagnaient leurs gondoles en descendant de l'embarcadère la face tournée vers la maison. Tout le monde faisait ainsi à Venise, et Pierre le Tartare, esclave de Polo, trouvait cette coutume ridicule. En Chine, les barques accostées se trouvaient au niveau de l'embarcadère et on y entrait tout tranquillement.

Tous les invités partis, le vieux Nicolas, dans une somptueuse robe de chambre, arpenta la salle et compta combien de personnes étaient venues à la réception. « Écoute, mon cher, dit-il à Marco, j'ai, en somme, négligé ton éducation. Une fois on choisit comme doge de Venise un homme dont le père était encore vivant. Et le père fut obligé d'ôter son chapeau devant son fils. Il préféra aller partout tête nue. Les Chinois sont des jaunes, mais ils ont une excellente tradition : le respect des aînés. Les Tartares t'ont gâté en t'appelant messire. »

Le vieux marchand but une gorgée de vin et continua sur un ton bienveillant : « Fais-moi le plaisir d'ôter ton chapeau quand tu me parles. Je m'en vais me coucher, surveille les domestiques qui vont mettre de l'ordre dans la maison. »

CHAPITRE XXXVI

La bataille de Curzola

Au Moyen Âge, on appelait galère un grand bateau à rames qui avait une seule rangée d'avirons. Les galères avaient également des voiles triangulaires, mais elles entraient dans un combat à la rame. Elles mesuraient habituellement cinquante mètres de long et six mètres de large. Cinq rameurs actionnaient un aviron. L'équipage d'une galère comptait parfois jusqu'à quatre cent cinquante hommes.

Sur les galères grecques, les rameurs étaient pour la plupart des Vénitiens. En vue d'entraînement, on organisait souvent à Venise des courses de bateaux à rames. Même les femmes prenaient part à ces régates. Comme la rame sur une galère était chose dure, elle devint le synonyme de travaux forcés.

Les Romains eurent des galères à plusieurs rangées de rames : birèmes, trirèmes, quadrirèmes, etc.

Pour apprendre le métier de galérien, il fallait au moins trois ans d'entraînement.

Les arbalétriers de galère s'exerçaient de quinze à trente-cinq ans, et leurs exercices de tir avaient habituellement lieu près de l'église Saint-Nicolas, au Lido, autrement dit, au bord de la mer. Chaque compagnie d'arbalétriers, qui comptait dix ou douze hommes, s'appelait une douzaine. Sur les galéasses marchandes de Venise, parmi les arbalétriers, il y avait toujours quatre jeunes nobles âgés de plus de vingt ans. Les douzaines rivalisaient avec acharnement aux différents concours et le Conseil de la République veillait à la haute qualité de ses arbalétriers.

Le premier prix consistait en quelques bourses pleines d'or et une superbe arbalète. Les exercices ne ralentissaient jamais. Il fallait lutter pour la mer, la mer était infidèle.

Les Génois serraient de près les Vénitiens sur les routes marchandes et s'emparaient des factoreries sur les rives méridionales de la Crimée. Ils s'installèrent à l'embouchure du Don et firent le commerce du caviar. Or, le caviar frais avec du jus de citron était considéré comme le meilleur remède pour réveiller la virilité et se vendait très cher.

Dans la Caspienne, les Génois accaparèrent entièrement le commerce de la soie. À Constantinople, ils restaurèrent l'empereur de Byzance qui était maintenant leur allié. Aux Dardanelles, ils tenaient les Vénitiens à la gorge.

Au début de septembre 1298, après que Venise eut fêté sur la place Saint-Marc les exercices d'Hercule où les artisans, fiers de leur force, avaient construit des pyramides humaines à quatre étages et où les gars de la rive gauche du canal avaient lutté sur le pont avec ceux de la rive droite, une grande flotte génoise apparut dans l'Adriatique. Elle avança le long de la côte droite, ayant l'intention de porter un coup sur les rives dalmates soumises à Venise. De nombreuses galères vénitiennes furent lancées contre l'ennemi. Mais le 7 septembre une rafale les dispersa en mer.

Les quatre-vingt-dix galères parties de Venise avaient pour objectif d'anéantir les Génois et d'ouvrir la voie libre aux navires marchands qui n'osaient plus quitter les ports vénitiens.

Chaque galère était manœuvrée par un officier qui, un marteau dans chaque main, frappait contre des disques suspendus à sa gauche et à sa droite. Un disque rendait un son haut et l'autre un son bas. Les rameurs du côté droit ramaient suivant le rythme du disque droit, tandis que les rameurs du côté gauche n'obéissaient qu'aux sons du disque gauche. Ainsi, en intensifiant ou en ralentissant le travail des rameurs, soit à tribord, soit à bâbord, on déterminait la marche de la galère.

La tempête du 7 septembre dura toute la nuit. On baissa les voiles, les rameurs s'exténuaient à leurs postes, la mer était houleuse, les ponts étaient couverts d'eau, les disques retentissaient, les avirons gémissaient dans les tolets. Les rameurs chantaient une mélopée monotone apprise de leur capitaine, Marco Polo, un homme remarquable et connu dans toute l'Italie, mais portant le sobriquet de « messire Million », car il ne parlait à Venise que du grand khan, de léopards et de papier-monnaie.

Le procomite de galère Marco Polo — tel était son titre — était un habile capitaine. La mer Adriatique n'effrayait point un homme qui avait navigué sur un bateau à rames de la Chine à l'Arabie.

Vers l'aube, le vent tomba et le ciel se dégagea. Puis le vent se leva de nouveau. On hissa les voiles, et les rameurs firent rentrer les avirons pour ne pas déranger les manœuvres. On ne voyait alentour que des voiles gris-blanc que le vent gonflait et arrondissait. Les galères couraient sur les flots, ayant à bâbord la lointaine côte dalmate couverte d'un excellent bois à mâture. Le ciel était pur, le soleil monta à l'horizon. Et les galères génoises apparurent dans ses rayons.

On baissa rapidement les voiles et on arma les avirons.

Les Génois avançaient à grande vitesse, leurs rames déchiraient l'eau. Quand les adversaires se trouvèrent à la portée d'une flèche, les cris retentirent : « ad arma ! », et le combat s'engagea.

Les galères vénitiennes formèrent un demi-cercle, ayant l'île de Rissa derrière elles et l'île de Curzola à gauche. Si on barrait le passage entre les îles, les Génois seraient coincés et on pourrait incendier leur flotte.

Les galères s'abordèrent. On jeta les avirons pour saisir les épées. La mêlée devint générale. Mais, au moment critique du combat, vingt galères génoises, que personne n'avait remarquées auparavant, firent leur apparition. Elles semblaient surgir de l'eau. Pendant la nuit, elles avaient été rejetées derrière l'île de Lagosta, et elles arrivaient maintenant au moment opportun.

Les Vénitiens voulurent battre en retraite, mais le vent était contre eux, il soufflait contre les rames et la proue des galères; les Génois rattrapèrent les fuyards, et leurs arbalétriers assurèrent la victoire définitive.

Sept mille marins et arbalétriers tombèrent entre les mains des Génois. Le chef de la flottille vénitienne se jeta du haut du mât sur le pont de sa galère et se tua. Marco Polo fut fait prisonnier pendant la bataille.

CHAPITRE XXXVII

Le modèle de l'Enfer

À Gênes, dix-huit mille citoyens nobles portent tous les jours des vêtements de soie, tandis que huit mille hommes et femmes sont occupés à tisser la soie et le velours.

Gênes a de grands docks et des arsenaux célèbres. Ses cachots sont profonds, et ils contiennent cinq mille Vénitiens.

Construite sur le versant d'une montagne, la ville forme un amphithéâtre autour du port qui s'étend, lui aussi, en demi-cercle, comme une portion de l'arène du cirque. Cette arène a deux mille mètres de diamètre. Des remparts, longs de vingt kilomètres, entourent la ville. Les rues sont irrégulières et en dos d'âne, mais les maisons sont en marbre : les meilleures carrières de marbre se trouvent dans les environs de Gênes. Les Génois font peindre leurs maisons de pierre en vert et en rouge, ils en ont assez du marbre.

Le territoire de la République n'est formé que d'une étroite bande de terre entre la mer et la montagne. Les aborigènes l'appellent : « la rivière génoise », d'où le terme : la riviera, pour désigner le littoral. Même la terre ferme porte un nom aquatique.

Le patron de Gênes est saint Georges. Le palais qui lui est consacré révèle l'influence de l'architecture arabe, mais les fines colonnes mauresques sont surmontées d'un lourd mur à deux rangées de fenêtres. C'est un palais et une forteresse. Ses cachots souterrains, aux voûtes de marbre, servent de prison aux ennemis de la République. Les Pisans y sont incarcérés depuis 1284.

Pise est la rivale de Gênes. Comme elle n'est pas située très loin, les femmes pisanes, passant devant les carrières de marbre de Carrare, viennent à Gênes demander grâce pour leurs maris, offrir la rançon, apporter des vivres aux prisonniers.

La lumière du jour pénètre à peine dans le souterrain par la fenêtre percée en haut, et son reflet pâle glisse rapidement sur le mur du cachot.

Un peu plus tard, Dante décrivit l'enfer dans son poème.

L'Enfer de Dante, bâti en amphithéâtre, descendait de plus en plus bas en cercles concentriques. Il était rempli d'Italiens et de quelques Romains. La place y manquait pour les autres peuples.

Cet enfer n'était qu'un modèle de l'Italie déchirée par les dissensions. Les villes rivales s'y retrouvaient, leurs citoyens s'y disputaient dans l'obscurité éternelle et se faisaient réciproquement des gestes désobligeants. Les affaires amoureuses de la décennie précédente, les conflits personnels ou politiques, les querelles avec les usuriers avaient servi à peupler l'Enfer de Dante. Il ressemblait à la prison de Gênes. Les Pisans y coudoyaient les Vénitiens, les gens de Parme, de Toscane, de Ravenne. Les prisonniers parlaient des dialectes différents, se disputaient, se grattaient, dépérissaient dans leurs fers, injuriaient les geôliers, aspiraient au soleil le matin et au sommeil le soir.

Tous les sujets de conversation ayant été épuisés depuis longtemps, on ne parlait qu'à contrecœur des batailles perdues, de la mauvaise qualité du pain et du goût salé de l'eau. Pour les injures on n'employait que l'italien, mais la langue courante était le français qu'on parlait à la Cour et parmi les marchands.

Le Pisan Rusticien était un des plus anciens habitants de la prison. Cet homme, fait prisonnier à la bataille navale de Méloria, connaissait le monde étroit de l'Europe de son époque. En Sicile, où il avait habité, il était célèbre par ses versions des romans chevaleresques de la Table ronde qu'il adaptait et rénovait en y ajoutant des épisodes amoureux. Rusticien composait des récits dont les héros erraient à travers le monde, tuaient des géants et trompaient leurs belles, et dont les héroïnes étaient de ravissantes et fortes dames qui se révélaient dans les combats supérieures aux hommes.

Des femmes, déguisées en hommes, échouaient dans des harems où l'on parlait de les châtrer pour en faire des eunuques, et cela faisait naître des aventures invraisemblables que les auditeurs et les auditrices du romancier écoutaient avec plaisir et sans rougir.

Même en prison, les Pisans et les Vénitiens ne se liaient pas d'amitié. La haine qui les séparait était de longue date et provenait des affaires maritimes. En 1098, la flotte vénitienne et la flotte pisane, naviguant vers la Palestine, se rencontrèrent près de l'île de Rhodes. À la suite d'une légère discussion théologique au sujet des reliques de Saint-Nicolas, les navires pisans furent coulés, tandis que les Vénitiens continuèrent leur route, pillèrent Smyrne, prirent Jaffa et commencèrent leur brillante carrière de maîtres des îles et des rives de l'Adriatique et de la Méditerranée.

Rusticien n'avait aucun espoir d'être libéré. Le pouvoir à Pise passait des uns aux autres, et personne ne songeait à offrir une rançon pour le romancier.

En 1288, le comte Ugolin fut renversé et incarcéré

avec ses deux fils dans la tour qu'on appelait à Pise la « tour de la faim ».

Dante décrivit plus tard sa mort en langue populaire. Mais, pour l'instant, on en parlait dans le modèle de l'Enfer, dans la prison de Gênes.

Les Florentins, les Lucquois, les Vénitiens, les Corses discutaient, assis sur le sol humide des cachots.

Pise avait subi une défaite. La flotte génoise remonta l'Arno jusqu'à la ville, et Pise s'inclina devant les vainqueurs.

Comme tous les détenus étaient des Italiens, leurs querelles et leurs entretiens assumaient un caractère local. Ils parlaient des marchands vénitiens, génois ou pisans.

Seul le capitaine Marco Polo parlait d'autre chose. Il racontait des histoires de la Chine lointaine, des femmes charmantes de la cité de Quinsay, des coutumes étranges du Tibet, des guerres entre les Mongols et, surtout, des routes marchandes.

Tous ces gens, qui languissaient en geôle, avaient combattu pour les routes maritimes ; ils vivaient et mouraient pour les ports, pour les navires, pour le commerce.

À présent, ils disposaient de loisirs illimités. Les souffrances de la prison étaient aussi monotones que les affres de l'enfer. Le temps semblait immobile. Marco Polo parlait tous les jours, on l'écoutait, mais souvent on ne le croyait pas, et le rire des auditeurs l'obligeait à s'arrêter et à se taire. Mais, le lendemain, il reprenait ses récits.

Parmi les prisonniers, il y avait des hommes qui connaissaient la mer Noire et la mer Caspienne, et qui avaient visité l'Arménie.

Ils pouvaient témoigner que Marco Polo n'inventait rien.

L'ennui pesait sur les détenus. Après de longues années d'emprisonnement, Rusticien perdit tout espoir, il finit même par renoncer au désespoir. Il avait passé douze ans dans les cachots de Gênes, et tous ses contes merveilleux sur les anneaux magiques, qui libéraient les prisonniers et les rendaient invisibles, sur les sorciers et les chevaux ailés, étaient épuisés.

Les romans que Rusticien se rappelait contenaient toujours des voyages et des expéditions, des tournois lointains. Il s'agissait, il est vrai, de chevaliers, mais les marchands emportaient aussi dans leurs randonnées des épées qu'ils suspendaient non point à leur ceinture, mais bien à leur selle.

Un jour, après s'être procuré, au prix de longs efforts, de l'encre et du papier, Rusticien se mit à noter les récits de Marco Polo. Pour éviter la confusion, Marco Polo dicta tout d'abord un résumé de ses pérégrinations, et Rusticien y ajouta sa préface. Il écrivait chaque jour un chapitre.

Marco Polo se montra obstiné, il dicta ses mémoires, remontant en imagination les routes marchandes, et forçant Rusticien à noter tous les détails sur le commerce des différents pays et sur la longueur des divers parcours.

Les geôliers de l'époque n'étaient pas tenus de rapporter la mort d'un prisonnier. Mais ils relataient des bribes de récits de Marco Polo, les communiquant aux supérieurs et aux familiers. Bientôt, au marché de Gênes, on parla de l'île de Sumatra et du serpent à pattes. Des Génois de marque descendirent dans les cachots pour écouter le Vénitien à la barbe longue et à la figure jaunâtre qui racontait si bien.

Il n'avait pas l'air d'inventer. Pour vérifier ses paroles sur la variété du monde et de ses marchandises, on lui apporta en prison des échantillons de poivre et de poix précieuse, et il reconnut leur qualité, leur prix et leur provenance.

Le temps s'écoulait, le temps était divisé en chapitres, chaque jour correspondait à un chapitre, et il y en avait déjà des centaines.

Le temps passait et, finalement, la guerre se termina.

Rusticien sortit de prison avec les Pisans. D'autres hommes avec d'autres dialectes remplirent les cachots.

Le livre n'étant pas encore achevé, Rusticien fut prié de terminer l'ouvrage. Gardé à vue, il devint gai, fréquenta des filles, et invita Marco Polo à partager ses frasques.

Marco Polo se fâchait contre lui non pas à cause des filles, mais pour des raisons littéraires : à la fin du livre, Rusticien négligea la géographie et se mit à faire des clichés sur les batailles, répétant des passages de romans chevaleresques sur les belles dames en robes jaunes qui sortaient victorieuses de duels avec les vaillants chevaliers.

Les romans circulaient partout. Les Arabes écrivaient des romans, les Perses en faisaient autant. Mais tous ces contes étaient monotones et se ressemblaient l'un l'autre.

Marco Polo se mettait en colère, il parlait à Rusticien de l'étoile polaire, des passages entre les rochers, il exigeait que le gai Pisan prît soin de transcrire exactement les noms tartares; il se mit à apprendre lui-même à écrire, et réussit en peu de temps à savoir tracer sa signature en latin.

Un autre souci le rongeait : il ne voulait pas livrer aux Génois le secret des routes marchandes des pays voisins. Plus son récit se rapprochait des endroits connus, plus Marco Polo devenait embrouillé et oublieux des noms propres, et plus il accordait à Rusticien la liberté de transformer son récit véridique de voyageur en roman d'imagination.

Les Génois respectaient Marco Polo, ce véritable

trophée de guerre, il leur semblait qu'en sa personne ils s'étaient emparés d'une partie de la gloire du grand khan. On finit même par lui rendre sa liberté et par l'autoriser à rentrer à Venise.

La lecture attentive du livre de Marco Polo nous démontre que l'auteur n'a jamais revu l'ouvrage après qu'il eut été jeté sur le papier par Rusticien.

C'est un livre sans épreuves d'auteur.

Marco Polo partit, laissant son livre à Gênes. Il en entendit parler par la suite.

Le livre du Vénitien n'atteignit pas les savants de l'époque. Il racontait d'ailleurs des choses qu'ils ne désiraient nullement apprendre.

Marco Polo voulait faire un livre pour les rois et les chevaliers ; en tout cas, telle fut l'intention de Rusticien. Voilà pourquoi l'ouvrage abonde en scènes de batailles.

Marco Polo était précis et amusant. Ce ne fut pas de la faute de ce marchand si son ouvrage fut accueilli comme un roman, un conte merveilleux ou un livre d'anecdotes.

Les citadins écoutèrent Marco Polo avec intérêt. Il était leur homme. Mais ils ne le crurent point, car il était aussi l'homme des siècles à venir.

CHAPITRE XXXVIII

Marco Polo regagne Venise

Dante Alighieri fut banni de Florence, qu'il appelait « le beau repaire », en 1302.

Messire Marco Polo, après six ans de prison, regagna son repaire sur l'île du Rialto.

Son père était un homme d'un rare bon sens et

d'une vitalité à toute épreuve. On réserva à Marco un accueil chaleureux, et il nota que son père avait rajeuni, ayant coupé sa barbe et repris de belles couleurs. L'oncle Matteo, assis près de lui, avait l'air un tantinet confus. Le père parla d'abord des semences exotiques qui avaient été plantées dans le jardin et que le climat froid de l'Italie avait tuées. Marco Polo se taisait. L'oncle se mêla alors à la conversation : « Nous fûmes fort peinés par ta capture, dit-il : nous avions formé le projet que tu te marierais à notre retour à Venise. En fait, nous commîmes une erreur en ne l'exécutant point sur-le-champ. Tu connais les coutumes de ce pays ? »... « De notre pays », interrompit Nicolas en tartare. « Tu connais les coutumes de Venise, continua l'oncle, que nous observons : dans une riche famille un seul frère se marie pour ne pas partager le capital, tandis que l'autre »... L'oncle sourit et ajouta : « Se console avec les filles. »

Marco Polo ne comprenait pas encore où il voulait en venir, mais l'oncle continua : « Nous craignions que ta captivité ne durât de longues années ou, pis encore, que tu ne mourusses dans cette prison ; nous voulions te racheter, mais les Génois n'acceptèrent pas de rançon, et nous décidâmes... Nous décidâmes que le frère Nicolas, qui, en dépit de son âge, est encore robuste, devait prendre femme. Ainsi fut fait. Pendant ton absence il devint le père de tes nouveaux frères, Stefano, Maffio et Giovanni. Ce sont de charmants garçons, que tu chériras certainement. »

Timidement, le père dit son mot : « Ne t'inquiète pas, Marco, je peux même te donner ta part de capital... Pendant ton absence on t'a dressé une contravention à cause d'une gouttière qui ne fonctionnait pas. Nous avons réussi avec l'aide du notaire Giustini à la faire lever, et tu ne payeras pas d'amende. Et puis nous avons toujours nourri et soigné Pierre, ton serviteur tartare. Mes enfants sont bien portants. Je te permets de me parler sans ôter ton chapeau. »

Cette conversation est rapportée par Ramusio, le premier biographe de Polo. Quant à la contravention pour la gouttière, il en existe des documents authentiques.

Marco Polo, en homme sage, ne se fâcha point contre le vieux Nicolas. Il se maria à son tour et vécut paisiblement. La princesse Gogatra mourut en Perse en 1296.

Marco Polo survécut à son père, auquel il érigea, dans les portiques de l'église San-Lorenzo, un écusson aux trois choucas : l'écusson était couleur d'azur, et les choucas gris-jaune se détachaient sur une bande d'argent.

CHAPITRE XXXIX

Marco Polo se rencontre lui-même

La ville s'éveillait au son des cloches. On déjeunait à neuf heures et on dînait à midi ; à neuf heures du soir on éteignait les feux et les lumières au signal d'une autre cloche. Le dîner était fade : du brochet salé, parfois de l'esturgeon ou de la truite, du rôti de sanglier.

Les maisons, recouvertes de lattes ou de tuiles, étaient en bois. On venait de commencer à paver les rues. La ville était divisée en six quartiers. Des ponts de bois, sans marches, surmontaient les canaux. Le centre de la cité se trouvait au Rialto.

La nuit, il faisait froid dans les maisons. Les larges fenêtres s'ouvraient au-dedans, à la grande satisfaction des citadins.

Les Vénitiens savaient fondre les cloches, fabriquer le verre, tisser les étoffes d'or, préparer les parfums et les médecines. Chaque corporation était indépendante de l'autre, même les chirurgiens n'avaient rien à faire avec les barbiers.

Mais les maisons étaient toujours en bois. La courette sombre abritait un puits et une fosse pour les immondices qui s'écoulaient dans le canal. Les murs suintaient d'humidité. Devant la porte d'entrée se dressaient les poteaux sculptés auxquels on attachait les gondoles.

Dans la pièce mal éclairée de Marco Polo, il y avait des sièges sculptés de Byzance et un lit dont le baldaquin et les draps tombaient jusqu'au sol. Marco Polo était riche.

Le matin retentissait la cloche appelée « marangona ». On sortait dans les rues, on longeait les rives étroites des canaux. La ville se réveillait.

À Venise, un quartier spécial était réservé aux Allemands. Ils y faisaient du commerce en gros, recevaient des paiements en marchandises et non pas en argent, apprenaient le métier de négociant et l'art d'établir des traites. Ils y vivaient comme des prisonniers. Marco Polo et son serviteur tartare étaient aussi des prisonniers à Venise.

Les quais sentent l'Orient. Là, sont placés les dépôts d'épices, d'aromates, de médicaments. L'Afrique envoie le blé, la cire, la laine, le maroquin. De la mer Noire et de la mer d'Azov viennent les fourrures et les métaux, de l'Inde et de la Chine les étoffes, de l'île de Chypre les céréales.

Les quais sentent les marchandises orientales, le gingembre, le poivre, les couleurs, les tissus. C'est de là qu'on exporte, vers la Mauritanie et l'Égypte, les objets de métal, les tonneaux, la vaisselle de bois, le verre et les esclaves.

Les meilleurs esclaves sont les Russes, ce peuple

blond et naïf qui habite un pays où tantôt la nuit tantôt le jour sont trop longs. Les esclaves russes sont très demandés. On exporte les hommes en Égypte, où leur prix dépasse même celui des Caucasiens, et les femmes en Italie.

Sur les quais on parle surtout des prix.

Deux mille hommes de première qualité viennent d'être embarqués pour l'Égypte.

Une jeune fille russe de dix-sept ans est vendue à Florence pour 2 093 lires, une femme de vingt-quatre ans pour 1 684 lires, et une autre, très bon marché, pour 1 122 lires à Venise.

Les femmes tartares se vendent presque pour rien : on peut en avoir une pour 140 lires.

On construit dans les chantiers navals de nouvelles galéasses et galères. Le bois de construction pour une galère coûte 170 lires, et 387 lires pour un vaisseau appelé nef de la Méditerranée.

Le 24 mars, il y aura une vente aux enchères de navires. On pourrait en acheter un, accomplir toutes les formalités — serment d'honneur à la communauté de Saint-Marc, serment prêté en compagnie du capitaine que le navire retournera aux docks de la République, et qu'en cas de vente il ne sera cédé qu'à un citoyen vénitien, serment pour la marchandise et pour le vin — et partir, avec le droit de naviguer sous le pavillon de Venise.

Le Conseil des dix est très sévère. Le Grand Conseil est supprimé, le pouvoir devient héréditaire, les noms des nobles sont inscrits dans le Livre d'or, qui ne sera rouvert que dans cent ans.

Des hommes en bérets ronds et en bonnets blancs, aux joues rasées et aux cheveux bien coiffés, se promènent sur la place Saint-Marc. Ils portent des manteaux verts, violets, rouges, de longues capes avec ceinture, doublées de brocart. Les Vénitiens sont riches.

Marco Polo était triste. Pour dissiper sa mélancolie, il se promenait et conversait beaucoup.

Sa femme ne lui a pas donné d'enfants mâles. Il n'a pas de fils qui pourrait continuer la tradition glorieuse du père. Il n'a que des filles : Bellela, Marietta, Fantina. L'écusson de Marco n'aura pas d'héritier.

Dans les actes judiciaires, Marco Polo signe : « nobilis vir », homme de la noblesse. Les citoyens en manteaux violets et rouges le saluent en souriant.

Koubilaï est mort, le retour en Chine n'est plus possible et les routes sont barrées par les Génois qui se sont emparés de la Crimée.

Marco Polo avait vu une vie différente, et il ne pouvait pas donner son cœur à Venise. Il s'ennuyait. Entre la cloche du matin et celle du soir, il se souvenait du grand Empire, de la Grande Muraille chinoise, des canaux mille fois plus longs que ceux de Venise.

Des gondoles branlantes accostaient aux perrons des maisons de bois. L'eau potable, cueillie dans les citernes enduites d'argile, était trouble.

Ce soir, il y a un bal masqué dans le palais des Dandolo. C'est un bâtiment de pierre, illuminé *a giorno*.

Marco Polo aimait le carnaval et les bals masqués : la soie et le velours des vêtements, le bruit et l'animation lui rappelaient un peu le palais du grand khan.

La musique retentissait dans la salle remplie de masques bruyants. Un masque amusant se détacha de la foule. Il portait un manteau de satin rouge, de satin de Chine. Il parla à haute voix. Que racontait-il ?

« Il existe en Chine des pierres noires qu'on extrait des montagnes, comme le minerai de fer, et elles brûlent comme du bois. Leur feu est plus fort que celui des bûches. Si vous les mettez au feu la nuit, le matin vous trouverez encore du feu. Et ces pierres valent mieux et coûtent moins cher que le bois. »

Les assistants se mirent à rire. Marco Polo, qui parlait cinq langues, mais ne savait pas lire le latin, s'approcha pour voir ceux qui riaient de lui.

Le masque continua à minauder :

« Tous les sujets du grand khan acceptent du papier à la place d'argent, et le grand khan achète des pierres précieuses et des perles, et les paye en papier, et les marchands les prennent très volontiers. »

Les assistants rirent encore. Le masque imitait Marco Polo. Celui qu'il parodiait ne savait pas encore qu'on l'avait surnommé « messire Millione » et qu'on le considérait comme le plus grand menteur de Venise.

Les autres masques firent un cercle, cette rencontre de l'homme avec son reflet de carnaval les amusait prodigieusement.

Marco Polo écoutait les exclamations, se souvenant de l'île de Sumatra, des licornes, des baleines, des livres imprimés au moyen de bois gravé, du feu liquide qui coulait à travers les tuyaux de bambou pour jaillir en flammes dans les salines. Les Italiens n'avaient même pas de mot pour nommer ce feu !

Pourquoi était-il venu ici ? Pourquoi avait-il remis à un autre la princesse chinoise ?

Marchand stupide, tu as vendu toi-même ton bonheur ! Si le grand khan avait été vivant, Marco Polo serait reparti, fût-ce à pied, pour ce pays où il y a tant de religions qu'on ne croit à aucune, et où l'on sait que le monde est vaste.

Marco Polo, informateur du grand khan et capitaine de galère, tourna le dos aux masques et sortit de la salle.

Tranquillement, il descendit l'escalier de marbre, mais il fit un pas de trop et son pied toucha la dernière marche recouverte, comme d'un tapis, d'une mince flaque d'eau.

Une gondole noire s'approcha en grinçant du capitaine. Il fallait y entrer sans se retourner. Les masques, derrière son dos, riaient aux éclats.

La gondole glissa sur les reflets des palais, passa devant les murs des dépôts. Les palais étaient neufs. Les hautes consoles en bois et les portes des dépôts, percées à la hauteur du deuxième et du troisième étages, se reflétaient dans l'eau du canal.

La maison était froide, les draps étaient humides.

Si seulement on avait pu faire dans la cheminée un bon feu de pierres chinoises ou, au moins, allumer une bougie dans une lanterne de papier multicolore.

CHAPITRE XL

Messire Millione marchande pour la dernière fois

Le matin, messire Marco se sentit mal. Les parents mandèrent un apothicaire.

L'ordonnance pour Marco Polo coûta le plus haut prix : dix soldi.

Marco Polo ne se remettait pas. Signor Gualtiéri, le célèbre médecin, vint le trouver en personne.

« Ni les panty (les bois d'un cerf abattu à l'époque de son rut), dit Marco Polo, ni le gin-seng, la reine des plantes, ni votre art, docteur, bien que vous sachiez provoquer la transpiration, si profitable au malade, ne peuvent sauver un homme qui a soixante-dix ans d'âge et qui ne retire plus aucune jouissance de la vie. »

Le médecin s'en alla. Les parents envoyèrent chercher un prêtre.

La gondole, avec le Saint Sacrement, glissa sur le canal. L'enfant de chœur faisait sonner une clochette, les gondoliers, sans cesser de ramer, s'inclinaient lorsque la gondole passait avec le viatique.

Le prêtre s'assit sur le lit du malade et arrangea sa soutane.

La main posée sur la tête grise de Marco Polo, il lui fit ce discours : « Que la paix soit avec toi, ô pèlerin dont le voyage touche à son terme. Signor, à cette heure suprême où vous allez vous présenter devant Dieu, avouez que vos récits n'étaient que mensonge. Mon ami, avouez à moi qui suis un vieillard, que la pierre qui brûle n'a jamais existé, que les planches pour imprimer des livres sont une fantaisie ou une répugnante sorcellerie. Avouez, signor, avoir menti en disant que vous aviez traversé l'océan Indien. Nous avons lu Ptolémée, messire, et nous savons que la mer de l'Inde est fermée comme un lac. Démentez les cartes répandues sous votre nom. Le monde est simple, et je peux vous dire comment il est fait. La terre ressemble à un "O", dans lequel est inscrit un "T", qui la divise en trois parties. La plus grande est l'Asie, et les deux inférieures sont l'Europe et l'Afrique. Je ne fais que citer saint Augustin. Vous êtes un homme qui aime la plaisanterie, vous avez menti, permettez-moi de vous le dire, comme un marchand. Regardez la nouvelle carte du monde qui vient d'être tracée et qui se trouve dans notre arsenal. Tout le monde se moque de vous, signor. Avouez, confessez et repentez-vous. Dieu vous pardonnera les plaisanteries et les fables innocentes. Avouez que les serpents à pattes et à la gueule hérissée de dents n'ont jamais existé. En face de la mort, reconnaissez que le papier-monnaie n'existe pas plus que les pays où les routes seraient lisses comme le plancher et bordées, pour comble de ridicule, d'arbres. Et, surtout, avouez que le pays où il n'y aurait pas d'étoile polaire dans le ciel n'existe pas. Les étoiles sont éternelles, Dieu les a créées, il n'y a rien de plus beau que le ciel étoilé au-dessus de nous et la conscience en nous. Signor, vous ne vous rendez pas compte de la signification de vos dires sur l'absence de l'étoile polaire au-dessus des mers où vous prétendez avoir navigué. Cela signifierait que la terre est ronde. Vous n'êtes pas un savant, vous êtes un marchand, vous ne comprenez pas que Jésus-Christ n'eût pu descendre sur une terre ronde, ce que vous dites là est une hérésie.

« Pour le salut de votre âme, avouez d'avoir calomnié les étoiles, et nous ne brûlerons pas votre livre ; après tout, quel mal pourrait faire un roman sur le grand khan. Non, nous ne brûlerons pas vos ouvrages, mais nous écrirons dessus — *Les fables de messire Marco Polo*, ou : *Le roman sur le grand khan.* »

Tout en parlant, le prêtre refermait sa soutane. Et Marco Polo répondit :

« Monsieur le prêtre, la conscience n'est pas toujours la même, j'ai vu maintes consciences et maintes religions en différents pays. J'ai visité des contrées où le mari forçait sa femme à partager la couche des étrangers. J'ai connu des régions où on emmenait aux étrangers un si grand nombre de pucelles que seuls des jeunes gens vigoureux pouvaient y aller. J'ai vu des pays où on me prenait pour un démon, parce que ma peau était blanche. J'ai vu des gens qui assassinaient à la gloire de Dieu. J'ai vu des gens qui faisaient du commerce ou tournaient des moulins avec des inscriptions, toujours à la gloire de Dieu.

« J'ai eu un ami, je voulus lui offrir un cadeau. Il me dit : "Apporte-moi des semences de bambou, je les laisserai pousser devant ma fenêtre pour ne pas voir le mal." Cet ami était un marchand jaune.

« Les religions et les cieux sont différents dans chaque pays, et je me suis réjoui lorsque j'ai aperçu de nouveau l'étoile polaire monter à l'horizon. »

Le prêtre retira le viatique et dit : « Faut-il conclure, signor, que vous allez mourir sans vous repentir ? Savez-vous qu'à Venise, où même les Juifs sont tolérés, les impies n'ont pas le droit de faire de contrats, ni de testaments ? Pensez à vos enfants. »

Mais Marco Polo rit : « Ami, dit-il, je suis un marchand, j'ai fait du commerce même avec des gens dont la langue m'était totalement inconnue. Nous allons nous mettre d'accord. Nous réussîmes à nous mettre d'accord même avec les Tartares le jour où nous commîmes le péché de cueillir des champignons dans un bois et d'avoir lavé nos vêtements. Je sais respecter les lois du pays que j'habite, et je sortirai de ce monde sans accrocher mon pied au seuil. Comme vous êtes notaire en même temps que prêtre, appelez un scribe et nous allons établir mon testament. »

Le prêtre baissa la tête et répondit : « Le frère servant est un scribe. »

Puis il continua :

« Au nom de notre Seigneur éternel, amen. L'an de l'incarnation de notre Seigneur Jésus-Christ, 1323, le neuvième jour du mois de janvier, au début du septième indictus, au Rialto. »

Le scribe écrivit.

Les parents versaient déjà des larmes et écoutaient derrière la porte. Le notaire continua :

« Le don de l'intuition divine ainsi que de raisonnable prévoyance se manifeste dans le fait que chaque homme a le souci de prendre des dispositions au sujet de ses biens avant le jugement de la mort, afin que toutes ses affaires terrestres soient en ordre à l'heure suprême. »

Le moine Giovanni Giustini ajouta à voix basse :

« Je n'apposerai pas ma signature au bas de ce document si vous ne vous réconciliez pas avec l'Église. »

Marco Polo prit alors la parole et dicta :

« Je soussigné, Marco Polo, de la paroisse de Saint-Jean-Bouche-d'Or, rongé de plus en plus par la maladie et me sentant toujours plus faible dans ma chair, ayant cependant gardé la parfaite lucidité d'esprit, de jugement et de sentiments, fis venir Giovanni Giustini, prêtre à la paroisse de Saint-Proclus et notaire, et l'ai chargé d'établir ce testament en bonne et due forme. Par le présent, je désigne comme exécutrices testamentaires ma femme bien-aimée Donata et mes chères filles Fantina, Bellela et Marietta, afin qu'elles exécutent et accomplissent toutes mes dispositions et legs. En plus de la dîme légale attribuée à l'évêque de la ville et au clergé, je leur lègue deux mille lires vénitiennes, dont vingt soldes des grosses vénitiennes au couvent de Saint-Laurent, et quarante soldes à chaque hôpital se trouvant sur le chemin de Grabo à Capo d'Argine. En plus, je lègue au monastère Saint-Jean et Saint-Paul, au frère Renefio et au frère Benvenuto, qui sont tous mes débiteurs, dix lires à chacun, sans compter leurs dettes. Je lègue cinq lires à chaque communauté monastique du Rialto, et quatre lires à chaque corporation ou fraternité auxquelles j'appartiens. Je lègue aussi vingt soldes des grosses vénitiennes au prêtre Giovanni Giustini pour les peines qu'il s'est données à rédiger ce testament. Je libère mon serviteur, le Tartare Pierre, et je l'affranchis de tout lien d'esclavage, lui donnant tout ce qu'il a gagné en ma maison, et je lui lègue cent lires. »

« Signor, dit le prêtre, il n'est pas d'usage de rendre la liberté aux esclaves par testament. On dit que cela les incite à accélérer la mort de leurs maîtres. C'est même défendu par les lois de Gênes. »

«Je ne suis pas en prison à Gênes», répliqua Marco Polo, et il continua :

«Je lègue à ladite Donata, ma femme, huit grosses en dinars vénitiens annuellement et à vie pour son usage personnel, et, en plus de ses meubles et de son linge, tous les ustensiles de la maison, ainsi que trois lits matelassés.»

Le prêtre dit : «J'irai faire établir la copie de ce document.»

«N'oubliez pas d'ajouter, dit Marco, que celui qui oserait altérer ou violer ce testament aurait à payer une amende de cinq lires d'or à mes exécutrices testamentaires.»

«Et il sera frappé, déclara le notaire, par l'anathème de trois cent dix-huit pères de l'Église.»

«Ainsi soit-il, répondit Marco Polo, appelez mon serviteur Pierre. Il me parlera de ce que je désire ne pas oublier avant ma mort, il me fera me souvenir du temps où, devant les îles inconnues, sous le ciel nocturne, sans l'étoile polaire, nous naviguions avec celle dont je ne prononcerai pas le nom devant Donata, ma femme, à laquelle je lègue tout le linge, tous les ustensiles de la maison et les trois lits aux édredons de plumes.»

CHAPITRE XLI

La fin

En 1307, Marco Polo avait fait cadeau d'une copie de son livre à un chevalier français. On commença à le recopier et à en parler.

Mais, après l'avoir copié, on ajoutait à la fin que

l'ouvrage n'était pas véridique. On le lisait comme un conte merveilleux, comme un roman.

Le livre fut apporté en France par le chevalier Thibaud de Cepoy, ambassadeur du roi à Venise.

Dans le roman de sire Baudouin, il y a des passages empruntés sans aucun doute au livre de Polo.

Plus tard, le livre tomba entre les mains des géographes.

Le premier biographe de Polo, Ramusio, qui, deux cents ans après la mort du voyageur, a été secrétaire du Conseil des Dix à Venise, était géographe lui-même. Il traduisit le livre de Marco Polo en italien, et le publia dans le deuxième volume des *Voyages sur terre et sur mer*.

Un certain délai fut nécessaire avant qu'on se décide à prêter foi aux récits de Polo. Les Génois savaient que la Caspienne était une mer fermée, mais n'avaient aucun intérêt à faire corriger les cartes.

En 1320, Marino Sunnuto l'aîné donna une carte pour une nouvelle croisade dans son ouvrage *Le livre des secrets des adorateurs de la Croix*. L'Europe, la Syrie, l'Asie Mineure et l'Arabie y furent tracées d'une façon plus proche de la réalité. Se basant sur Marco Polo, il situa à peu près exactement la Géorgie, Derbent, la Chine, mit Aden au bord de la mer Rouge, se trompant de rive, et mentionna Zanzibar.

En 1375 fut publiée la carte de Potulano Medici qui avait tenu compte des indications de Polo. Les noms des pays, bien qu'avec des confusions, y furent indiqués d'après l'ouvrage de Polo. La carte contient déjà l'île de Sumatra, sous le nom de Java, et le Bengale. Le cartographe avait puisé dans le livre de Marco Polo toutes ses notions sur l'Asie orientale.

En 1459, une carte fut publiée qui était excellente pour cette époque.

Les grandes découvertes du XVe siècle transformèrent le livre de Marco Polo, connu jusqu'alors comme *Le roman sur le grand khan*, en ouvrage documentaire. En 1426, le prince Pedro du Portugal cherche à se procurer, à Venise, le livre de Marco Polo. On veut conquérir le monde. Les contrées lointaines attirent irrésistiblement. Mais l'Empire des Mongols est depuis longtemps désagrégé. La dynastie chinoise règne sur la Chine. Les routes terrestres vers les Célestes sont barrées. La route des îles indiquée par Marco Polo est jugée impossible.

Le Génois Colomb arriva, après la lecture du *Livre des diversités et merveilles du monde*, à la conclusion qu'il était possible de naviguer à l'ouest, vers les rives de l'Asie, sans contourner l'Afrique, mais en traversant l'océan.

Le 3 août 1492, trois caravelles levèrent l'ancre à Palos et mirent le cap à l'ouest. Le matin du 12 octobre, Colomb débarqua dans une île qu'on appela ensuite San Salvador. Naviguant d'une île à l'autre, reconnaissant les arbres et les hommes d'après le livre de Marco Polo, et se trompant toujours, Colomb atteignit une terre qu'il prit pour la côte de l'Asie. C'était l'île de Cuba.

De là, Colomb envoya une lettre au grand khan. Il ne savait pas qu'un océan le séparait de celui-ci.

Ainsi, l'ouvrage véridique de Marco Polo ne lui procura que le surnom de menteur, tandis que l'erreur causée par ce livre conduisit un autre voyageur à la découverte de l'Amérique qu'il croyait être l'Asie.

APPENDICE

Le monde à l'époque de Marco Polo

Venise à l'époque de Marco Polo

Primitivement fondée sur la rive de l'Adriatique, Venise se transporta ensuite sur les îles à proximité de cette rive.

Depuis le VIe siècle, les Vénitiens luttent contre les pirates slaves.

Au XIe siècle, les marchands vénitiens ont droit d'accès dans tous les ports byzantins. Après la prise de Jérusalem par les croisés, ils font du commerce en Palestine.

Ayant conquis et démembré Byzance, les Vénitiens occupent la Candie et la Morée. Les accords signés avec les sultans d'Égypte (1238), de Syrie, de Palestine et de Tunisie leur confèrent le droit, moyennant une taxe de neuf et dix pour cent, de faire du commerce dans les ports de la Méditerranée et d'y établir des dépôts de marchandises. Dans les Balkans, ils réussissent à refouler les Génois (1204-1261).

En 1261, Michel Paléologue, en récompense de l'aide apportée dans la lutte contre les Francs, donne Galata aux Génois.

Le pavillon de Saint-Marc protégeait les navigateurs des pirates. Même des princes et des marchands étrangers sollicitaient la naturalisation vénitienne pour protéger leurs intérêts et leurs biens.

La première banque fut fondée à Venise en 1157, la « Monte », puis, en 1171, vint la « Banco del giro ». Cette institution bancaire avait des relations avec le monde entier ; vers la fin du Moyen Âge, ses profits se montèrent à cinq millions de francs or de notre monnaie. La banque prêtait de l'argent et prenait vingt pour cent d'escompte. En général, les Républiques italiennes jouèrent un rôle des plus importants dans le développement des banques (Molmenti, *Storia della Venezia nella vita privata*, Turin, 1885).

Venise atteignit son apogée après la quatrième croisade et la conquête de Constantinople, où fut installé un podestat vénitien. S'étant emparés d'un vaste territoire, de l'Hellespont à la Crète, les Vénitiens eurent un moment la tentation de transférer le doge à Péra. Mais au XIIIe siècle Venise subit quelques revers et lutta pour la conquête des îles, qui représentaient pour elle des marchés avantageux.

Au XIIIe siècle, Venise fabriquait le drap, le coton, la toile, les armes, la dentelle, le cuir, la soie et le verre. Elle gardait jalousement les secrets de ses métiers ; en cas de divulgation des secrets industriels, le coupable était exécuté et tous ses parents jetés en prison. Les agents de la République tuaient en Italie et en Allemagne les infracteurs à la loi. L'importation des tissus de soie, à l'exception de ceux de Florence et de Naples, était défendue.

La République gagnait beaucoup sur le transit des marchandises. Venise possédait des dépôts d'épices, d'aromates, de médicaments et de toutes sortes de produits. Elle avait le monopole du raffinage pour toute l'Italie. Le transit se faisait aussi bien à l'ouest (surtout en Allemagne) qu'à l'est, par Alexandrie. De l'Inde, de la Chine, de l'Arabie venaient les étoffes, de l'île de Chypre le blé, le coton, la canne à sucre et le cuivre, des ports syriens et byzantins les tissus orientaux, de la mer Noire et de la mer d'Azov les fourrures et les métaux, de l'Afrique le blé, la cire, la laine, le cuir. Venise exportait des objets métalliques, des tonneaux, de la vaisselle en bois et des verreries en Mauritanie et en Égypte, et des produits de l'industrie occidentale au Levant. Partout elle avait ses factoreries.

Comme les maisons à Venise étaient en bois, et souvent recouvertes de lattes et de chaume, les incendies étaient très fréquents. Ceux de 1105 furent particulièrement désastreux : le second incendie de cette année détruisit les vingt-trois paroisses de la ville. En 1114, toute l'île du Rialto fut dévorée par les flammes. La loi exigeait l'extinction des feux après une heure de la nuit.

Les maisons de maîtres et les communs étaient séparés, selon la coutume romaine : à Rome, en effet, la demeure principale était entourée de deux bâtiments supplémentaires. Les maisons en pierre étaient construites sur la terre ferme et, en particulier, au Lido. Celui qui érigeait le premier une maison sur une île devenait propriétaire de tous les terrains avoisinants et donnait son nom aux rues de la localité. Les poteaux devant les maisons servaient à l'accostage des gondoles. Lorsque le gouvernement de Venise s'établit au Rialto, les gens aisés commencèrent à construire des maisons de pierre. Le matériel était fourni par les carrières de Vérone et d'Istrie. En 1106, Pierre Orseolo érigea le palais des Doges. Plus tard, au XIIe et au XIIIe siècle, les nobles firent bâtir leurs demeures (Querini sur le Rialto, Zeno et Dandolo sur la « rive du charbon » Giustiniani près de l'église Saint-Moïse). On construisait également des tours dont étaient ornés les palais de quelques dignitaires. Les riches avaient des maisons à trois étages, aux larges fenêtres, aux terrasses soutenues par des amours. Les demeures moyennes étaient de même hauteur, avec des fenêtres étroites, des toits coniques. Beaucoup étaient pourvues d'un petit port spécial pour les marchandises, les autres se dressaient au bord de l'eau.

La fortune croissante des Génois suscita la jalousie des Vénitiens. En 1293, Venise exigea de l'empereur byzantin Andronic Ier de ne plus permettre l'extension du pouvoir de Gênes à Péra et à Galata. Andronic se déclara neutre, mais défendit aux Génois d'avoir des forces navales dans le détroit de Constantinople. Les Vénitiens, que les Génois avaient pillés, mirent à sac, à leur tour, Kaffa, Péra et Galata. Cependant, en 1298, Venise fut obligée de demander la paix, de compenser les dégâts commis à Ancône, à Péra et à Kaffa, et de s'engager à ne pas entrer dans la mer Noire pendant trente ans. Cela arriva après la défaite de sa flotte près de l'île de Curzola.

Il était interdit aux artisans de Venise de quitter leur patrie, et cela pour empêcher les villes rivales de profiter de leur art. Les ouvriers calfats n'avaient pas le droit d'aller travailler dans les chantiers des autres villes et pays sans une autorisation spéciale des autorités. La construction navale était réglementée à Venise : il était interdit de dépasser cinquante-six pieds de longueur pour la carène, vingt-quatre pieds de largeur pour le pont, et quatre-vingt-dix pieds de hauteur pour tout le navire. Cette standardisation permettait facilement de transformer les navires marchands en vaisseaux de guerre[1].

À côté de la noblesse, la classe des « cittadini » s'était beaucoup développée à Venise. On appelait « cittadino » (citoyen) un homme né de parents vénitiens et n'ayant pas fait un travail manuel. Ils étaient

1. *Molmenti.*

divisés en « de intus » et en « de intus et extra ». Les premiers avaient le droit d'exercer tous les arts et toutes les fonctions privées et publiques à l'intérieur de la ville. Les seconds étaient autorisés à naviguer sous le pavillon de Saint-Marc et à faire du commerce dans tous les ports étrangers ; ils jouissaient de tous les privilèges octroyés aux Vénitiens.

Les « cittadini » étaient non seulement admis à tous les postes dans la chancellerie ducale et dans la milice, mais représentaient souvent la République dans les Cours étrangères de deuxième importance. Ils recevaient dans ce cas-là le titre de « résident ». Le grand chancelier de l'île de Crète, le châtelain de la Crimée, ainsi que de nombreux capitaines des galères militaires, étaient des « cittadini ». Un séjour à Venise de vingt-cinq ans était requis pour avoir le droit d'appartenir à la classe des « cittadini ».

Le quartier des Allemands et leurs dépôts (Fondaco dei Tedeschi) se trouvaient, depuis le XIIIe siècle, sous un contrôle rigoureux. Les Allemands étaient payés en marchandises et non pas en argent, n'avaient pas le droit de faire le commerce de détail et n'étaient autorisés à vendre que leurs propres produits. À partir du XIVe siècle, de jeunes Allemands vinrent à Venise étudier le commerce, et le Fondaco devint une véritable académie commerciale. Le chiffre d'affaires fait avec les Allemands s'élevait à un million de ducats par an.

Les régates, qu'on organisait avec l'habituel faste vénitien, servaient à entretenir les hautes qualités des galériens. On les mentionne déjà en l'année 1300 ; par décret de l'an 1315, elles sont fixées au « jour de la fête de la Vierge ».

Parmi les réjouissances populaires, on relève la course de taureaux, moins sanglante qu'en Espagne, et les tournois. Parfois, on lançait des chiens contre le taureau. Les tournois, qu'on aimait beaucoup, avaient lieu en présence du doge et d'une énorme foule de Vénitiens qui admiraient les kiosques, les drapeaux, les boucliers. Pétrarque nous a laissé une description d'un tournoi de ce genre. Les tournois servaient à ranimer le patriotisme, surtout, par exemple, au Xe siècle, après la victoire sur les Hongrois et les Tartares.

Des combats de lutte avaient lieu sur les ponts sans parapet, de septembre à la Noël, et les deux camps qui se battaient s'appelaient « castellani » et « niccolotti ». On aimait aussi « le forze d'Ercole », des pyramides vivantes sur la place Saint-Marc.

La médecine occupait une place importante dans la vie vénitienne. Les médecins et les chirurgiens recevaient les patients dans des boutiques spéciales qui, comme celles des barbiers, étaient autorisées à rester ouvertes même aux heures où, selon la loi, tout était fermé au Rialto.

Depuis le XIIIe et le XIVe siècle, les médecins vénitiens, comme par exemple Gualtieri, étaient célèbres pour leur science et leur habileté. À Venise, les barbiers n'étaient pas chirurgiens comme dans les autres endroits, et la loi (1321) n'autorisait l'exercice de la chirurgie qu'à ceux qui, après avoir passé l'examen, avaient obtenu un certificat d'État. En 1368, une Académie médicale fut fondée, et les médecins étaient tenus de s'y réunir une fois par mois pour discuter les cas douteux ou difficiles. Les médecins prêtaient serment en s'engageant à ne pas prolonger, par des moyens artificiels, la maladie de leurs patients et à ne pas être intéressés dans la vente des médicaments. Les emplâtres et les pommades ne devaient pas coûter plus de dix soldi, et ils étaient soumis au contrôle de surveillants spéciaux nommés par les tribunaux.

La rivalité entre Venise et Gênes

La restauration de l'Empire byzantin, en 1261, avec Michel Paléologue sur le trône, fut le résultat de la rivalité commerciale entre Venise et Gênes. Pendant cinquante ans, les Génois, se sentant maîtres en Orient, interdirent aux Vénitiens l'accès de la mer Noire.

On suppose que les Génois allèrent en Chine en 1326.

En Syrie et en Égypte, les Génois ne pouvaient pas rivaliser avec les Vénitiens.

Comme Venise, Gênes équipait tous les ans une véritable flotte marchande qui allait chercher du sucre, de la cire, des épices, des aromates et de l'encens oriental en échange des produits européens. Gênes travaillait surtout dans la partie occidentale de la Méditerranée et jouissait de grands privilèges auprès des Maures à Valence, à Grenade et en Andalousie, où elle avait des consuls. Les produits du midi de la France et du sud-ouest de l'Allemagne, pour lesquels le transit par Venise n'était pas commode, allaient à Gênes. Il est vrai que l'industrie de Gênes était moins développée que celle de Venise, de Milan et de Florence, mais la République fournissait au monde entier le brocart et la soie de Lucques. Les arbalètes génoises étaient les meilleures au monde, et les arbalétriers de Gênes occupaient la première place dans toutes les armées où ils se trouvaient. Plus tard, Gênes dut se soumettre à Milan.

L'empereur Alexis ayant permis aux Vénitiens de faire du commerce où bon leur semblerait (1082), ils se précipitèrent dans les pays conquis par les croisés.

Presque toute la population de Venise était liée à la navigation maritime.

L'exportation et l'importation étaient rigoureusement contrôlées. Les hérauts annonçaient sur la place Saint-Marc ou au Rialto qu'aucun Vénitien, sous peine d'amende ou de confiscation de ses biens, ne devait acheter ni vendre telles et telles marchandises dans tels et tels pays. Des navires spéciaux faisaient la police en Adriatique et donnaient la chasse aux vaisseaux qui transportaient les marchandises défendues. Ainsi, à un moment donné, le gouvernement interdit la vente du bois en Égypte.

Kaffa tenait la place de Gênes dans la mer Noire. Les Génois faisaient le commerce avec l'Italie, la Méditerranée, la France, l'Espagne, les Pays-Bas, l'Angleterre, la Norvège, la Russie, l'archipel grec, Byzance, l'Anatolie, l'Arménie, la Perse, le Daghestan, l'Égypte et le Maroc. Ayant atteint le Daghestan en 1266, les Génois descendirent vers la Caspienne en barques à fond plat.

En 1374, Lucas Tarigo, un habitant de Kaffa, atteignit le Don par la mer d'Azov, fit transporter ses bateaux jusqu'à la Volga, et, descendu dans la mer Caspienne, pilla les navires de passage. À son retour, les Kalmouks l'attaquèrent sur le Don, mais il réussit à rapporter une partie de son butin à Kaffa, où la population lui fit grande fête. Plus tard, les Génois fondèrent une ville importante (Copa) sur le fleuve Kouban.

Au XIIIe siècle, les Vénitiens s'efforçaient surtout de s'emparer des îles de l'archipel ; cela les intéressait beaucoup plus que d'étendre leur pouvoir dans l'hinterland des pays côtiers de la Méditerranée.

L'île de Crète, qui exportait le blé, le miel, la cire, le fromage, le coton, le sucre, l'encens et le célèbre vin de Malvoisie, se trouvait sous le pouvoir de Venise.

L'Arménie et la Turcomanie à l'époque de Marco Polo

Le nouveau royaume arménien fut fondé par Léon II (1187-1219), qui prit soin de développer les rapports commerciaux de l'Arménie avec ses voisins, et qui donna beaucoup de châteaux aux barons francs, aux Templiers et aux chevaliers teutoniques. Il tenait entre ses mains les rives méridionales de l'Asie Mineure, favorables à la navigation. Sur les cartes du Moyen Âge, les ports arméniens sont désignés sous des noms italiens.

De nombreuses caravanes passaient à cette époque par l'Arménie, allant de Syrie à Constantinople. Celles de l'Arabie la traversaient d'un bout à l'autre. Dans les ports et dans les villes, comme par exemple à Alep, les marchandises de l'Europe occidentale se rencontraient avec celles de l'Asie. L'Arménie exportait du poil de chèvre, qui était très demandé, des fourrures, du fer des mines du Taurus, du bois des provinces intérieures, des mulets et des chevaux qui étaient très cotés.

Depuis 1082, la Cilicie fut partagée entre les marchands. Les Génois y étaient fort actifs et y disposaient d'ambassadeurs et de nombreux représentants (depuis 1201). Au début, l'empereur Léon leur avait octroyé le privilège de ne pas payer de droits de douane. Les possessions des Génois se suivaient le long des routes de caravanes.

Par la suite, les Vénétiens y envoyèrent leur premier ambassadeur, Jacopo Badoaro, chargé de mission par le doge Enrico Dandolo. On lui octroya des privilèges plus restreints (1201). Cependant, les Vénitiens réussirent à développer un commerce qui ne le cédait en rien à celui des Génois, et se mirent en rapport avec le sultan d'Iconium (actuellement Konieh). Après les revers subis par les croisés, l'importance commerciale de l'Arménie commença à baisser.

Le royaume arménien fondé en Cilicie (1080-1375) fut envahi et détruit au XIVe siècle, et les Arméniens se dispersèrent en Crimée, en Pologne, en Moldavie, en Galicie, en Russie. À Lvov, la colonie arménienne fut autorisée par les rois polonais à appliquer les lois des anciens empereurs arméniens.

L'Arménie était célèbre pour ses tapis, dont des restes ont été retrouvés à Ani. Les fouilles, entreprises sous la direction de l'académicien Marr, ont fait découvrir, en plus de cloches et d'objets ciselés, de la céramique et de la porcelaine du XIIe et du XIVe siècle.

Le pays que Marco Polo appelait Turcomanie comprenait l'Asie Mineure avec sa capitale Iconium ou Konieh. Le voyageur arabe Ibn Batuta désigna les Turcomans sous le nom des Turcs. Les Turkmènes de l'Asie centrale émigrèrent en Asie Mineure avant que les Turcs Seldjoukides y fussent arrivés. Les tapis et la soie, dont parle Marco Polo, ont, depuis longtemps, disparu de l'industrie locale.

La Syrie et la Palestine

Les Mongols convoitaient ces deux pays qui appartenaient aux Arabes, et il est fort probable que les Polo les visitèrent en qualité d'espions mongols.

Les Grecs avaient donné le nom de Syrie au pays situé autour de Tyr (Sour). Les Arabes l'appelaient Ach-Cham, « le côté gauche » (cela signifiait qu'elle se trouvait à gauche pour celui qui, faisant sa prière, se tournait vers l'est). L'historien arabe Moukaddasi dit que la Syrie était située à gauche de la Kaaba, et que c'était un pays magnifique au climat doux et tempéré. Les palmiers et les arbres fruitiers abondent en Syrie méridionale ; ses figues, son huile d'olive et son pain blanc sont incomparables ; elle fait également le commerce des raisins ; ses plantations de roses, près de Jérusalem, sont célèbres. On trouve en Syrie toutes sortes de plantes et de produits : le dattier, le noyer, la menthe, les pommes de Sidon, les oranges, l'indigo, la mandragore, l'amandier, l'asperge, la banane, la prune, le miel, le lait de buffle, la laitue et ce médicament grec qui sert contre la morsure des reptiles venimeux (Guy Le Strange, *La Palestine sous les Musulmans*, 1890, p. 14).

Les marchés de Jérusalem sont propres, on y vend du bon raisin. La ville est habitée par de nombreux savants, et ses rues sont pleines d'étrangers de toute race et religion. Le climat est tempéré et les fruits sont très variés. Les auberges et les bains sont très chers. La ville, dont la population est surtout composée de Juifs et de chrétiens, est gardée par de nombreux détachements.

La nuit, selon l'affirmation des historiens arabes, la rosée est si abondante, surtout s'il y a du vent du midi, que ses filets coulent vers la mosquée d'Axa. Jérusalem est située dans un vallon. Les Arabes fondaient leurs villes dans des vallées pour être à proximité des fleuves. Le pays est très bien cultivé, et possède un vaste système d'irrigation. À Jérusalem même, il n'y avait d'autre eau que celle fournie par la pluie.

La ville, qui comptait vingt mille habitants, était ceinte de murs aux portes de fer. Chaque corporation de métiers avait son marché particulier (*ibid.*, p. 85-87).

Des forteresses de garde étaient érigées sur les rives de la Palestine. Là, les Grecs échangeaient les prisonniers ou livraient les leurs contre une rançon de cent dinars pour trois hommes. En accostant, les Grecs sonnaient du cor et faisaient sur la proue de leurs bateaux de la fumée le jour et du feu la nuit. Ensuite, ils attendaient les signaux de la côte où les indigènes, sonnant également du cor, convoquaient la population des environs pour procéder à l'échange des prisonniers.

Sous les Arabes, la monnaie en cours était le dinar et le diran ou drachme. Au XIVe siècle, les impôts à eux seuls donnaient environ cinquante millions de francs or par an.

Derbent

Les portes de fer de Derbent sont les portes *Sarmates* de Ptolémée, les *Claustra Caspiorum* de Tacite, *Bab-ul-abvakh* des géographes arabes et *Demir-capi* des Turcs. Le rempart, qui partait du château de Derbent et qui portait le nom d'Alexandre (Sadd-y-Iskander), montait sur les crêtes des montagnes et ne descendait que rarement dans les vallées. Ses restes s'étaient conservés, même dans des endroits fort éloignés de Derbent. Benjamin de Tudéla fut le premier Européen qui le décrivit.

Dubois de Montpéré cite les lieux compris dans ce rempart : la gorge de Darial, au nord-est du Kazbek, la contrée près des fleuves Latch et Khiliak, celle près de Gagry, etc.

Le rempart, double près de Derbent, devenait ensuite simple, mais fort sinueux, car il serpentait à travers les monts, épousant leur relief. Eichwald affirme qu'il y avait d'autres portes de fer, au sud de Charsaps. Le chant populaire russe « O, derben, derben Kalouga » se rapporte en fait aux portes de fer de Derbent : Kalouga, en mongol, signifie « barrière ».

La culture chinoise à l'époque de Koubilaï

En 1269, Koubilaï rétablit le collège impérial à Taïdou près de Pékin ; modeste à ses débuts, ce collège fut ouvert aux enfants des gens de la Cour et des officiers mongols : les Chinois et les Mongols y étaient admis à titre égal, soixante étudiants pour chaque nationalité (1287). On y étudiait les ouvrages historiques, les quatre livres de morale et les recueils juridiques. Puis un autre collège fut fondé pour l'étude de la langue mongole, avec le même nombre d'étudiants et de professeurs. Le troisième fut réservé aux musulmans.

Aux examens, les étudiants commentaient les textes des poètes et des historiens et écrivaient des compositions de cinq cents hiéroglyphes. L'examen de doctorat comportait une composition plus longue. En 1315, l'empereur lui-même présida le concours de doctorat. Ces concours avaient lieu tous les trois ans, mais parfois on les suspendait à cause de la lutte intestine entre le « ministère des cérémonies » et « le ministère de distribution des postes d'État ». Les candidats qui se distinguaient tout particulièrement au concours étaient chargés, par la suite, de la rédaction des décrets impériaux.

Les astrologues de Cambaluc

Le gouvernement chinois éditait lui-même les almanachs-calendriers.

L'éditeur Potier, se basant sur les chroniques chinoises de Yuan, relate à ce sujet des détails fort curieux. En 1328, on publia en Chine 3 123 185 exemplaires d'almanachs astrologiques de dimensions et de prix divers, sans compter un calendrier spécial pour les musulmans. L'acceptation de l'almanach impérial par un prince signifiait qu'il se soumettait, en tant que vassal, à l'empereur.

Il y avait l'édition simple et l'édition de luxe de l'almanach. La première coûtait un tsin, et la seconde un taël en papier-monnaie. L'édition plus complète, l'almanach annuel, portait le nom de « suite des jours » ou, plus tard, de « livre de concordance perpétuelle avec le ciel ». L'almanach annuel contenait : 1) les signes cycliques de l'année, des mois et des jours ; 2) « les mois longs et courts » et « les mois intercalés » ; 3) la signification de chaque jour suivant les cinq éléments, les vingt-huit constellations, les douze présages heureux ; 4) le jour et l'heure de la nouvelle lune, de la pleine lune et des mois lunaires ; 5) le jour et l'heure de la position du soleil par rapport aux vingt-quatre signes du Zodiaque, calculés aussi bien pour les différentes villes de la Chine que pour la Mandchourie, la Mongolie et les royaumes faisant partie de l'Empire ; 6) l'heure du lever et du coucher du soleil, la longueur du jour et de la nuit pendant les différentes saisons dans les diverses villes ; 7) les avertissements de jours favorables ou néfastes à l'accomplissement de tels ou tels actes ou affaires. Tout cela fut introduit dans les almanachs sous la dynastie Yuan.

À Cambaluc et à Nankin, il y avait des instituts d'études mathématiques, aux nombreux professeurs et aux vastes bâtiments scolaires. Ces instituts composaient les almanachs suivant les calculs hérités des savants anciens. Si les événements ne correspondaient pas à leurs prévisions, ils soutenaient que leurs calculs étaient justes, mais les déviations des étoiles, accomplies par la volonté des cieux, présageaient quelque chose de fort bon pour la terre.

L'observatoire de Pékin, qui se trouvait sur une grande colline, n'avait pas d'enclos. La haute terrasse pour les observations astronomiques était entourée de somptueux édifices destinés aux savants chinois. Les instruments astronomiques étaient tous de métal (Yule, vol. I, p. 451).

Le voyageur Matteo Ricci (1599) les trouvait incomparables à tout ce qu'on avait pu créer ou imaginer en Europe : « Depuis deux cent cinquante ans ils restent là, sous la neige et la pluie, supportant toutes les intempéries, sans que cela trouble en quoi que ce soit leur fonctionnement. »

Ces instruments étaient au nombre de quatre : 1) un globe céleste en bronze, de trois pieds de diamètre, avec les méridiens et les parallèles. Trois hommes pouvaient à peine l'étreindre ; 2) une sphère zodiacale de six pieds de diamètre, divisée en 360°. Chaque degré était divisé en 60 minutes, et dans les minutes des lignes horizontales marquaient toutes les dix secondes. Cette sphère, sous forme de longue lunette à base tournante, pouvait être braquée sur n'importe quelle étoile ; 3) un gnomon, deux fois plus long que l'instrument précédent, placé sur une base de marbre dans le coin nord de la terrasse ; 4) un astrolabe, dont les dimensions dépassaient celles des autres instruments.

Les jésuites, arrivés en 1700, retrouvèrent ces instruments, mais ne purent guère les utiliser, car ils étaient adaptés au système astronomique établi par Kou-tcheou-king, l'astronome du khan Koubilaï.

Les savants européens modernes se servent parfois des données chinoises (par exemple celles qui concernent les comètes).

Sous la dynastie mongole, l'astronome Ye-lou-tch'ou-ts'ai accompagna Genghis Khan à la guerre, et se mit en rapport avec les savants de Samarkand (Yule, vol. I, p. 451).

Koubilaï avait créé un conseil des médecins et un conseil des astronomes, dont les travaux ont été publiés à la onzième lune de 1280. Pour être admis dans ces conseils, le postulant devait passer un examen.

À côté des astronomes, il existait des « devins du temps » (confirmé par Yule, vol. I, p. 340). Les prévisions du temps jouaient, comme on le sait, un grand rôle dans les religions primitives.

Au XIIIe siècle, sur soixante-seize personnes attachées à la « tour céleste », il y avait cinquante Chinois. Les candidats, âgés de quinze à trente ans, passaient des examens sur le calendrier, les règles de la divination, les lois du mouvement des cinq planètes et la géographie.

La poudre et les armes chinoises

Il est probable que les Chinois connaissaient l'usage de la poudre à l'époque de Koubilaï. Le Dr Schelgel écrivait en 1902 dans son essai *La découverte et l'usage de la poudre et des armes à feu en Chine avant l'arrivée des Européens* : « Divers auteurs européens ont exprimé des doutes sur la possibilité de l'usage de la poudre et des armes à feu dans l'ancienne Chine ; j'affirme, cependant, que les Mongols avaient de l'artillerie en 1293 et qu'ils connaissaient les mortiers depuis 1232. » L'auteur cite, à l'appui de sa thèse, de nombreux faits et témoignages dont nous ne reproduirons qu'un seul, pris dans un livre de la dynastie Ming : « Ce qu'on appelait dans l'antiquité "Pao", n'était autre chose qu'une machine à lancer des pierres. Au début de la dynastie mongole, soit en 1260, on avait recours au Pao (catapulte) dans les provinces occidentales de la Chine. En 1233, pendant le siège de Singuy, on utilisa, pour la première fois, la force du feu dans ces catapultes, mais cet art ne put se conserver longtemps. »

La mort de Marco Polo

On ignore la date exacte de la mort de Marco Polo. Nous ne savons pas combien de temps encore il vécut après la rédaction de son testament, mais des documents divers, qui se rapportent au mois de juin 1325, nous prouvent qu'il était déjà mort à cette époque.

Suivant son désir, il fut enterré dans l'église Saint-Laurent (San Lorenzo). Sansovino le confirme dans sa vague notice sur Marco Polo. Le monument funéraire qu'il avait élevé à la mémoire de son père Nicolas existait encore à la fin du XVIe siècle dans les portiques qui menaient vers la vieille église ; il portait l'inscription suivante en latin : « Ci-gît Nicolas Polo de la paroisse Saint-Jean-Bouche d'Or » (Yule, vol. I, p. 75).

Pourquoi le livre de l'italien Marco Polo a été écrit en vieux français

Au XIIIe siècle, le vieux français avait la même diffusion internationale que le français moderne de nos jours. On le parlait même à la cour d'Angleterre, et les rois anglais en faisaient usage aussi bien que les auteurs et chroniqueurs des romans de la table ronde (sous Henri III). En 1249, le roi écossais Alexandre III parlait le latin et le vieux français. En 1291, le chancelier anglais s'adresse au Parlement écossais en vieux français. À l'université d'Oxford, les étudiants l'employaient dans leur conversation courante à l'égal du latin (1328). En Italie, saint François d'Assise, d'après ses biographes, parlait fort bien le français pendant sa jeunesse. Brunetto Latini, maître de Dante, écrivait ses ouvrages en français et l'expliquait par la beauté et par la diffusion de cette langue. Le français était également la langue des croisades, où se rencontraient les représentants de tous les pays d'Europe ; on le parlait à la cour des croisés qui avaient fondé des royaumes en Syrie, en Palestine, à Chypre et dans d'autres contrées de l'Orient.

Le chroniqueur catalan Ramon de Muntaner écrit qu'à son époque « les chevaliers de la Morée (Péloponnèse) parlaient le français aussi bien qu'on le parle à Paris ». Le voyageur anglais sir John Mandeville raconte que le sultan d'Égypte et ses quatre principaux dignitaires parlaient le français très correctement (Yule, vol. I, p. 86).

L'imprimerie et les mérites de Marco Polo

Différents auteurs attribuent à Marco Polo le mérite d'avoir apporté à l'Europe toute une série de découvertes asiatiques. On ne peut rien affirmer au sujet de la poudre et du compas, mais il existe un témoignage fort curieux cité par R. Curzon (*Philobiblion Society*, 1854, p. 6 et passim).

« Au début du XVe siècle, le gouvernement de Venise chargea un fonctionnaire, Pamfilo Castaldi di Feltre, de copier certains documents et papiers officiels, dont les lettres initiales étaient écrites en rouge et ornées d'or et de couleurs. Sansovino déclare qu'à cette époque Pietro di Natali, archevêque d'Aquilée, avait inventé certains signes d'imprimerie, qu'on fabriquait en verre à Murano. Ces signes étaient employés pour l'impression des lettres initiales dans les documents officiels que, par la suite, on ornait à la main. Or, Pamfilo Castaldi perfectionna ces caractères de verre et fabriqua des lettres de bois et de métal : il le fit après avoir vu les livres chinois apportés de Chine par le célèbre Marco Polo, et imprimés à l'aide de planches de bois ; il fit faire de petites planches, dont chacune n'avait qu'une seule lettre ; au moyen de ces lettres mobiles il fit imprimer plusieurs affiches et feuilles séparées (1426). On affirme que ces feuilles se trouvent dans les archives de Feltre. La légende prétend que Johann Faust, de Mayence, a connu Castaldi, et a passé quelque temps avec lui dans son "scriptorium" à Feltre. » M. Curzon ajoute que Castaldi était né en 1398 et mort en 1490. Il revient à ce sujet dans son article « Histoire de l'imprimerie en Chine et en Europe » (*Philobiblion Society*, vol. VI, p. 23). « Bien qu'aucun incunable ne porte de date précise, on considère certains d'entre eux, et avec raison, comme plus anciens que n'importe quel ouvrage imprimé avec des caractères mobiles. Leur similitude avec les ouvrages chinois du même type est si frappante qu'ils semblent avoir été copiés sur les livres chinois de l'époque. L'impression ne se faisait que d'un côté de la feuille, et au brochage, aussi bien dans les livres chinois que dans les incunables allemands et hollandais, les côtés blancs étaient placés l'un en face l'autre et étaient collés ensemble. Pour l'impression on employait de l'encre brune, de qualité plus fine que celle d'imprimerie, se rapprochant de l'encre de Chine en usage pour le tirage des livres chinois. Les clichés des livres chinois et des livres germaniques sont similaires à un point tel que nous avons le droit de supposer que l'art de l'imprimerie en Europe fut inspiré par les anciens ouvrages chinois rapportés de l'Orient par quelque voyageur, dont le nom a été perdu dans les siècles. »

L'auteur mentionne la légende selon laquelle Gutenberg (et non plus Faust, comme dans la première version) aurait appris l'art de l'imprimerie de Castaldi ; il croit que Gutenberg avait des relations à

Venise, et que les premiers incunables ont imité les livres chinois rapportés par Marco Polo.

Au début du XXᵉ siècle, cette hypothèse devint si répandue en Italie qu'une statue fut érigée à Feltre à la gloire de Pamfilo Castaldi, portant l'inscription suivante : « Pamfilo Castaldi, inventeur célèbre des caractères d'imprimerie mobiles qui rendent à l'Italie ce tribut de gloire qu'on avait par trop retardé. »

En tout cas, le plus grand mérite de Marco Polo fut d'avoir apporté à l'Europe de nouvelles notions géographiques et non pas d'avoir répandu les découvertes de la culture chinoise. Marco Polo méprisait beaucoup trop ses contemporains, et surtout ses concitoyens, pour se soucier de leur léguer ses connaissances scientifiques.

« Ses contemporains, surtout en Italie, n'apprécièrent pas à leur juste valeur la véracité de ses descriptions ; ses récits sur les énormes richesses de Koubilaï lui valurent le sobriquet de "messire Millione" ; ses affirmations provoquaient la méfiance et les plaisanteries ; entourant son lit de mort, ses amis le conjurèrent de démentir ses fantaisies, tandis qu'il répondait ne pas avoir décrit la moitié de ce qu'il avait vu » (V. Bartold, *Histoire des études sur l'Orient en Europe et en Russie*, Léningrad, 1925, p. 74).

Ramusio a écrit : « On invitait continuellement Marco Polo à répéter ses récits sur les magnificences du grand khan ; il disait toujours que les revenus du souverain s'élevaient à des millions d'or, et, en parlant des richesses inouïes de ces pays, il employait si souvent ce mot "million" que les gens, pour se moquer de lui, le surnommèrent "messire Marco Millione". Cette circonstance est mentionnée, comme j'ai pu le voir, dans les annales de la République » (Yule confirme l'exactitude de ce fait qu'il put vérifier lui-même à Venise).

Le moine dominicain Jacopo Aqui mentionne également ce surnom en parlant de la capture de Marco Polo par les Génois, en 1295, à l'époque du pape Boniface VI.

BIBLIOGRAPHIE

SALVATI (L.). *Degli avvertimenti della lingua sopra Decamerone*, Venise, 1584.

MARTINI (M.). *Novus Atlas Sinensis*, Amsterdam, 1665.

KIRCHER (A.). *China illustrata*, Amstelodami, 1667.

MAGAILLANS (M. G.). *Nouvelle description de la Chine contenant la description des particularités les plus considérables de ce grand empire*, Paris, 1688.

CORONELLI (M. V.). *Atlante veneto*, Venise, 1690.

MURATORI (L. A.). *Perfetta poesia con note di Salvini*, Venise, 1724.

FOSCARINI (M.). *Della letteratura veneziana*, Padoue, 1752.

ZENO (A.). *Annotazioni sopra la Biblioteca dell' Eloquenza Italiana di Guisto Fontanini*, Venise, 1753.

TIRABOSCHI (G.). *Storia della letteratura italiana*, Modène, 1772-1781.

TOALDO (G.). *Saggi di studi veneti nell'astronomia e nella marina*, Venise, 1782.

MENDEZ (P. F.). *Abenteuerliche Reise durch China, die Tartarei, Siam, Pegu und andere Laender der oestlichen Asien, neu bearbeitet von Ph. H. Kuelb*, Iéna, 1868.

MOLMENTI (P. G.). *La storia di Venezia nella vita*

privata dalle origini alla caduta della Repubblica, Turin, 1885.
YULE (H.). *The Book of Ser Marco Polo, the Venetian, concerning the Kingdom and the Marvels of the East*, Londres, 1903.
WITTE (J.). *Das Buch des Marco Polo als Quelle für die Religionsgeschichte*, Berlin, 1916.
CHARIGNON (A. J.). *Le livre de Marco Polo*, Pékin, 1926.
FOSCARINI (M.). *Frammento innedito di X. intorno ai Viaggiatori veneziani*, Archivo Storico Italiano, t. IV, p. 89.
BARTOLD (V.). *Histoire des recherches sur l'Orient en Europe et en Russie*, Léningrad, 1925.
GMELIN (S. G.). *Voyage à travers la Russie pour l'étude des trois royaumes de la nature*, Saint-Pétersbourg, 1785.
GRIGORIEV (P.). *Russie et Asie*, Saint-Pétersbourg, 1876.
SVEN HEDIN. *Dans le cœur de l'Asie*, 1899.
VESSELOVSKI. *Notes sur la littérature et le folklore*, Saint-Pétersbourg, 1883.
GRONETCHEVSKI. *Rapport sur le voyage en Kachgarie et à Kachgar*, Marguellan (sans date).
EFREMOV. *Dix ans de voyages et d'aventures à Boukhara, Khiva, en Perse et aux Indes*, Saint-Pétersbourg, 1786.
ZAMYSLOVSKI. *Herberstein et ses notes historiques et géographiques sur la Russie*, Annales de l'université de Saint-Pétersbourg, faculté de lettres, t. XIII.
YAKINE BITCHOURINE. *Description statistique de l'empire chinois*, Pékin, 1910.
IVANINE. *L'art militaire des Mongols.*
IVANOVSKI. *Matériaux pour l'histoire des peuples de la Chine Sud-Ouest*, Saint-Pétersbourg, 1887.
KOULAHOVSKI (J.). *Le passé de la Tauride*, 1914.

LOUTCHITZKI. *Les esclaves russes à Florence au XVe siècle*, Annales de l'université de Kiev, 1885.
MEDNIKOV. *La Palestine avant la conquête arabe*, Saint-Pétersbourg, 1902.
PALLADIUS. *Commentaires sur le voyage de Marco Polo en Chine du Nord d'après les sources chinoises*, édité par le professeur Vesselovski.
PATKANOV (K.). *L'histoire des Mongols du moine Magaki du XIIIe siècle*, Saint-Pétersbourg, 1871.
PETROUCHEVSKI (D.). *Études de l'histoire économique du Moyen Âge européen.*
PATKANOV (K.). *L'histoire des Mongols d'après les sources arméniennes*, Saint-Pétersbourg, 1873-1874.
PLAN CARPIN. *L'histoire des Mongols.*
RUYSBROEK. *Voyage dans les pays d'Orient*, Saint-Pétersbourg, 1901.
DE LA PORTE. *Le voyageur universel ou la connaissance du vieux monde et du monde nouveau*, Saint-Pétersbourg, 1794.
SAVVAITOV. *Description des armes, harnachements, ustensiles et autres objets royaux, d'après les manuscrits du Musée d'armes de Moscou*, Saint-Pétersbourg, 1865.
SEMENOV (A.). *Le dogme des Ismaliens du Pamir*, Tachkent, 1926.
SEMENOV (G.). *Dictionnaire géographique et statistique de l'Empire russe*, Saint-Pétersbourg, 1863-1875.
SMIRNOV (V.). *Le khanat de Crimée sous la domination de la Porte ottomane jusqu'au début du XVIIIe siècle.*
TISENHAUSEN (V.). *Recueil de matériaux sur l'histoire de la Horde d'Or*, vol. I., *Les sources arabes*, Saint-Pétersbourg, 1884.
Les travaux des membres de la mission religieuse russe à Pékin, vol. I-IV, Pékin, 1909-1910.

TABLE

INTRODUCTION 7

CHAPITRE PREMIER. Du temps de l'action, de la cité de Venise, du doge, des marchands et des artisans 59

CHAPITRE II. Les navires à l'abri 63

CHAPITRE III. Les frères Polo quittent Constantinople et partent pour la Crimée 65

CHAPITRE IV. Les récits de Plan Carpin 70

CHAPITRE V. Le pays du grand fleuve 76

CHAPITRE VI. De la contrée des fourrures que nous appelons Sibérie et du pays nommé Russie 84

CHAPITRE VII. De la bataille de Derbent qui empêcha les marchands de retourner dans leur patrie 86

CHAPITRE VIII. Les frères Polo se rendent chez le grand khan 91

CHAPITRE IX. Les marchands changent de maître 98

CHAPITRE X. Marco Polo apparaît dans ce livre et entreprend son voyage qui dura vingt-six ans 106

CHAPITRE XI. À travers la Perse méridionale .. 114

CHAPITRE XII. Les Assassins 119
CHAPITRE XIII. Les Polo passent l'hiver près du Pamir 125
CHAPITRE XIV. Le pays du jade et le pays des sables 132
CHAPITRE XV. Le khan Koubilaï est semblable à une rose 136
CHAPITRE XVI. La cité de Cambaluc 146
CHAPITRE XVII. Le grand khan Koubilaï va à la chasse et messire Marco l'accompagne 152
CHAPITRE XVIII. Marco Polo en service commandé 158
CHAPITRE XIX. Les frères Polo et messire Marco Polo junior rendent un grand service au Khan 163
CHAPITRE XX. La Chine 169
CHAPITRE XXI. Marco Polo parle d'une ville majestueuse 173
CHAPITRE XXII. Ne pouvant pas quitter la ville de Quinsay, Marco Polo en parle encore .. 178
CHAPITRE XXIII. Marco Polo devise avec un vieux marchand 184
CHAPITRE XXIV. De la tentative de faire se révolter la cité de Cambaluc 188
CHAPITRE XXV. Messire Marco Polo part pour la province qu'il va gouverner 196
CHAPITRE XXVI. Monsieur le gouverneur Marco Polo s'ennuie, mais le grand khan s'ennuie également 199
CHAPITRE XXVII. La terre brûle en Chine et Marco Polo pense au départ 203
CHAPITRE XXVIII. Le départ et les grands navires 207
CHAPITRE XXIX. Le pays des arbres précieux .. 213

CHAPITRE XXX. Ceylan et les Indes 217
CHAPITRE XXXI. Les navires égarés 221
CHAPITRE XXXII. Les affaires persanes 226
CHAPITRE XXXIII. Les marchands remettent la Princesse à Gazan 228
CHAPITRE XXXIV. Les escarpins rouges et l'anneau 232
CHAPITRE XXXV. La réception 236
CHAPITRE XXXVI. La bataille de Curzola 239
CHAPITRE XXXVII. Le modèle de l'Enfer 243
CHAPITRE XXXVIII. Marco Polo regagne Venise 249
CHAPITRE XXXIX. Marco Polo se rencontre lui-même 251
CHAPITRE XL. Messire Millione marchande pour la dernière fois 256
CHAPITRE XLI. La fin 261
APPENDICE : Le monde à l'époque de Marco Polo 265

BIBLIOGRAPHIE 287

EXTRAIT DU CATALOGUE DE LA PBP

Marc Abélès	*Anthropologie de l'État* *Anthropologie de la globalisation*
Alfred Adler	*Connaissance de l'homme* *Le Sens de la vie*
Theodor W. Adorno	*Minima Moralia* *Dialectique négative* *Jargon de l'authenticité* *Prismes*
Giorgio Agamben	*Enfance et histoire*
Alexandrian	*Histoire de la philosophie occulte*
René Alleau	*De la nature des symboles*
Alberto Angela	*Empire*
Arjun Appadurai	*Après le colonialisme* *Géographie de la colère*
Hannah Arendt	*La Philosophie de l'existence et autres essais* *La philosophie n'est pas tout à fait innocente* *Politique et pensée* *Responsabilité et jugement* *Rahel Varnhagen* *La Nature du totalitarisme*
Walter Bagehot	*Lombard Street. Des crises financières et du moyen d'y remédier*
Henri Baillière	*La Crise du livre*
Nigel Barley	*L'anthropologie n'est pas un sport dangereux*

	L'anthropologue mène l'enquête
	Un anthropologue en déroute
	Le Retour de l'anthropologue
Bruce BÉGOUT	*Maine de Biran, la vie intérieure*
Walter BENJAMIN	*Charles Baudelaire*
	Critique de la violence
	Expérience et pauvreté
	L'Œuvre d'art à l'époque de sa reproductibilité technique
	Sens unique
	Sur le concept d'histoire
	Sur le Surréalisme
	Le Capitalisme comme religion
	Petite histoire de la photographie
Charlotte BERADT	*Rêver sous le IIIe Reich*
Henri BERGSON	*L'Énergie spirituelle*
	L'Intuition philosophique
	Introduction à la métaphysique
	Le Rêve
	Le Rire
	L'Âme et le Corps
Homi K. BHABHA	*Les Lieux de la culture*
Ernst BLOCH	*La Philosophie de la Renaissance*
Jean-Claude BOURDIN	*Les Matérialistes au XVIIIe siècle*
Gaston BOUTHOUL	*Le Phénomène guerre*
Michel BOZON	*Pratique de l'amour*
Timothy BROOK	*Le Chapeau de Vermeer*
	La Carte perdue de John Selden
Bill BRYSON	*American Rigolos. Chroniques d'un grand pays*
	Ma fabuleuse enfance dans l'Amérique des années 1950

Motel Blues
Nos voisins du dessous
Chroniques australiennes
Promenons-nous dans les bois
Shakespeare. Antibiographie
Une histoire du monde sans sortir de chez moi
Une histoire de tout, ou presque…
Des cornflakes dans le porridge

Judith BUTLER, G. C. SPIVAK — *L'État global*

Véronique CAMPION-VINCENT — *La Société parano*

Noam CHOMSKY — *Le Langage et la Pensée*

Frederick COOPER — *L'Afrique depuis 1940*

Charles COUTEL — *Politique de Condorcet*

Marie CUILLERAI — *Spéculation, éthique, confiance*

Deborah DEVONSHIRE — *Duchesse à l'anglaise*
Les Humeurs d'une châtelaine anglaise
La châtelaine anglaise déménage

Émile DURKHEIM — *La Prohibition de l'inceste et ses origines*
Les Règles de la méthode sociologique
Le Suicide
Sur l'éducation sexuelle

R. W. EMERSON — *Anatomie des Anglais*

Moses I. FINLEY — *Démocratie antique et démocratie moderne*

Sigmund FREUD — *L'Homme Moïse et la religion monothéiste*

	Malaise dans la civilisation
	Psychologie des foules et analyse du moi
	Totem et tabou
Erich FROMM	*Le Cœur de l'homme*
	La Conception de l'homme chez Marx
	Le Langage oublié
Yves GALLOT	*L'Art de marcher*
Vincent DE GAULEJAC	*La Névrose de classe*
Edward GIBBON	*Charlemagne*
	Attila
	La Chute de Constantinople
	Mahomet et la Naissance de l'islam
Antonia GRUNENBERG	*Hannah Arendt et Martin Heidegger*
Jean GUILOINEAU	*Nelson Mandela*
Jurgen HABERMAS	*Raison et légitimité*
Philippe HAMOU	*La Vision perspective*
Helene HANFF	*La Duchesse de Bloomsbury Street*
Max HORKHEIMER	*Notes critiques (1949-1969)*
Johan HUIZINGA	*L'Automne du Moyen Âge*
P.-T.-N. HURTAUD	*L'Art de péter*
Aldous HUXLEY	*Tour du monde d'un sceptique*
Gérard ISRAËL	*La Question chrétienne*
Karl JASPERS	*Initiation à la méthode philosophique*
Paul KENNEDY	*Naissance et déclin des grandes puissances*
John Maynard KEYNES	*Sur la monnaie et l'économie*
	Le Fin du laissez-faire

Charles KING	*Minuit au Pera Palace*
Siegfried KRACAUER	*Le Roman policier*
Étienne DE LA BOÉTIE	*Le Discours de la servitude volontaire*
T. E. LAWRENCE	*Les Sept Piliers de la sagesse*
David LE BRETON	*Les Passions ordinaires*
Georges LUKÁCS	*Le Roman historique*
Jean-Clet MARTIN	*La Philosophie de Gilles Deleuze*
Karl MARX	*Misère de la philosophie* *Sociologie critique* *Révolution et socialisme*
Marcel MAUSS	*Manuel d'ethnographie*
Louis MERCIER-VEGA	*La Révolution par l'État*
John Stuart MILL	*L'Asservissement des femmes*
Nancy MITFORD	*Une Anglaise à Paris*
Georges MOUNIN	*La Sémantique*
Géraldine MUHLMANN	*Du journalisme en démocratie*
André NEHER	*L'Identité juive* *Prophètes et prophéties*
Rudolph OTTO	*Mystique d'Orient et mystique d'Occident*
Michel PINÇON, Monique PINÇON-CHARLOT	*La Chasse à courre* *Grandes fortunes* *Les Millionnaires de la chance* *Paris. Quinze promenades sociologiques*
Margaret POWELL	*Les Tribulations d'une cuisinière anglaise*
Wilhelm REICH	*La Psychologie de masse du fascisme*
François RIVENC	*Introduction à la logique*

Maximilien Rubel — *Marx, critique du marxisme*

Bertrand Russel — *La Méthode scientifique en philosophie*
La Conquête du bonheur

Gilbert Ryle — *La Notion d'esprit*

Catherine Salles — *Les Bas-Fonds de l'Antiquité*
Lire à Rome

Pierre Sansot — *Bains d'enfance*
Cahiers d'enfrance
La France sensible
Jardins publics
Poétique de la ville
Le rugby est une fête, le tennis non plus
Variations paysagères
Les Vieux ça ne devrait jamais devenir vieux

Edward Sapir — *Le Langage*

Ziauddin Sardar — *Histoire de La Mecque*

John Saul — *Les Bâtards de Voltaire*
Mort de la globalisation

Ferdinand de Saussure — *Cours de linguistique générale*

Max Scheler — *Nature et formes de la sympathie*

Gershom Scholem — *Les Grands Courants de la mystique juive*
La Kabbale et sa symbolique

Albert Schweitzer — *Les Grands Penseurs de l'Inde*

Georg Simmel — *Les Grandes Villes et la Vie de l'esprit*
Psychologie des femmes
Phislosophie de la religion
L'Étranger

Peter SINGER	*La Libération animale*
Peter SLOTERDIJK	*Après nous le déluge*
Paco Ignacio TAIBO II	*Ernesto Guevara, connu aussi comme le Che* *Pancho Villa, roman d'une vie*
Laurent TESTOT	*Cataclysmes*
Louis-Vincent THOMAS	*Mort et pouvoir*
Arnold J. TOYNBEE	*Le Massacre des Arméniens*
Florence TRYSTRAM	*Le Procès des étoiles*
Fabrice VIRGILI, Danièle VOLDMAN	*La Garçonne et l'Assassin*
Florence TRYSTAM	*Le Procès des étoiles*
H. G. WELLS	*L'Extinction de l'espèce humaine*
Max WEBER	*L'« Esprit » du capitalisme*
Alfred N. WHITEHEAD	*La Fonction de la raison*
Natalie ZEMON DAVIS	*Léon l'Africain*

Imprimé par Black Print
en avril 2021
Dépôt légal : mai 2021

Imprimé en Espagne